그래서 사랑하나? 그래도 사랑한다!

그래서 사랑하나?
그래도 사랑한다!

꾸니왕 소설

프로방스

차례

1. 그 남자

영희 그리고 말자 · 8
혜영 그리고 말자 · 44
선영 그리고 말자 · 116
은진 그리고 말자 · 234

2. 그 여자

성우 그리고 철민 · 278

3. 그 남자, 그 여자

철민 그리고 말자 · 334

작가의 말 · 380

영희 그리고 말자

1989년 9월

"남자애들은 앉아 있고, 여자애들은 모두 앞으로 나와라" 애들은 웅성웅성했다.

"뭔 일이고"

"내가 아나?"

뒤에 앉은 철수가 내 옆구리를 쑤시면서 물어봤다. 곰곰이 생각해 봤다.

'아~ 2학기라 짝지를 바꿔주나 보다. 에이~ 말자랑 친해졌는데' 말자는 참 착한 애다. 가끔 빵도 주고, 연필도 주고, 38선 그어놓은 자리에 넘어가도 아무 말도 안 하는 애다.

"자! 여자애들은 한 명씩 자기가 짝지 하고 싶은 남자애 옆에 가서 앉으면 된다."

"뭐지? 뭐지? 어떻게 하노?" 남자애들은 엎드려서 책상을 뚜드리고 난리다.

여자애들은 아무도 움직이지 않고 속닥속닥하고만 있다.

"빨리! 한 명씩 가서 앉아." 선생님은 여자애들을 재촉했다.

나는 말자를 쳐다봤다. 애걸하는 눈빛으로 '빨리 온나!' 무언의 협박을 했다.

그런데 말자는 고개를 휙돌렸다.

그때였다.

1학기 동안 한 번도 말도 안 해본 영희가 걸어 나왔다.

"우우~~오오~" 남자애들의 함성이 들리기 시작했다.

영희는 우리 반 공주로 통한다. 항상 말도 이쁘게 하고. 하얀 드레스를 입고, 거울처럼 반짝이는 광이 나는 까만 단화를 신고 다녔다. 나와는 다른 세계에서 사는 것 같았다. 나는 매일 학교 체육복을 입거나 아니면 태권도 도장 체육복을 입고 다녔다. 가끔은 세수도 안 하고 학교 오기도 했다. 나는 영희에게 관심도 없다. 오직 말자만 쳐다보면서 무언의 협박만 계속하고 있었다. 그런데 영희가 내 옆으로 오더니 앉는 거다.

"와~~오호~~이야~~뚜뚜" 남자애들이 책상을 두드리면서 고함을 지르고 난리다.

그렇게 영희랑 짝지가 되었다. 옆에 앉은 영희 모습은 진짜 천사 같았다. 처음 맡아보는 향기도 나는 것 같았다.

"안녕! 우리 2학기 동안 잘 지내보자."

"응"

나는 얼떨결에 대답했다.
이럴 때는 좀 더 멋지게 손을 내밀고 악수도 하고 해야 하는데 아침에 세수도 제대로 안 하고 온 것을 후회한다. 나는 시커먼 손톱 끝을 입으로 물어뜯는다. 티 쪼가리에 언제 묻었는지도 모르는 김칫국물 자국을 엄지와 검지에 침을 묻혀 있는 힘껏 비볐다.

나는 달라졌다.
매일 아침 일찍 일어나 누나들이 쓰는 샴푸로 몰래 머리도 감고 누나들 몰래 머리에 스프레이도 뿌렸다. 중요한 거는 학교 체육복도 태권도 도장 체육복도 아닌 옷을 입기 시작했다. 혹시나 영희랑 손잡을 수도 있을 거라는 기대에 부풀어 학교에 오면 제일 먼저 화장실 세면대에 가서 손부터 다시 씻었다. 어쩌다 영희의 살결이라도 내 살에 닿으면 몸이 굳어버렸다.
나는 책상에만 앉으면 소심해졌다. 나는 영희가 등교하면 선생님이 오시기 전까지 녹색 책상에 엎드렸다.
영희도 내가 엎드리는 것을 보고는 따라 엎드렸다.
영희가 자기를 쳐다보라고는 옆구리를 꾹꾹 눌렀다.
나는 고개를 돌려 영희를 쳐다보는데 영희의 얼굴이 내 얼굴과 맞닿는 줄 알았다.
나는 심장이 미친 듯이 빨리 뛰는걸 느꼈다.
'뭐지? 죽을병에 걸린 걸까? 왜? 심장이 이렇게 뛰지?' 혼자 별별 생각이 들었다.
영희는 책상에 엎드린 채 나를 쳐다보면서 말했다.

"너 이번 주 일요일에 뭐 해?"

"뭐. 애들이랑 야구하거나 아니면 뒷산에 도롱뇽 잡으러 가겠지!"

나는 너무 떨려서 제대로 쳐다보지를 못했다.

"너 나랑 교회 가자."

"교회? 내 한 번도 안 가봤는데? 일단 알았다."

나는 머리는 '싫다'인데 말은 '알았다'라고 했다. 솔직히 교회는 가면 안 되는 곳인 줄 알았다. 가끔 엄마 손에 끌려 절에 가서 비빔밥을 먹고 오곤 했다. 그렇게 절에 갔다 오면 며칠은 꼭 오른손 손목에 염주를 차고 다니면서 부처님 아버지를 찾고는 했다.

"하느님 아버지~~아멘~"

뭐가 뭔지도 모르겠고 뭐라고 말하는데 알아듣는 건 아멘 뿐이다. 지루해 죽는 줄 알았다.

"인사해! 우리 아빠야!"

"안..녕..하..세..요."

나는 말까지 더듬었다. 그렇게 지루하게 앞에서 말하던 사람이 아빠였다니 뭐가 뭔지 진짜 모르겠다.

"그래. 네가 영희 새로운 짝지구나. 그래 영희랑 친하게 지내라."

"네."

영희는 내 손을 잡고는 교회 2층으로 데리고 간다. 교회 2층은 영희가 사는 집이었다.

"우와~ 너그 집 억수로 좋네?"

"내 방 가서 놀자."

"니 방도 있나?"

나는 바보 같은 말을 한 거를 금방 후회했다.

"우와~침대도 있네? 우와~우와~"

나는 어릴 때 읽은 그림책에서만 본 하얀 천이 덮인 침대에 손때가 묻을까 봐 손끝으로 쑥 눌러봤다.

"여기 조금만 앉아 있어? 내 과자 좀 가져올게."

나는 책상 위에 하트모양으로 오려놓은 사진을 봤다. 언제 찍었는지 모르지만 진짜 이뻤다.

영희는 껍데기에 영어로 적힌 비스킷을 들고 왔다.

"근데 너그 집은 어디야?"

"우리 집? 저기 저위에 공원 위에…"

나는 더는 자세히 설명하지 않았다.

"아. 내 그 동네 가봤다. 말자도 그 동네 살제?"

"응. 근데 니 말자랑 친하나?"

"조금. 말자 집도 몇 번 가봤다. 니 다음 주도 올 거제?"

"응."

일요일이다.

나는 깜빡했다. 오직 옆 반 애들이랑 야구 시합에만 신경을 썼다. 저녁밥을 먹는데 그때에야 비로소 교회를 안 간 것을 알게 되었다.

다음날 월요일 아침 영희는 책상 위에 가방을 휙 던지더니 나를 째려봤다. 영희의 저런 표정을 처음 봤다.

영희는 선생님께 짝지를 바꿔 달라고 했다.

'교회 안 갔다고 이래도 되는지' 속으로 어이가 없어도 아무 말도 못 했다. 우리 선생님은 착하다. 묻지도 않고 그걸 또 바꿔주었다.

내 옆에는 다시 말지가 앉았다. 내가 아는 말자가 아니었다. 말도 안 했다. 나는 한마디도 못 하고 종일 말자 눈치를 봤다.

"일어나서 밥 묵고 학교 가라."

막내 누나가 발로 툭툭 치면서 깨웠다.

"알았다. 일어났다. 아프다. 발로 차고 그라노! 우쒸?"

"우쒸? 죽을래? 한 대 더 처맞기 싫으면 일어나라."

나는 방바닥을 한 바퀴 굴려 엎드렸다. 엎드린 채 실눈을 떴다. 텔레비전 장식장 밑에서 은색 빛이 반짝인다. '앗! 저거는 동전이다.' 나는 직감했다. 벌떡 일어나서 나는 막내 누나 모르게 아버지가 자주 쓰는 막내 누나가 수학여행 때 사 온 대나무 효자손을 찾아 다시 엎드렸다.

'아이씨! 조금만 더 들어가면 될 거 같은데' 나는 좀 더 깊숙이 손을 넣어 이리저리 긁어냈다. 드디어 뭔가가 딱하면서 긁혀 나왔다.

짜릿했다. 제법 큰 놈이었다. 학인지 두루미인지 새의 눈과 마주쳤다.

'아싸! 잿수!'

나는 500원짜리 동전을 잽싸게 가방에 넣고 밥상 앞에 앉는다.

"쫌! 씻고 먹어라. 더러워 죽겠다."

"냅두소! 남 이사 씻든 말든!"

막내 누나가 밥숟가락으로 머리를 때렸다.

"아이씨! 밤에 엄마한테 다 말할 거다."

"말해라."

아빠, 엄마는 아침 일찍 일하러 가신다. 큰누나, 둘째 누나도 학교에 일찍 간다.

항상 평일 아침은 막내 누나랑 둘이서 밥을 먹으면서 전쟁을 한다.

나는 돌아왔다. 예전에 나의 모습으로 돌아왔다. 말자랑 짝지가 되었으니 굳이 씻을 필요도 없고, 옷도 어제 입은 앞에 태극기 문양에 큰 주먹이 그려진 태권도 도장 티에 학교 반바지 체육복을 입었다.

'오백 원으로 뭘 할까?' 나는 오백 원짜리 동전을 있는 힘껏 꽉 쥐고 생각했다.

나는 문방구로 달려갔다.

"아줌마, 일단 맘모스 지우개 하나 주세요."

나는 맘모스 지우개 하나 사고 남은 돈 300원을 아줌마에게 다시 줬다.

"아줌마 300원치 뽑기 할게요. 그라면 6개 뽑으면 되죠."

"그래 뽑아봐라."

나는 하얀 플라스틱 통에 손을 넣고 이리저리 휘저으면서 마분지의 촉감을 느끼며 6개를 꺼냈다. 하나씩 하나씩 스템플러를 떼면서 쪼았다.

"꽝! 꽝! 또 꽝! 뭐 다 꽝이고, 또 꽝!"

마지막 하나 남았다. '제발! 부처님 아버지' 나는 영희 가시나 때문에 하느님은 안 찾기로 했다.

"와! 3등! 3등! 아줌마 3등!"

"보자. 맞네. 3등이네. 이야 좋겠다. 자~ 맛있게 먹어라."

온갖 사탕이 들어있는 사탕 세트다.

나는 가방에 집어넣었다. 말자가 요즘 많이 삐져 있던데 말자 줘야겠다고 생각하면서 나는 뛰어서 학교에 갔다.

"니 아침부터 뭐하노?"

말자는 대답을 안 하고 눈꼬리를 올렸다. 큰 자로 정확하게 눈곱을 재더니 자를 받치고 줄을 긋는다. 그걸 또 컴퍼스를 꾹꾹 눌려서 긋는다. 말자는 아침부터 38선을 다시 긋는다.

나는 관심 없었다. 내가 사탕 주면 다시 좋다고 38선을 지울 게 분명했다.

'보아라. 이 각진 모습, 두툼한 두께, 누구에게도 밀리지 않는 카리스마' 나는 뿌듯하게 이놈을 만지고 있었다. 그런데 그만 손에서 미끄러져 그만 이놈이 38선을 넘었다. 돌아오지 못할 강을 건너 버렸다.

나는 말자를 쳐다봤다.

"미안. 주라. 오늘 샀다."

내 맘모스 지우개다. 지우개 따먹기의 끝판 대장이다. 오늘 이놈으로 지우개를 따기 위해 샀는데, 그놈이 38선을 넘었다. 말자는 맘모스를 자기 필통에 넣었다.

"말자야 주라. 내가 니 시키는 거 다할게."

말자는 들은 척도 하지 않았다. 나는 가방에 있는 사탕을 지금 꺼내서 줄까 말까 고민했다. 그때 눈치도 없는 철수가 내 옆구리를 꾹꾹 찔렀다. 메모지 한 장을 받았다.

니 영희랑 뽀뽀했다며? 자세히 보지 않으면 알아볼 수도 없는 글씨로 말도 안 되는 글자가 적혀 있었다, 무슨 소리 하는지? 나는 오직 나의 맘모스만 생각했다. 그런데 철수 짝지 미자가 말자에게 쪽지를 전해줬다. 몰래 그 쪽지를 읽은 말자는 나를 째려봤다.

무섭다. 무슨 일이 일어날 것 같은 슬픈 예감이 들었다. 갑자기 말자가 손을 번쩍 들었다. 이름만 말자이지, 말도 잘 안 하고 조용한 아이다. 수업시간에 발표한 적도 본 적 없고 항상 대답만 "네" 하는 얌전하고 소심한 아이다. 그런 아이가 갑자기 손을 든다. 그리고 또박또박 말했다.

"선생님 저 짝지 바꿔주세요."

'헉! 이게 무슨 소리인가?' 나는 말지를 쳐다봤다.

애들이 구시렁거렸다. 여자애들은 혀를 찼다. 심지어 몇 명은 나를 벌레 쳐다보듯이 쳐다봤다. 나는 맘모스가 38선을 넘어서 돌라고 했던 것뿐이었다. 미자가 준 쪽지를 읽고는 이러는 거였다.

"말자야 니가 조금만 참아라. 선생님이 다음에 바꿔줄게."

선생님은 이렇게 말자를 달래고는 나를 째려봤다.

억울했다.

"딩동댕~~" 쉬는 시간이다. 나는 말자를 쳐다봤다.

명수가 까불거리면서 뛰어 왔다.

"니 영희랑 맨날 교회에서 만났다면서. 영희 만나면서 영희 사촌이랑 바람피웠다면서."

나는 한 대 쥐어박고 싶었지만 참았다.

뭐지? 우리 나이에 바람은 뭐고 영희 사촌은 또 누군지도 모른다. 그리고 교회는 한번 갔다. 무슨 소문이 어찌 퍼졌는지 모르겠다.

뒤에서 애들이 하는 이야기를 가만히 듣고 있던 철수 놈이 한술 더 떴다.

"그게 아니고 원래 말자랑 사귀고 있으면서 영희랑 바람피워서 영희랑 짝지 됐다아이가!"

이게 무슨 어린이판 막장드라마도 아니고 나는 억울했다. 그런데 말자가 엎드려서 울기 시작했다. 나는 넋이 나가는 것 같았다.

반장이 나를 불렀다.

"김철민! 선생님이 니 교무실로 오란다."

나는 영문도 모른 채 교무실 갔다. 잘 모르는 선생님이 지나가면서 내 머리를 쥐어박았다.

"니! 뭐 되려고 벌써 그라고 다니노?"

"선생님! 그게 아니고요, 저는 억울합니다."

"됐고, 남자가 그라면 안된다. 말자 그만 괴롭히고 사이좋게 지내라. 교실 가면 말자한테 사과하고,"

"네"

'선생님도 무슨 소문을 들었나?' 뭔 소리 하는지 모르겠다.

교실로 돌아와 보니, 말자는 엎드려 있다. 여자애들은 나를 째려보고, 철수는 무슨 춤인지 모를 춤을 추면서 다가왔다.

"그대 이름은 바람 바람 바람~~" 온갖 폼을 잡으면서 노래를 불렀다. 나는 철수 머리를 한 대 쥐어박고 자리에 앉았다.

나는 말자를 쳐다봤다. 사탕을 꺼내려다 다시 집어넣었다.

말자는 고개를 한 번 들지 않고 계속 엎드려 있었다.

"말자야! 그게 아니고, 아니다 그냥 됐다. 믿든지 말든지 알아서 해라. 내 지우개나 돌리도."

말자는 대꾸도 없었다.

베를린 장벽도 무너졌는데 나와 말자의 38선은 어떠한 유혹에도 굴복하지 않고 더욱 견고해졌다.

그렇게 말자와 냉전 상태는 계속되었다.

*

막내 누나의 발은 알람시계다.

항상 나를 발로 툭툭 치면서 아침을 깨운다. 그래도 오늘은 엄마 아빠가 계셔서 살살 차는 것 같다.

일요일 아침은 꼭 다 같이 먹었다.

"좀 일찍 일찍 일어나서 씻고 밥 묵어라. 더러워 죽겠다." 큰 누나가 한 소리 했다.

"눈곱이라도 좀 떼라 어이구 더러버라." 둘째 누나도 보탰다.

"밖에 나가서 아는 척하면 죽인다." 막내 누나가 못을 박았다.

"됐다. 머스마들이 다 그렇지." 아버지가 내 편을 들었다.

아버지는 항상 내 편이었다. 그런데 말씀은 저렇게 하시면서 눈빛으로 좀 씻으라고 하는 것 같았다.

엄마가 생선 살을 발라서 내 밥 위에 올려놓는다.

"좋은 소식이 있다."

나는 밥숟가락을 멈추고 엄마를 쳐다봤다.

"우리 다음 주에 이사 간다. 좋제? 학교도 가깝고 버스 정류장도 가까운 곳으로."

"내일 졸업식 하는데 학교 가까우면 뭐하노?"

나는 투덜대면서 엄마가 올려놓은 생선을 먹었다.

"니는 중학교 안 가나?" 막내 누나가 숟가락으로 머리를 때렸다.

"가시나가 아 밥 먹는데 머리를 때리고 지랄이고?"

엄마는 막내 누나를 째려보며 말했다.

우리는 산동네에서 산다. 나중에 알았지만 나라 땅에 다들 불법으로 건물을 짓고 무허가로 산 것이다. 말 그대로 판자촌이다. 나는 중요하지 않았다. 학교 친구들이 대부분 여기 이 산동네에 살았다. 학교까지 걸어서 30분을 넘게 걸렸다. 걷기도 하고 뛰다 보면 이쪽 집에서 한 놈 저쪽 집에서 한 놈 그렇게 만나서 학교 가는 길은 즐거웠다.

나는 위로 누나가 3명이다.

큰누나는 대학생이다.

둘째 누나는 고등학생이다.

막내 누나는 중학생이다.
나이 차이가 9살, 6살, 3살 차이다.
아버지가 참 규칙적으로 사신 거다.
"어디로 이사 가는데?"
다들 아는데 말을 안 하는 거 같다.
입가에 미소가 보였다.

드디어 졸업식 날이다.
"빛나는 졸업장을 타신 언니께 꽃다발을...."
다음은 교장 선생님의 훈계가 있겠습니다. 매번 조회 시간에도 말이 많던 교장 선생님이시다. 오늘은 제발 빨리 끝내야 할 텐데, 나는 운동장에 '끝'이라는 글자를 발로 그렸다.
"친애하는.... ㅇㅇ국민학교 학생 여러분.... 그리고 학부모님들 안녕하십니까?"
나는 부모님이 못 왔다. 오늘도 엄마 아빠는 일하러 가셨다. 서럽거나 부끄럽거나 그런 거는 하나도 없다. 대신 큰누나, 둘째 누나가 왔다.
"마지막으로.... 졸업하는 학생 여러분.."
교장선생님의 '마지막으로...'라는 말씀이 나왔다. 부모님들은 끝인 줄 알고 자리에서 일어서고 들어갈 준비를 했다.
그러나 애들은 마지막으로가 마지막이 아니라는 것을 알고 있었다. 그 '마지막으로'가 앞으로 다섯 번은 나와야 끝이 난다.
애들은 모두가 딴짓했다. 부모님들도 한둘씩 사라졌다. 우리 대

머리 아저씨는 말이 너무 많다.

"마지막으로…….이상."

"짝짝짝"

박수 소리가 엄청났다.

"학생들은 각 교실로 이동하세요."

교실로 올라왔다. 언제 왔는지 부모님들이 교실에 다들 계셨다. 반 분위기가 무겁다. 이날만큼은 까불이 철수도 안 까불었다.

담임 선생님이 말씀 도중에 우셨다.

눈물바다다.

눈이 팅팅 부은 얼굴로 말지가 나를 봤다.

"왜? 또 뭐?"

나는 퉁명스럽게 말했다. 내가 2학기 동안 고생한 거 생각하면 분이 안 풀렸다.

"손 내밀어 봐라."

"손은 왜? 또 내 손톱 깎았나? 안 깎았나 볼라고? 봐라. 내 오늘은 깨끗하게 깎았다. 자! 봐라."

나는 자신 있게 손을 내밀었다.

내 손위에 말자는 뭔가를 살짝 올려줬다.

눈물이 난다. 맘모스 지우개다. 깨끗하게 비닐도 떼지 않고 그때 가져간 거 그대로였다. 얼마나 손에 꽉 쥐고 있었는지 지우개가 따뜻했다. 담임 선생님이 울 때도 안 울었는데 눈물이 났다.

"자! 1번부터 앞으로 나오세요."

선생님은 울먹이는 목소리로 말씀하셨다. 중학교 배정표를 나눠

주면서 한 명 한 명 껴안아 주셨다. 졸업식이 끝나고 여자아이들은 껴안고 울었다. 왜 우는지 모르겠다. 여자아이들은 다 같은 학교 갔다. 바로 옆에 있는 여자 중학교로 갔다. 남자아이들은 버스 타고 가야 했다. 3개의 중학교로 갈라졌다.

"최 씨 이거 좀 들어줘."
"아이고 형님! 이거는 좀 버리세요."
"박 씨는 리어카 좀 잘 끌고!"
동네가 시끄럽다. 우리 집 이삿날이다. 동네에서 아버지가 연세가 많은 편이라 다들 동생들이다. 산동네이기도 하고 골목이 좁아서 차는 동네에 들어올 수가 없다. 차가 다니는 큰길까지는 동네 삼촌들이 들고 가던가 큰 짐은 리어카를 끌고 가야 했다.
"우와! 여기가 우리 집이가? 죽이네. 억수로 좋네."
나는 너무 좋았다. 여기는 우리 동네에서 부자 동네로 유명한 동네다. 2층 단독주택들이 나란히 마주 보고 있는 동네다. 학교 마치고 집으로 갈 때는 맨날 친구들하고 초인종 누르고 도망가고 하는 동네다.
마당이 있는 2층 단독주택이다. 아버지도 뿌듯하신 듯 철제 대문을 쓱 만졌다. 나는 아버지 눈에 눈물이 맺힌 거를 볼 수가 있었다. 나는 2층에 살고 싶은데 2층은 세를 주신다고 했다.
그렇게 1주일 동안 아버지는 마당을 쓸고 페인트가 벗겨진 곳을 손수 칠하시고 이것저것 손을 봤다.
"빠앙~~~ 빠앙빵"

대문 앞에서 클랙슨 소리가 요란하다.

"왔는가 보다."

"성님아~"

"아이고 동상아~"

엄마랑 아줌마는 껴안고 난리다.

말자 엄마다. 말자 엄마는 우리 엄마한테 성님이라 부른다. 엄마하고는 10살 넘게 차이 난다고 했다. 아줌마 뒤로 이삿짐이 가득한 트럭 한 대가 보였다. 아저씨는 짐을 내리고, 말자는 멀뚱멀뚱하게 있다. 말자 동생 말숙이는 신이 났다.

차를 못 타고 왔는지 저 멀리서 동식이가 뛰어왔다.

"행님아~"

동식이는 말자 막내 남동생이다.

"이야 멋있는데 우리 아들~"

중학교 교복을 처음 입은 모습을 보고 엄마가 자존심을 올려줬다.

나는 고무줄 넥타이를 괜히 좌우로 한 번씩 흔들어 봤다.

교복 마이 소매는 2단 접었다. 바지는 이건 뭐 30㎝는 접힌 거 같았다. 엄마가 손수 바느질로 꿰매 줬다. 아마도 키가 중학교 다닐 동안 30㎝는 커야 교복이 맞을 거다. 꼭 아버지 양복을 입은 듯 어바리 같았다.

"학교 다녀오겠습니다."

엄마는 회수권 2장이랑 500원을 손에 쥐여줬다.

저기 골목 끝 집에서 한 녀석이 나온다. 익숙한 뒷모습이다.

같은 교복을 입었다.

"쥐똥! 야! 니 여기 살았나? 내 저기 은색 대문 집에 이사 왔는데 몰랐나?"

쥐똥 이 녀석 이름은 지동우다. 그래서 쥐똥이다. 6학년 때 같은 반이었다. 그렇게 친하지는 않았지만 그렇다고 사이가 나쁜 것도 아니었다. 야구도 가끔 같이하고 했다. 워낙 소심하고 말도 잘 없는 놈이다.

"어떻게 겨울방학 동안 여기 살았는데 한 번도 못 봤지? 신기하네? 니 내 이사 온 거 몰랐제?"

"아니, 알고 있었는데."

'이 새끼 이거 뭐지?' 나는 의아하게 생각하면서도 워낙 소심한 놈이라 그럴 수 있다고 생각했다.

둘 다 교복 입은 모습이 똑같았다. 바지 기장은 똑같이 크고 마이는 2단 3단으로 접고 어깨선은 팔에 가 있었다.

"우와 버스 타는 사람 억수로 많네."

우리 동네는 110번 버스만 다닌다. 이 버스를 타고 몇 정류장을 내려가서 갈아타거나 해야 했다. 우리는 이 버스가 학교 앞까지 갔다. 회수권이 신기하기도 하고 왠지 어른이 된 것 같기도 해서 회수권을 만지작거리고 있었다.

"타자!"

"야! 저거는 좌석버스다. 저거는 비싸다. 내 돈 없다."

일반 버스랑 코스는 같은데 좌석이 고속버스처럼 되어있다. 한 번도 타 본 적이 없었다. 동우는 내 손을 끌고 탔다.

"아들 멋지네. 빨리 타라." 동우 아버지다.

"안녕하세요."

"그래. 얼른 타라."

우리는 나란히 자리에 앉았다. 신기했다. 너무 편하고 좋았다.

"근데 너그 아버지 버스 기사님이신 거 왜 말 안 했노?"

"물어봤나?"

맞다. 물어본 적 없었다. 아무튼 회수권 아꼈다.

나는 8반이고 쥐똥은 7반이다.

내 옆에 앉은 놈은 어마어마했다. 몸은 내 2배는 되겠고, 피부는 또 밀가루처럼 하얗다. 나는 주눅 들면 안 된다고 들은 거는 있었다. 온갖 인상을 쓰면서 강한 척을 했다.

"야! 싸운다. 7반에 싸운다. 싸움 났다." 애들 모두가 7반으로 뛰어갔다. 나도 그 무리에 끼어 뛰어갔다.

"새끼야! 덤벼라. 뭐만 한 새끼가 어디서 까부나? 니 어디 학교 나왔노?"

"니꺼 커서 좋겠다. 왜 어디 학교 나온 게 중요하나! 새끼야! 그냥 덤벼라."

익숙한 목소리다. 동우다. 그 뭐만 한 새끼가 동우다. 나는 동우가 욕하는 것도 처음 봤다. 싸우면 동우가 백프로 진다.

"비끼봐라."

나는 애들을 삐집고 들어갔다.

"쥐똥! 무슨 일이고?"
"저 새끼가 뒤에 앉아서 자꾸 연필로 교복에 낙서한다아이가?"
"돌았네! 저 새끼! 니 비끼봐라."
나는 인상에서 밀리면 안 될 것 같아서 더러운 표정을 지었다.
"야! 니 뭔데 애 괴롭히는데?"
"니는 뭐꼬?"
"보면 모르나 친구다. 왜? 나도 뭐만 한데 나랑 한판 뜰까?"
"쳐 돌았나? 죽으려고 환장했제?"
"아 이 새끼 덩치는 커다란 게 말 많네."
뒤를 돌아보니 동우는 한 발 더 물러서 있었다. 어이가 없었다. 이제는 내랑 저 새끼랑 싸움이 됐다.
"야! 야! 야! 떴다! 떴다. 샘 떴다."
"이 새끼들 거기서 뭐 하노!"
애들은 이리저리 각자 반으로 흩어졌다. 수업 시간 내내 마치고 '어떻게 그 새끼를 선방을 쳐서 보내지. 힘으로는 안 되겠는데? 어떻게 하지?' 생각을 해봐도 답이 안 나왔다.
"딩동댕~" 끝났다.
오늘 하루가 어찌 갔는지 모르겠다. 가방을 주섬주섬 싸고 있는데 동우가 왔다.
"철민아! 어쩌노? 그 새끼가 2학년 선배 데리러 갔다. 내 보고 니 잡고 있으라고 하던데, 도망갈까? 씨발! 뭐 그런 놈이 다 있노?"
"쥐똥! 니 욕 억수로 잘하네. 어디서 기다리라 하던데?"
"그런 말은 없고, 교실로 올 거 같은데."

"그러면 기다리자. 덩치는 커다란 놈이 졸았는가 보다. 쥐똥아! 쫄리나?"

"쫄리기는 그냥 그렇다는 거지. 근데 니는 아는 선배 없나?"

"내는 없는데, 니는 없나? 쫄지 마라. 죽이기까지 하겠나? 그리고 선배한테 한 대 맞는 거 그게 뭐 쪽팔리나?"

사실 나는 어릴 때부터 산동네에서 살아서 형들한테 대들었다가 얻어터지고 또 싸우고 많이 했다. 한두 살 형들하고는 맨날 싸웠다. 그래서 맞는 거는 겁이 없다. 그리고 누나들한테도 하도 많이 맞아서 아프지도 않았다. 누나들이 제일 무서웠다.

"햄아! 점마들이다. 점마가 끼어들어서 둘이서 내한테 덤볐다."

돼지 새끼가 지랄을 한다. 나는 어이가 없어서 고개를 돌렸다.

"야! 니! 일어나 봐라."

나는 가방을 내려놓고 일어났다.

"어! 야! 김깜돌! 니 우리 학교 왔나?"

"개똥이 햄아! 햄도 우리 학교가?"

"이야 이 새끼 이거 이사 가서 안 보여서 동네가 조용하던데, 우리 학교 왔네. 학교 시끄럽겠다."

"뭐라카노? 내는 모범생이다. 공부만 할기다."

"지랄! 맞다 이 새끼 인마 내 사촌 동생이다. 덩치는 커도 순둥이다. 아 때리지 말고 친하게 지내라."

"알았다. 때리기는 와 때리노."

"내 간다. 아~ 맞다. 깜돌아! 대갈통도 우리 학교다. 무슨 일 있으면 햄 찾아온나. 2학년 3반이다."

"알았다. 근데 무슨 일 없을 거다. 햄도 괜히 아는 척하지 마라."
그렇게 개똥이 형을 만나고 잘 마무리했다.

"근데 너그 아버지 또 오나?"
동우는 나를 바보 쳐다보듯이 봤다.
"시간 안 맞다. 오늘 아침은 운이 좋았다."
"아~~"
내가 생각해도 바보 같은 질문이긴 했다.
"근데 니 왜 깜돌이고? 새까만해서?"
"죽을래. 그게 아니고 깐돌인데 저 햄이 발음이 안 좋다."
"그라면 왜 깐돌이고?"
"몰라! 딱 들으면 모르겠나?"
사실은 깐돌이 아이스크림을 맨날 먹어서 깐돌이다.
"근데 니 이사 온 거 알고 너그 집에 놀러 가려 했는데 너그 집 2층에 말자도 이사 와서 못 갔다."
"말자가 왜?"
"그냥"
"미친놈"
"잘 가라~ 내일 아침에 너그 집 앞에서 기다릴게."
착한 놈이다. 굳이 우리 집까지 와서 기다려서 같이 학교 가자고 했다. 나는 대문을 그냥 열쇠로 열면 되는데 괜히 초인종을 두세 번 눌려 봤다. 아무도 없는 거 알았다. 엄마, 아빠는 일하러 가고, 누나들은 학교 갔다. 괜히 지나가는 사람도 없는데 우리 집이다는 걸 보여주고 싶었다.

*

'그래 새 마음 새 뜻으로 열심히 공부해 보자' 나는 방바닥에 엎드려 여름방학 계획표를 짰다. 스케치북에 냄비 뚜껑을 올려 동그랗게 그렸다. 온통 공부, 독서, 휴식이다.

"갔다온나!"

막내 누나가 문을 벌컥 열더니 천 원짜리를 책상 위에 올려놓으면서 발로 엎드려 있는 내 엉덩이를 툭툭 치며 말했다.

"안 갈 거다. 니가 가라."

"좋은 말 할 때 갔다 오는 게 좋을 건데."

"안 갈 거라고, 인제 그만 좀 시켜라. 이씨!"

"이씨! 이씨라고 했나? 언니야 안 간단다. 어짜꼬?"

나는 떨고 있었지만 아무렇지 않은 척 계획표를 짰다. "쿵! 쿵!" 둘째 누나가 오는 소리랑 내 심장 뛰는 소리가 동시에 들렸다.

갑자기 앞이 캄캄했다. 앞이 안 보였다. 이불을 뒤집어씌우고 밟고 때렸다.

"아아아~아아"

"갈 거가? 안 갈 거가?"

"알았다. 갔다 올...게..으으 흑흐흐 엄마 오면 다 말할 거다."

나는 질질 짜면서 딸딸이를 신었다.

"아이씨! 놀래라! 니 뭐꼬?"

대문을 열고 나오는데 동우가 우리 집 앞에 서 있었다.

"아니, 놀자고 부르려 했는데 니 비명하고 우는 소리가 들려서, 근데 니 왜 맞았는데?"

"몰라! 아이씨! 맨날 지랄들이다."

딸딸이를 질질 끌고 집 앞 슈퍼로 갔다. 동우가 옆에서 내가 불쌍한 척 쳐다보면서 따라왔다.

"아줌마! 누나들이 사 오랍니다."

아줌마는 검은 봉지에 넣어줬다.

"그게 뭔데?"

동우는 해맑게 물어봤다.

"푸리덤!"

"푸리덤?"

"생리대! 니 쪼끔만 기다리래이. 내 옷 갈아입고 올게. 병팔이 집에나 가자."

병팔이는 병호 별명이다. 병호도 국민학교 때부터 친구다.

"조용히 해라"

우리는 도둑놈처럼 익숙하게 병호 집 대문을 열고 병호 방문을 확 열어 버렸다.

"아이씨! 놀래라. 뭐꼬 소리 좀 내고 온나."

병호는 급하게 티브를 끄고 비디오테이프를 챙겼다.

"으이구 뭔데. 오늘은 뭐 보는데."

"산딸기3"

"이런 거는 같이 좀 보자."

우리는 다 같이 숨죽여가며 영화 감상을 했다.

"병팔아! 뭐하노?"

까불이 철수가 문을 열고 들어왔다.

"아직도 이런 거 보나? 꺼라"

"왜?"

"놀러 가자! 너그들 돈 얼마씩 있노?"

"내는 없는데?"

나는 돈이 진짜 없었다. 동우는 3000원, 병호는 2500원이 있었다.

"너그 둘이 롤라장 가 봤나?"

"아니"

나랑 동우는 가본 적이 없었다. 병호하고 철수는 몇 번 갔다고 했다.

"알았다. 30분 뒤에 로얄 오락실 앞에서 보자."

나랑 동우는 전력 질주로 집에 갔다. 나는 씻고 무스 바르고 멋을 부렸다.

"누나야?"

나는 둘째 누나한테 갔다. 불쌍한 척 비굴하지만 어쩔 수 없었다. 앞으로 조용히 심부름하는 조건으로 3천 원에 합의 봤다.

나는 오락실 앞으로 가니 세 놈이 나란히 앉아 있었다.

내가 봐도 병호는 멋있다. 키도 제일 크고 떡대도 좋다. 거기에 비하면 우리 셋은 도긴개긴이다.

우리는 오락실 앞 버스 정류장에서 버스를 안 타고 종점까지 걸어갔다. 앉아서 가려고 10분을 걸어서 종점까지 갔다. 맨 뒤 칸에 나란히 앉았다.

"우와~ 여기 뭐꼬?"

신세계다. 처음 듣는 팝송에 화려한 조명에 나랑 동우는 "우와"만 하고 있었다.

우리 둘은 난간을 잡으면서 한발 한발 내디뎠다. 두 놈은 제법 탔다. 몇 번이고 넘어지고 걷고 넘어지고 반복했다.

"야~저기 진짜 이쁜 애 있더라. 가보자"

병호가 뒤에서 나타나서 나랑 동우를 손잡고 끌고 갔다.

"이쁘제? 말 걸어볼까?"

"됐다. 뭐하게?"

말은 그렇게 했지만 니가 가서 말 걸어 보라는 거였다. 나는 침을 무쳐서 머리에 다시 힘을 줬다. 그래 봐야 머리카락은 3센티다.

철수하고 병호가 자신 있게 갔다. 나하고 동우는 난간을 잡고 안 넘어지려고 안간힘을 쓰고 있었다.

근데 두 놈이 돌아오더니 "가자. 가자. 아이씨~ 쪽팔려라." 튕겼다는 거다. 우리는 휴게실로 왔다. 롤라를 벗으니 살 거 같았다. 인제야 내 발이 내 발 같았다.

콜라 2개를 사서 나눠 마셨다. 어떻게 될지 몰라서 돈을 아끼는 거였다.

"야! 니 첫사랑 아니가? 저기저기!"

철수가 가리키는 곳으로 다 같이 쳐다봤다.

영희다.

이쁘다. 하얀 짧은 반바지에 하늘색 남방을 입은 영희는 아직도 천사 같았다. 영희도 우리 쪽을 쳐다봤다. 우리는 동시에 고개를 돌려 딴짓을 했다. 나는 곁눈질로 영희 쪽을 쳐다봤다.

영희가 다가왔다.

"철민아 안녕~ 오랜만이네. 잘 지냈어? 병호랑 동우도 잘 지냈어?"

"어. 어.. 어. 나는 잘 지냈어."

6학년 2학기 때 내 옆으로 와서 안녕 하면서 앉았을 때가 생각이 났다. 그때보다 심장이 더 뛰었다. 무슨 말이라도 해야 하는데, 아무 말도 못 하고 멍하게 고개 숙였다.

"영희야. 빨리와!"

"응. 갈게."

한 손에는 롤라를 들고 저기 키가 커다란 놈이 손을 흔들면서 영희를 불렀다.

"미안. 오빠랑 같이 와서 가봐야겠다. 다음에 보자."

그렇게 손을 흔들고 가버렸다. 무슨 향기인지는 모르겠지만 코끝에 맴돌아 심장을 계속 뛰게 했다. 영희가 가자마자 애들은 영희 쪽을 쳐다봤다.

"우와~저 가시나 억수로 밉상이네. 나는 안 보이나? 병호하고 동우한테도 "안녕"하면서 왜 나한테는 "안녕" 안 하는데? 그리고 봤나? 이쁜 척하면서 "오빠야" 하면서 뛰어가는 거."

1. 그 남자

철수는 영희가 뛰어가는 모습을 그대로 따라 했다.

"그만해라. 들겠다. 그리고 오빠를 오빠라고 부르지 뭐라 하나?"

"와! 이 새끼 그래도 지 첫사랑이라고 챙겨주나? 아멘이다."

"첫사랑은 무슨 첫사랑 그런 거 아니다."

"어이구~ 6학년 때도 차이고 오늘도 차이고 불쌍해서 어쩌나? 그러기에 왜 6학년 때 바람을 피우고 그라노? 아멘~"

"계속 까불어라. 바람피우고 그런 거 없었다."

나는 영희를 다시 쳐다봤다, 롤라도 제법 잘 탔다.

"그래 그거 다 헛소문이었다."

병호가 내 편을 들어줬다.

"맞나? 아니가?"

동우는 다시 나를 쳐다보면서 물었다. 그런데 나도 모르는 사실을 병호가 이야기했다.

"몰랐나? 우리 집 옆집에 미자 산다아이가. 미자한테 들었는데 6학년 때 영희하고 철민이 점마하고 그런 소문 있었다아이가?"

"있었지. 그때 이 새끼 김바람으로 소문났다아이가!"

철수는 신났다.

"그거 소문낸 게 말자란다. 말자 가시나가 질투 나서 그랬단다."

"헉! 무슨 소리고? 니 확실하나?"

나는 놀라서 다시 물어봤다.

"확실하다. 미자하고 말자가 둘이서 짜고 소문냈다카더라."

나는 멍하게 있었다.

"그리고 선생님께 가서 짝지 바꿔 달라고 말해라고 영희를 협박하고 시켰단다."

"우와~ 이 가시나 이거 미친 거 아니가."

나는 화가 머리 끝까지 올라왔다.

"집에 갈란다. 가자."

나는 당장 말자를 잡기 위해 집으로 갔다. 뒤따라 온 동우는 조용히 말했다.

"니 말자한테 지랄할 거가?"

"그라면 니 같으면 참나?"

"그래도 말자 착한데."

"아이씨! 지금 니는 누구 편드노?"

"야! 이말자!"

나는 말자 집에 쳐들어가서 방문을 열었다.

"아이씨! 야! 가시나야! 옷 입어라."

"뭐라노? 옷 입고 있잖아. 왜?"

말자는 짧은 바지와 나시를 입고 있는데 무슨 팬티 같았다. 나는 누워있는 말자를 발로 툭툭 쳤다. 막내 누나가 내를 깨울 때 하는 행동이다.

"일어나라. 일어나 봐라. 내랑 이야기 좀 하자."

"아이 진짜 와이라는데?"

말자가 일어나서 내 앞에 서는데 언제 이 애가 이렇게 컸는지 내 얼굴은 말자 가슴에 가 있었다. 키 차이가 이렇게 안 났는데 언제 이렇게 많이 컸는지 멀리서 봤을 때는 몰랐는데 나보다 15센티는 큰 거 같았다.

"가시나야 니가 그랬다면서?"

"뭘? 뭐를 내가 그랬는데?"

이러면서 가슴을 앞으로 툭툭 내미는데 가슴이 내 얼굴에 자꾸 닿았다. '뭐지 이 냄새는 뭐지?' 이 느낌은 나는 순간 멍했다.

봉긋한 것이 자꾸 내 얼굴에 닿았다. 나는 내 몸이 이상하다는 것을 느꼈다.

"그게 아니고 가시나야 니가 6학년 때 영희 협박하고 소문내고 그랬다면서?"

"누가 그러던데? 미자가 그라더나?"

"누가 말한 게 중요하나? 니 왜 그랬는데?"

말자는 팔짱을 끼는데, 말자 가슴이 엄청나게 크게 보였다.

"야! 니는 영희랑 짝지 되고 영희한테 잘 보일 거라고 억수로 노력 많이 하더라. 옷도 맨날 다른 거 입고 머리는 또 꼴에 무스도 바르고 억수로 깨끗하게 다녀서 열 받아서 그랬다. 왜!"

말자는 펑펑 울었다.

"가시나야 니가 뭐 잘했다 우는데?"

"아이고! 쪼잔하게 인제 와서 흐흐 으앙 그거 따지러 왔나?"

"따지는 게 아니고 가시나야 내가 그 소문 때문에 얼마나 힘들었는지 모르나?"

"왜? 그때 영희 가시나랑 잘 안 돼서 억울하나? 영희랑 더 못 만나서 억울하나? 내가 연락해 줄까? 으아앙"

"뭐라 카노! 그건 그렇다고 치자. 그리고 그만 좀 울어라. 그라면 니는 왜 나중에 선생님께 내랑 짝지 못 하겠다고 울고불고 바꿔 달라고 생지랄을 했는데?"

"니가 내랑 짝지 되자마자 또 맨날 꾸질꾸질한 태권도 도장 체육복만 입고 학교 왔잖아. 그리고 세수도 안 하고 오고, 그래서 열 받아서 그랬다. 왜 이제 와서 이라는데. 으흐흐"

또 가슴을 내밀었다. 기분이 이상했다.

"아이씨! 니! 그렇게 살지 마라."

나는 문을 쾅 닫고 나와버렸다.

싸운 것도 싸운 거지만 이상했다. 심장이 너무 빨리 뛰었다.

'왜 이러지?' 자꾸 말자 가슴이 생각나고 그 냄새랑 얼굴에 닿던 촉감이 생각나서 미치겠다. 싸운 기억은 하나도 생각이 안 났다. '미쳤지. 미쳤네. 내가 미쳤다. 왜 이러지?' 나는 어릴 때부터 누나들이 팬티 바람으로 돌아다니고 내 앞에서도 옷 갈아입고 해서 여자 가슴이나 그런 거 봐도 아무렇지도 않았다.

내가 다른 사람도 아니고 말자를 생각하다니, 그렇게 많은 성인 영화를 봐도 이런 적이 없었다.

나는 책상에 엎드렸다.

"야~그만해라."

"왜? 니 내 가슴 만지고 싶었잖아."

말자가 내 손을 가슴에 가져갔다.

나는 옷 속으로 손을 넣었다. 너무 좋았다. 이 촉감은 태어나 처음 느꼈다.

"말자야~ 이러면 안 되는 거 아이가?"
말자는 말이 끝나기도 전에 나의 무릎 위에 앉아 내 입술에 입을 맞췄다.
"아~ 이러면 안 되는데…."
이상한 느낌이 들었다. 눈을 떴다. 잠깐 잠들었다. '젠장 이게 뭐지?' 팬티 안이 찜찜했다. 미쳤다. '이게 몽정인가?' 처음이었다. 애들한테 들은 적은 있었다. 나는 화장실에 가서 쪼그려 앉아 팬티를 빨았다.
'아이씨! 내가 미쳤지 어찌 이런 일이' 찜찜한 기분에 나는 집에 있을 수가 없었다.
현관문을 열고 나가려는데 엄마가 검은 봉지를 양손에 들고 들어오셨다.
"어디 가노? 저녁밥 먹을 건데?"
"동우한테 잠시만 갔다 올게."
"빨리 온나, 저녁밥 묵어야 된다."

"쥐뽕!"
"왜? 무슨 일 있나?"
"그게…. 아니다."
"야! 니 왜 그라노? 말자한테 맞았나?"
"말자한테 왜 맞노!"
괜히 동우한테 화를 냈다.
"그라면 말을 해라. 말을 해야 알지?"

"쥐똥!"

"왜?"

"니 혹시 몽정해봤나?"

"아! 이 새끼 뭐꼬 하하하 얼라네. 니 이제 몽정하나? 미치겠다. 그라면 니 딸딸이도 아직 안 쳐 봤나?"

"됐다. 씨발 나도 해봤다."

괜히 성질내면서 집에 왔다.

"야! 아니다. 하하 잘 가라."

저녁밥을 먹는데 밥이 어디로 들어가는지 모르겠다.

먹는 둥 마는 둥 하는데 "와자창~~ 쨍그라랑" 창문 깨지는 소리가 났다.

"뭐꼬! 뭐꼬!" 아버지는 숟가락을 던지고 뛰어나가셨다. 뒤따라 줄줄이 나갔다. 2층에서 말자 엄마하고 말자가 뛰어 내려오고 있었다.

"성님아~~어짜노? 어짜노? 택시 좀 불러도! 우리 말자 죽는다."

말자는 얼굴에 피가 흐르고 있었다. 하얀 수건으로 감싸고 있는데 수건이 피투성이였다.

"이게 뭔 일이고?"

엄마는 안절부절못했다. 말자하고 아줌마는 뛰어나갔다. 엄마도 그 뒤를 따라 뛰어갔다.

"동우 아부지요! 집에 있는교? 동우 아부지요! 쾅쾅쾅"

엄마는 택시를 부르는 대신 동우 집 대문을 부서지라 뚜드렸다.

동우 아버지는 대문을 열고 얼굴만 삐쭉 내미셨다.

"이게 뭔 일이고, 동우야! 빨리 아빠 차 키 가져온나."

아저씨는 말지를 보자마자 고함을 지르고 난리다. 아저씨는 트렁크 팬티만 입고 있는 걸 잊은 채 차에 올라타셨다. 우리 동네에 유일하게 동우 집에만 자가용이 있다. 동우 아버지가 버스 기사이니 운전은 잘하셨다.

"니는 빨리 말자 집에 가봐라."

엄마는 뒤따라온 나를 보며 말했다.

"이게 뭐꼬?"

온 식구가 말자 집에 있었다. 집 안이 유리 조각에 핏자국이 엉망이었다. 무서웠다. 말숙이는 손에 피를 흘린 채 동식이 방문을 부수듯이 두드리고 있었다.

"동식! 이동식! 문 열어 문 열어! 문 열어!" 말숙이는 우리가 온 지도 모르고 계속 문만 두드렸다.

큰누나가 말숙이를 뒤에서 껴안았다.

"말숙아 큰언니야, 언니다."

"언니. 언니 큰언니. 말숙이가, 말숙이가 말자 언니를 다치게 했다. 말자 언니 머리에 피난다. 말숙이가 했다."

"알았다. 알았어. 언니 집에 가서 과자 먹자 가자."

큰누나는 말숙이를 안고 집으로 내려갔다.

"동식아! 행님이다. 문 열어봐라."

"행님아~ 엉엉엉~"

얼마나 울었는지 눈이 팅팅 부어 있고, 눈물인지 옷이 다 젖어 있었다.

"괜찮다 그래. 그래. 울지 마라. 가자. 행님 집에 가자."

"자~ 이거로 닦아라."

"놀래라! 니 언제 왔노?"

동우는 언제 왔는지 동식이한테 수건을 내밀었다.

말자 아버지는 배를 탄다고 들었다. 몇 년에 한두 번 봤다.

"동식아~ 어떻게 된 거고?"

"말숙이 누나가 거실에 있는 큰 거울로 말자 누나를 내려쳤다."

"왜? 왜? 말숙이가 왜 말자를?"

"몰라, 나도 모르겠어. 몰라, 엉엉엉."

"울지마라."

동식이 말은 아줌마가 씻는 동안 말숙이가 뭔가를 계속 먹는다고 하니 말자가 못 먹게 해서 말숙이가 갑자기 거실에 큰 거울로 말자를 내려쳤다는 거다. 말자랑 아줌마가 병원을 가니 집에 있는 물건을 창문 밖으로 던지고 동식이를 잡으려 해서 동식이는 문을 잠그고 그렇게 있었던 거였다.

말숙이는 아프다.

말자보다 한 살 어리지만, 엄청나게 크다. 많이 먹는다. 모르는 사람들은 말숙이를 무서워하고 바보라 했다. 말숙이는 바보가 아니고 아픈 거였다. 그리고 엄청나게 똑똑하다.

우리는 말숙이를 박사라 불렀다.

동우는 초인종을 누르고 대문 앞에 쪼그리고 앉아 있었다. 들어 와서 기다리라 해도 꼭 저러고 있었다.

"병원 가 보자. 근데 니 울었나?"

"울기는?"

동우는 눈이 팅팅 부어 있었다.

말자는 머리부터 오른쪽 눈 위에까지 붕대를 감고 있었다.

"아줌마 안녕하세요."

"그래 너그 잘 왔다. 우리 말자 좀 보고 있어라. 내 퍼뜩 집에 좀 갔다 올게."

"네, 천천히 갔다가 오세요."

"말자야~ 니 괜찮나?"

말자는 고개만 끄덕이더니 갑자기 펑펑 울기 시작했다.

"울지 마라. 가시나야! 병실 사람들 다 깨겠다."

"괜찮다. 말자야 울어라."

동우는 멋있는 척은 다 했다. 사실 나도 말자 보자 나온 눈물을 꾹 참고 있었다.

조용했다. 누구 하나 말을 안 했다.

"야! 너그들 내 꿈이 두 개 있는데 뭔 줄 아나?"

말자가 울먹거리며 말했다.

우리는 대답 대신 쳐다봤다.

"하나는 미스코리아다."

나는 '니가 무슨 미스코리아고?' 웃음이 나오는 걸 참는다고 죽 을 것 같았다.

"맞나? 니는 미스코리아 할 수 있다. 이쁘고, 키도 크고 몸매도 좋고 하면 되지 왜"

동우가 진지하게 말했다.

'이 새끼가 미쳤나?' 나는 째려봤다.

"이제 미스코리아 꿈은 못 꾼다. 이마부터 눈 옆에까지 몇십 바늘 집었다."

"개안타. 어른 되면 흉터 지우는 수술 하면 된다아이가?"

동우는 또 진지하게 물어봤다.

"다른 꿈 하나는 뭔데?"

"그거는 비밀이다. 근데 그것도 이제 꿈꾸면 안 되겠다."

말자는 그러더니 고개를 돌려 눈을 감았다.

우리는 병원에서 9시가 다 되어서 나왔다.

"쥐똥! 니는 말자가 왜 좋노?"

"음..말자는 키도 크고 몸매도 좋고 그런데 그것보다 그냥 말자는 조용하고 항상 내 편만 들어줄 거 같다. 꼭 엄마 같아서 좋다."

나는 아무 말도 안 했다. 동우 어머니는 초등학교 때 돌아가셨다고 했다. 그래서 할머니랑 아빠랑 산다. 형제도 없다. 외동아들이다. 부러운 놈이다. 동우는 말없이 걷던 나를 잡았다.

"근데 니는 말자가 왜 싫노?"

"음.. 엄마 같아서 싫다."

혜영 그리고 말자

1992년 12월.

벌써 중학교의 마지막 시험이 끝났다.

우리 엄마는 대단하신 것 같다. 중학교 입학 때 맞춘 교복이 졸업할 때 딱 맞다. 1년에 10cm씩 딱딱 맞게 해 주셨다. 바지는 온통 짜깁기하여 흥부 바지가 되었다.

"시험 잘 쳤나?"

"그저 그렇게 쳤다."

동우는 힘없이 대답했다.

"이러다 인문계 못 가는 거 아니가?"

"설마? 잘 될 거다. 걱정하지 마라. 오늘 병팔이 집에 모이기로 했다. 가자."

나는 동우를 위로 아닌 위로를 해줬다. 누가 누굴 위로하는지 모르겠다. 나랑 동우 빼고는 공고, 상고 간다고 시험에는 관심이 없는 놈들이다.

골목길에 들어섰다.

동우가 조용하게 속삭였다.

"야! 돌아가자."

"왜?"

"저기 끝에 가시나들이 담배 피우고 있는데?"

"근데 왜 돌아가야 하는데?"

"괜히 시비 붙어봐라. 피곤하다."

"아씨! 이 새끼 쫄았네."

나는 동우 때문에 돌아가려는데,

"잠깐만, 저기 말자 같은데, 말자도 있는데?"

동우는 어디서든 말자를 잘 찾는 것 같았다.

"어디?"

말자는 중학교 1학년 때 그 사건 이후로 많이 달라졌다. 원래는 말숙이도 잘 돌봐주고 얌전하게 착했는데 요즘 말자는 무섭게 변했다. 어디서 그런 애들을 만났는지 모르지만, 껌 좀 씹고 담배도 피우고 양아치 같은 애들하고만 어울리고 학교도 잘 안 가는 것 같았다. 오른쪽 앞머리는 항상 무스를 발라서 눈이 가릴 정도로 내려 있고, 옷은 말 타러 다니는지 맨날 승마바지에 이상한 청재킷을 입고 다녔다.

"야! 이말자! 이 가시나야! 옷이 그게 뭐꼬?"

나는 말자 쪽으로 향해서 걸어갔다. 동우는 마지못해 내 뒤를 따라왔다. 그중에 덩치가 내 만한 아이가 앞으로 나왔다.

"저 새끼 뭐꼬?"

"아이씨, 그냥 가라. 동우야 이 새끼 데리고 가라."

말자가 덩치를 말리면서 동우한테 협박하듯이 말했다.

"가자. 그냥."

"있어봐라. 야! 가시나야! 담배 안 끄나. 철 좀 들어라. 가시나야!"

"그냥 좀 가자."

나는 못 이기는 척 동우한테 끌려가면서도 말자 무리한테 삿대질하면서 아는 욕이라는 욕은 다했다.

"아이씨! 분이 안 풀리네."

"근데 니 왜 그렇게 광분하는데?"

"몰라! 우와 근데 봤나? 그 덩치 큰 가시나! 잘하면 한 대 치겠더라. 무섭더라."

"니 말자가 안 말렸으면 오늘 터졌을 거야. 하하하,"

"죽을래! 시끄럽다. 나중에 4시까지 병팔이 집에 온나."

나는 병호 집을 우리 집처럼 자연스럽게 들어가서 병호 방문을 열었다.

아무도 없었다. 티브이 소리가 안방에서 들리는 것 같았다. 나는 안방 문을 열었다.

"이 새끼 뭐...하"

병호가 아니었다.

우리보다 2살 많은 혜영이 누나가 자고 있었다. 혜영이 누나는 기숙사가 있는 고등학교에 다녔다. 그래서 방학 때나 집에 왔다. 나는 조용히 문을 닫고 나오는데 이불 사이로 누나의 속살이 보였다. 나는 무슨 용기가 났는지 문을 열고 안방으로 들어가 조용히 안방 문을 닫았다. 나는 혜영이 누나 옆에 무릎을 꿇고 앉아 살며시 이불을 좀 더 들쳐 봤다.

하얀 원피스 잠옷을 입고 있었다. 원피스가 반쯤 감겨 허벅지 위에까지 올라가 있다. 이쁘고 공부도 잘하는 거는 동네에 소문이 나서 잘 알았는데 이렇게 가까이에서 보는 건 처음이었다.

'진짜 이쁘다.'

심장이 미친 듯이 뛰었다. 나는 원피스를 좀 더 위로 걷어 올려봤다. 누나의 하얀 팬티가 보였다. 나는 다시 원피스를 내렸다. 원피스 위로 누나 가슴이 봉긋하게 튀어나와 있었다. 나는 봉긋한 누나 가슴 모양을 따라 내 손도 봉긋하게 만들어 누나 가슴 위에 손을 살짝 올렸다. 속옷을 안 입은 거 같다. 만진 것도 아니고 살짝 손을 올려 본 것인데 나는 점점 이성을 잃어갔다. 나의 온몸에 전율이 흘러 나의 손은 떨리고 나의 몸은 뻣뻣하게 굳어 가는 것 같았다.

"병팔아~ 병팔아~"

누가 왔다. 나는 서둘러 나갔다. 혜영이 누나가 몸을 뒤집는 것 같았다.

"병팔이 없다. 나가서 기다리자. 근데 니 오늘 운동 안 갔나?"

현관문 앞에서 전봇대만한 놈이 소심하게 병팔이를 부르고 있었다.

"맞나? 없더나? 나가서 기다릴까?"

"맞다. 없다. 나가자."

뭐가 맞는지 맨날 '맞나?'다. 나는 차돌이를 데리고 나갔다.

차돌이는 키가 190이다. 테니스 선수다. 초등학교 때는 정구를 했다. 중학교 가서 테니스로 바꿨다. 성실하고 엄청 착한 놈이다. 차영석이라 차돌이다. 우리는 대문 앞에 나란히 앉았다.

"근데 니 오늘 운동 안 갔나?"

"때려치우려고!"

"왜?"

"체고 가고 싶은데 엄마 말로는 돈이 필요하다고 감독이 지랄했나 보다."

"아이 씨팔! 아직도 그렇나?"

더러운 세상이다.

실력으로 가야 하는 학교를 아직 돈을 요구한다고 했다. 나는 더는 말하지 않았다. 살짝 어깨에 손을 올려 토닥거려 줬다. 이 녀석은 덩치는 산만 하고 비정상적으로 오른쪽 팔뚝이 엄청나게 크고 헐크 같지만 진짜 착하고 순둥이다.

"병팔이 없나?"

골목 끝에서 추워 죽겠는데 쭈쭈바를 사이좋게 빨면서 철수랑 동우가 왔다.

"쭈쭈바 먹어라. 받아라."

'휘이익' 하고 검은 봉지가 날아오는 걸 영석이는 습관적으로 쳐냈다. 대문에 나란히 네놈이 앉아서 쭈쭈바를 물고 있다. 나는 쭈쭈바가 무슨 맛인지 하나도 모르겠다.

"근데 이 새끼는 왜 안 오노?"

철수가 투덜댔다.

"야! 나는 안 되겠다. 배가 아파서 집에 갈게 내일 놀자."

"왜? 차분거 먹어서 그렇나? 많이 아프나?"

동우가 걱정해 줬다. 나는 그 자리를 벗어나야만 했다.

'미친놈! 너는 정신병자야! 미친놈 너는 성범죄자야! 이제 어쩔 거야 혹시 혜영이 누나가 아는 건 아닐까? 아니야 자고 있었어, 근데 나올 때 뒤척이는 것 같았어.' 혼자 별생각을 다 했다.

"엄마~ 나 겨울방학 동안 독서실 다닐 거다. 돈 줘."

엄마는 동물원 원숭이 쳐다보듯이 나를 쳐다봤다.

"얼마나 가는지 보자."

나는 혜영이 누나가 방학 동안 독서실을 다니는 걸 알고 나도 독서실을 다니기로 마음먹었다. 태어나서 처음으로 독서실을 와 봤다.

"뭐지 어떻게 하지? 저기요. 오늘 처음 왔는데요?"

나는 신발장 옆에 안내라는 표지판이 붙은 조그마한 창문을 열었다.

"한 달? 아니면 하루?"

아줌마가 머리만 빼쭉 내밀었다. 억수로 착하게 말씀하셨다.

"한 달요. 근데 자리는 어떻게?"

"방학이라 자리 많아. 들어가서 빈자리 보고 와서 번호 말해."

"네! 근데 이혜영 누나 다니죠?"

"혜영이? 아직 안 온 거 같은데 혜영이는 왜?"

"아니요. 사촌 동생인데요. 이것 좀 주려고요."

"줘~ 내가 자리 위에 갖다 놓을게."

나는 오면서 사서 온 초콜릿을 주섬주섬 꺼내서 아줌마에게 줬다.

'혹시 아줌마가 먹으면 안 돼요!'라는 무언의 협박을 눈빛으로 보냈다.

아줌마는 '뭐지 이놈. 내가 이런 거나 먹을 사람으로 보이나?' 안쓰러운 눈빛을 보냈다. 나는 몇 번을 휴게실 가는 척하고 왔다 갔다 하면서 혹시나 하는 기대를 했다.

나는 다음날 작은 유리문을 열면서 "아줌마 혜영이 누나 왔어요?"

다음날도 그다음 날도 3일을 초콜릿을 아줌마에게 드리면서 부탁했다. 그런데 한 번도 안 마주쳤다. 이상했다.

나는 밤 11시가 다 되어 투덜거리며 독서실을 나왔다.

"야! 같이 가자."

누군가가 내 팔짱을 꼈다.

혜영이 누나다.

"어. 어.. 누.. 나.. 안녕하세요."

누나는 팔짱 낀 채 나를 아래위로 훑어봤다.

"니! 그때 방에서 있었던 일 때문에 무섭고 미안해서 초콜릿 계속 준 거제?"

'누나가 알고 있는 거다. 안 잔 건가?' 나는 무슨 말을 해야 할지 모르겠다.

"그.. 게.. 누나 미안해요. 진짜 잘못했어요. 누나 근데 그 일 때문이 아니라, 나 누나가 너무 좋아요.. 그래서...."

누나는 아무 말도 없다. 누나는 나를 한번 보고 혼자 웃고 조용히 걸었다. 동네에 들어섰다. 양 갈래 골목길 앞에서 멈췄다. 누나가 손을 놓으면서 손을 흔들었다.

"잘 가라."

"네. 누나도 잘 가요."

돌아서 가는 누나를 쳐다보는데 누나가 나를 다시 쳐다봤.
웃는 모습이 너무 이뻤다.

"야! 내일도 내 데려다줘."

누나가 웃으며 말했다. 나는 바보처럼 웃었다.

"네. 넵."

나는 누나가 안 보이기 시작할 때 골목길로 들어갔다.

♪♬골목길 접어들 때에~~♪♬내 가슴은 뛰고 있었지!♪

혼자서 개다리춤에 노래까지 부르며 신이 났다.

"좋냐? 지랄을 해라."

"우이쒸! 놀래라! 가시나야 간 떨어질 뻔했다."

말자다. 말자가 골목 입구에서 다 보고 있었던 거였다.

"저 가시나 누구고?"

다행이었다. 누군지 안 봤다. 혜영이 누나인 거를 알았다면? 상상도 하기 싫었다.

"니가 알아서 뭐 하게? 근데 니는 왜 밤늦게 돌아 다니노. 그리고 골목에서 담배 좀 피우지 마라. 누가 보면 우짤라고 그라노."

"니나 잘하세요. 길거리에서 손잡고. 왜 뽀뽀도 하지 그랬노."

말자는 주먹을 쥐고 내 머리를 때리는 시늉을 했다. 나는 그걸 또 무서워서 피했다. 나는 말자한테 끌려가는 것처럼 졸졸 따라 걸었다.

"야 이 머스마야 따라오지 마라."

"뭐라노! 나도 집에 가는데."

나는 그렇게 독서실을 공부보다는 혜영이 누나를 보기 위해 다녔다. 아침 9시가 되면 독서실로 향했다. 혜영이 누나는 정확하게 9시 30분이 되면 독서실에 왔다. 문 앞에서 기다리다가 누나가 보이면 같이 들어갔다.

집에 있는 사랑 이야기 시집이라는 시집은 다 뒤져서 짜깁기해서 적은 편지를 매일 줬다, 그 편지 맨 밑에는 시간표를 적어 줬다.

- 11시 휴게실에서 보기.

12시 30분 점심. (짜장면 먹으러 가기)

3시 휴식. (1시간 내랑 바람 쐬러 가기)

7시 휴게실. (컵라면)

11시 집에 가기. (내랑 팔짱 끼고) -

이렇게 매일 같이 다니다 보니 우리는 가까워졌다.

3시다.

휴식 시간이다. 휴게실에 앉아서 누나를 기다렸다. 누나가 휴게실 작은 유리문 틈 사이로 나오라고 손짓했다.

"나가자."

"어디? 누나~ 어디 갈라고?"

"그냥 갑갑하다. 너 시간표에 적힌 대로 바람 쐬러 가자."

"음... 그러면 어디 가지? 누나! 노래방 가봤나?"

"야! 내가 아무리 그래도 노래방도 안 가봤을까 봐? 내가 니보다 2살이나 많다. 이 누나가 뭘 해도 너보다 많이 해봤다, 내를 만만하게 보지 마래이."

"그래? 그러면 가보자. 얼마나 대단한지 봅시다."

"어쭈?"

나는 노래방을 가기 전에 슈퍼 들러서 캔맥주 2개를 사서 들어갔다.

"짠~ 누나 근데 맥주는 먹어 봤나?"

"하하하 이게 누나를 뭘로 보고? 맥주는 보리차야! 시시해서 안 먹어. 아기들이나 먹고 취하는 거지."

"오호~~ 그러면 한잔하시오."

"시간 간다. 노래 빨리 불러 봐라."

누나가 노래방 책과 마이크를 나에게 줬다. 나는 이런 날이 오면 부르려고 준비해 온 이승환의 '기다린 날도 지워진 날도'를 있는 폼 없는 폼을 다잡고 불렀다. 누나는 나를 한번 보고 노래방 화면을 한번 보고 맥주를 마셨다.

"한 곡 더 해봐."

나는 다시 마이크를 잡고 이승철의 '사랑하고 싶어'를 누나를 쳐다보면서 애처롭게 불렀다. 나는 열창을 하고 뿌듯한 마음으로 마이크를 놓았다.

누나가 나를 진지하게 쳐다봤다.

"니! 음치다. 앞으로 이런 노래 부르지 마라. 하하하하"

엄청나게 크게 웃었다. 내가 음치라는 걸 처음 알았다. 친구들하고 가면 애들이 댄스곡을 부르고 다 같이 떼창을 하고 고함만 지르고 나오니 누가 노래 잘하고 누가 음치인지 몰랐던 거다.

그날 이후 누나는 나만 보면 '기다린 날도 지워진 날도'를 이상하게 불렀다.

다음 날 아침 독서실 문 앞에서 누나를 기다렸다.

멀리서 누나가 손을 흔들면서 왔다. 그런데 복장이 오늘은 평상시하고는 달랐다.

"누나~ 어디 가나? 복장이 왜 이래?"

"왜? 이상하나?"

"아니 이상한 거는 아니고 그렇게 입고 공부할 거는 아니지?"

"우리 놀러 가자. 내가 도시락도 싸 왔다."

누나는 가방을 열어 도시락을 보여줬다.

"우리 어린이 대공원에 바이킹 타러 가자."

"우리 오늘은 해운대 가자. 아니다. 송정 가자."

"오늘은 영화 보러 갈까?"

"오늘은 우리 사직동에 자전거 타러 가자."

"누나, 공부는 안 하나?"
"며칠 놀아도 됩니다."

나와 혜영이 누나는 아무도 모르게 그렇게 밤 11시까지 하루도 빠지지 않고 만났다.

7시에 혜영이 누나랑 휴게실에서 컵라면 먹기로 했다. 나는 성문 영어 문법책을 펼쳤다. 졸렸다. 엎드렸다. 누군가가 어깨를 툭툭 쳤다.

"밖에 친구 왔는데?"

독서실 아줌마가 소심하게 나를 깨웠다.

"네?"

나는 침을 닦고 밖으로 나갔다.

"빨리 짐 싸서 나온나?"

동우다.

"야~내 공부하는데 여기까지 와서 방해를 하노?"

"오늘 병팔이 부모님 시골 갔단다. 다 모이기로 했다. 가자."

나는 갈등한다. 7시에 혜영이 누나랑 컵라면 먹고 밤에 같이 가야 하는데, 아니지? 병호 부모님이 시골 갔으면 아무도 없다는 말이다.

"기다리라. 내 짐 싸서 나올게."

나는 가방만 대충 챙기고 메모지에 메모했다.

- 누나, 나 친구들이 찾아와서 어쩔 수 없이 가요. -

"아줌마 이것 좀 혜영이 누나한테 전해 주면 안 돼요?"

나는 최대한 귀엽게 부탁했다. 아줌마가 인상을 썼다.

나는 신이 나서 동우에게 물었다.

"쥐똥! 니 돈 얼마나 있노?"

"4000원"

"병팔이 집에 먹을 거는 있나?"

"몰라?"

"맥주는 한잔해야 할 거 아니가?"

"니 술 먹어 봤나?"

동우는 놀란 눈으로 물어봤다. 사실 안 먹어 봤다.

"어마 마마! 오늘 병호 부모님께서 시골을 갔다 하여 병호 집에서 잘 거 같습니다."

"그래서?"

"어마 마마의 지원이 필요하오?"

"이번 달 용돈 없다이."

엄마는 단풍잎을 꺼내 주셨다. 나는 쥐똥이 앞에서 신나게 단풍잎을 흔들었다. 우리는 소주와 맥주를 자랑스럽게 들고 병호 집으로 갔다.

"병팔아~~ 이리 오너라."

소리치면서 방문을 열었다. 차돌이랑 철수가 앉아서 슬램덩크 만화책을 보고 있었다. 나는 철수를 발로 툭툭 쳤다.

"치아라~~한잔해야지, 근데 병팔이 어디 갔노?"

"라면 사러."

우리는 라면에 소주, 맥주를 번갈아 가며 마셨다. 병호는 담배 피우는 손 모양을 애들한테 했다.

"야! 한 대 빨러가자."

다 일어섰다.

"야~~너그 담배도 피우나?"

나는 의아하게 물어봤다. 그런데 이 순둥이 동우도 같이 나갔다.

"야! 쥐똥 니도 피나? 이 새끼들! 양아치네."

우리는 이렇게 다 같이 모여 술을 처음 마셔 봤다. 어른이 된 듯 온갖 폼은 다 잡으면서 잔을 쳤다. 최고로 어른인 척하던 병팔이는 한 병도 못 마시고 토를 하고는 "나는 다이" 외치면서 침대에 그대로 뻗었다. 이상하게 나는 술이 시원하고 맛있었다.

다들 뻗었다.

"아~ 속아~ 우욱~"

나는 속이 너무 아파 뒤척이다가 눈을 뜨고 정신을 차렸다. 네 놈 다 뻗어있고. 방은 엉망진창이었다. 나는 술병과 과자 부스러기를 치우고 한 놈 한 놈 똑바로 눕혔다. 너무 찝찝하기도 하고 도저히 저 무리에 끼어서는 잠을 잘 수가 없을 것 같았다.

나는 주방으로 가서 물을 마셨다.

좀 살 것 같았다. 시계를 보니 새벽 1시였다. 너무 찝찝해서 샤워하고 나오니 정신이 들었다.

'아! 혜영이 누나' 그제야 혜영이 누나 생각이 났다. 혜영이 누나 방에서 불빛이 살짝 새어 나왔다.

"똑똑! 누나~"

누나가 문을 빼꼼 열었다.

"야! 너그들 간도 크다. 술도 마시고 병호 이 새끼는 내일 좀 뭐라 해야겠어!"

화내는 모습도 이뻤다. 천사가 속삭이는 것 같았다. 방에 들어가니깐 누나의 향기가 났다.

"누나~ 안자?"

"자야지. 이제 잘 거야."

"누나 나 저놈들하고 같이 못 잘 거 같아. 냄새에! 방도 엉망이고, 방도 좁고, 나 여기서 얌전히 누나 손만 잡고 자다가 갈게"

"미친 거 아니야?"

누나가 토끼 눈을 했다.

"진짜 손만 잡고 잘게."

불을 끄고 나란히 누웠다.

너무 좋았다. 돌아누워 있는 누나를 살며시 안았다. 향기가 너무 좋다. 누나도 떨고 있는 게 느껴졌다. 나는 누나의 목을 살짝 들어 팔베개를 해줬다. 그리고 나를 향하게 했다. 누나와 나는 눈만 멀퐁멀퐁 쳐다보면서 어떻게 해야 할지 몰랐다. 나는 연애를 책과 비디오로만 배웠다. 누나도 마찬가지인 것 같았다.

나는 누나 입술을 내 입술로 찾았다.

누나가 또 심하게 떨고 있는걸 느꼈다. 어색하던 둘의 입맞춤은 어느 정도의 익숙함으로 변해 버렸다. 나는 꼭 껴안았다. 어떻게 이렇게 아침이 빨리 오는지? 나는 애들이 깨기 전에 나왔다.

나는 어른이 된 것처럼 뿌듯했다.

혜영이 누나는 방학이 끝나자 다시 학교 기숙사로 갔다.

누나는 저녁 6시~7시 사이 전화한다고 했다. 고3이라 자주 못 올 거라는 쪽지와 하트가 그려진 메모를 몇 번이나 읽고 지갑 속에 넣고 다녔다.

나와 동우는 집에서 걸어서 10분 거리에 있는 전통이 있고 꽤 공부 잘하는 학교로 유명한 고등학교에 입학했다.

평상시 책을 자주 멀리했던 철수는 아주 멀리 있는 상고에 입학했다. 병호는 올해부터 남녀공학이 되었다는 공고에 입학했고, 영석이는 어떻게든 운동의 끈을 놓지 않고 지방의 체고로 입학했다.

누가 말하지 않아도 누가 가르쳐 준 것도 아닌데 친구들은 똑같은 행동을 했다.

나쁜 거는 안 가르쳐 줘도 잘했다.

나는 어느새 담배를 피우고 있었다.

"니는 몇 반이고? 내는 4반이다."

"내는 6반"

동우하고는 그렇게 붙어 다녀도 중학교 때도 같은 반이 된 적이 없었다. 그렇게 날마다 동우하고 같이 학교 가고, 집에도 같이 오고, 둘은 항상 같이했다.

*

"철수야 나도 한번 타 보자."
"니 타봤나?"
"탈 줄 안다. 키 줘봐라."
얼마 전 철수는 아는 형이 오토바이를 싸게 팔아서 샀다고 했다.
나는 철수의 오토바이에 올라탔다. 사실 오토바이는 오락실에서 탄 거 말고는 처음이었다.
'저놈도 타는데 내가 못 타겠나?' 하는 생각으로 탔다.
'어라 이거 쉬운데?' 나는 어느새 동네 한 바퀴를 돌고 왔다.
"이야 니 쫌 타봤네."
"그라모 내가 쫌 타봤다."
나는 자신 있게 내리는데 다리가 후들거렸다. 쪽팔리기 싫어서 다리를 꼭 잡았다.
"니 언제 오토바이 배웠노? 내도 가르쳐 주라."
동우가 부럽다는 눈을 하면서 옆에 바짝 붙었다.
"동우야! 사실은 처음 탄 거다. 억수로 무섭더라. 지릴 뻔했다."
나는 작게 이야기했다.
"우와 이 새끼 미친놈이 완전히 미쳤다."

동우는 나를 미친놈 취급하듯이 쳐다봤다.

철수는 오토바이에 퐁폼을 잡으면서 기댔다.

"야~ 미팅할래?"

"중삐리가? 미팅 같은 거 하게?"

말은 그렇게 했지만 하고는 싶었다. 갑자기 가슴에 뭔가가 꾹꾹 누르는 것 같았다.

혜영이 누나 때문에 양심이 찔리는 것 같았다. 그렇다고 "나는 못 한다. 나에게는 사랑하는 혜영이 누나가 있다." 이렇게 말할 수도 없었다. 물론 혜영이 누나가 있지만, 지금은 기숙사에 있고 이놈들은 아무도 몰랐다.

"어느 학교?"

동우가 아주 적극적이었다.

"니 말자 잊었나? 크크"

나는 동우의 옆구리를 쿡쿡 쑤시면서 비꼬았다.

"ㅇㅇ여고"

"오호 거기 여자애들 엄청나게 이쁘다고 하던데?"

동우는 또 적극적으로 달려들었다. 동우는 그런 거 언제 알아보고 다녔는지 궁금했다.

"근데 철수야 ㅇㅇ여고에 누가 있는데? 니는 어찌 아는데?"

"나의 영원한 짝지 미자가 있다아이가~"

"미자? 갸? 공부 잘했나? 나는 왜 몰랐지? 가시나 중학교 가서 공부 좀 했나 보지?"

"미자 집이 좀 잘 산다. 니 몰랐나? 중학교 때 저그 엄마가 억수로 돈 많이 썼다. 미자 학원비에 과외비까지."

"근데 미자 친구들이면 안 봐도 되지 않나? 못생겼을 거 같다."

"그래서 니는 안 한다고? 빨리 말해라? 선수교체 할게."

"누가 안 한다 캤나? 그렇다는 거지."

미자는 6학년 때 철수랑 짝지였다.

그 둘은 1년 내내 짝지였다. 계속 같은 동네 살면서 종종 만나는 것 같다. 아마 미자 엄마가 알면 난리 날 것이다.

"일단 우리 3대3 하자. 다른 놈들한테 말하지 마래이."

"옙. 알겠습니다. 충성!"

"토요일에 봅시다."

3㎝ 밖에 없는 나의 앞 머리카락에 무스를 듬뿍 발랐다. 누가 만지면 피날 정도로 힘을 줬다. 철수 집으로 갔다. 철수랑 동우가 대문 앞에서 손을 흔들었다.

철수가 키를 나에게 던졌다.

"뭐꼬?"

"아는 형한테 한 대 더 빌렸다. 니는 내 오토바이 타라. 나는 빌린 거 이거 탈게."

철수가 오토바이를 한 대 빌려왔다. 멋진 놈이다.

"쥐똥이는 내 뒤에 타라."

"옙. 충성"

동우는 신났다. 철수 허리를 꽉 잡으면서 탔다. 나는 사실 떨렸다. 몇 번 탔지만, 시내는 무서웠다.

"가자~~ 고고 오빠 달려 빠라빠라빠라바~"

동우는 가는 내내 신이 난 것 같았다. 나는 처음에는 무섭고 떨렸는데 조금 달리다 보니 건방져져서 속도도 내고 어쩌다 보니 약속 장소 남포동에 도착했다.

"추억 만들기 여기네. 우리 멋진 추억을 만들어 보자."

철수가 앞장서서 갔다. 우리는 졸졸 따라 들어갔다.

"오~~~미자, 오랜만이다."

미자는 반갑게 손을 흔들었다.

미자 빼고 3명 다 이뻤다. 그중에 한 명에만 자꾸 시선이 갔다. 미자는 무슨 중매쟁이 아줌마처럼 능숙하게 설명했다.

"일단 마실 거 시켜라."

철수 놈이 앉자마자 담배를 물면서 이야기했다. 멋있는 줄 알고 우리는 그걸 또 따라 했다.

"나는 딸기 파르페"

"나는 밀크셰이크"

"나도 파르페~~"

"파트너는 정하는데 오늘은 내까지 그냥 7명이 다 같이 노는 거다. 알았제?"

미자가 진행했다. 미자가 원래 이렇게 말을 잘했나? 나는 미자에게 빨려 들어가듯이 미자를 봤다. 우린 아무도 토를 달지 않았다.

"나는 박선영."

"응, 내는 김철민."

역시 신은 나의 편이었다. 그중 제일 이쁘고 귀여운 아이와 파트너가 되었다. '아하 박선영이구나! 가슴도 크고. 키는 조금 작은 편인 것 같은데 왜 이리 몸매가 좋지?' 나는 잠시 선영이의 몸을 상상하고는 변태처럼 씩 웃었다.

커피숍에서 나와서 우리는 맥주를 사서 가방에 넣고는 노래방으로 갔다. 걸어가는 동안에도 애교 있는 목소리로 재잘거리는 게 싫지 않고 오히려 좋았다.

노련한 미자 덕분인지 우리는 금방 친해졌다. 나는 노래방에 와서 노래를 한 곡도 부르지 않았다. 음치라는 걸 들키기 싫었다. 한 잔씩 몰래 마시다 보니 금방 취기가 오르는 것 같았다.

미자는 뽀뽀게임 같은 거는 어디서 배웠는지 우리에게 상세히 가르쳐줬다. 나는 속으로 역시 ㅇㅇ여고 애들은 다르구나. 공부할 때는 공부하고 놀 때는 확실하게 논다고 생각했다. 그렇게 놀다 보니 헤어질 시간이 다 된 것 같았다.

"인제 그만 집에 가자. 각자 연락해서 알아서 만나라."

미자는 끝맺음도 확실하게 진행했다.

"괜찮나? 술 깼나?"

"얼마 안 마셨다."

철수와 나는 동우의 걱정을 무시한 채 오토바이에 올라탔다. 동우는 걱정하면서도 철수의 허리를 꽉 잡았다.

시원했다.

'아~~ 이런 기분 때문에 오토바이 타는구나.' 어느 정도 달리니 차도 없고 한적한 길로 들어섰다. 긴장감이 떨어지기 시작했다.

"차! 차! 야! 이 새끼야 차!"

뒤따라오는 철수의 고함이 살짝 들렸다.

나는 고개를 돌려봤다.

"뭐..."

'쿵! 쾅!'

나는 앞으로 튕겨 붕 뜨는 걸 느꼈다.

'여기는 어디인가?'

"아이고 부처님 아버지 우리 아들 좀 살려주이소~ 관세음보살~ 관세음보살~관세음보살."

엄마의 관세음보살, 관세음보살 하는 소리가 들렸다.

"와이라노? 의사가 수술 잘 됐다 안카나? 그라고 머리도 개안타 안 하드나, 팔다리 뿌싸 진 거는 시간이 지나면 괜찮아진다 안카나?"

큰누나가 엄마를 달랬다. 엄마한테는 "왜 그러냐." 하면서도 분명 큰누나도 울고 있는 것 같았다.

나는 계속 잠든 척했다. 그런데 잠이 왔다. 얼마나 잤을까? 조용했다. 옆을 보니 막내 누나만 보조 침대에 앉아 있었다.

"누나야."

"어! 일어났나? 괜찮나?"

목소리가 평소하고 달랐다. 울먹이는 목소리다.

몸이 안 움직였다. 나는 내 몸을 봤다. 양쪽 다리는 온통 철사가 꽂혀있었다. 로보캅 다리다. 왼팔은 어깨부터 손가락 끝까지 붕대가 칭칭 감겨있었고 멀쩡한 거는 오른쪽 팔 뿐인 것 같았다.

"내 물 좀 주라."

막내 누나는 이제 진정이 되는지 예전의 모습으로 돌아와 나를 몰아붙였다.

"인간아! 인간아! 언제 철들래, 니가 술 마시고 오토바이 타고 다닐 때가! 인간이 왜 그렇노?"

나는 아무 말도 할 수가 없었다. 머리를 쥐어박으면서 누나의 잔소리는 계속됐다.

"엄마, 아빠 불쌍하지도 않나? 이제 겨우 집 샀다. 조금 모으면 큰언니 대학교 보내고, 조금 모으면 둘째 언니 대학 보내고, 올해는 내까지 학교 갔고, 큰언니 시집간다고 안 하더나? 우리가 남들처럼 부자도 아니고 우짤라꼬 그랬는데! 아이구 못 산다 마!"

겨우 물 한잔했다. 아픈 것도 아픈 거지만 마음이 찢어졌다. 눈물이 났다.

"남자 새끼가 그거 좀 아프다고 우나? 그라고 니가 뭐 잘했다고 울고 지랄이고? 엄마 아빠가 불쌍치도 않나?"

또 시작되었다.

"엄마 아빠 한번 제대로 쉬는 거 봤나? 평생을 일하고 있다. 니는 엄마 아빠 나이는 아나? 지금까지 못 쉬고 여태껏 좋은 회사도 아니고, 고무공장 다니는 엄마 보면 니는 이라면 안되는기라. 매번 니 하나 보고 산다는데."

나는 고개를 돌렸다. 조금 화가 진정되었는지 막내 누나는 말이 없었다. 부웅 하고 날아서 떨어진 거는 기억이 나는데 다음부터 기억이 하나도 없었다.

시계를 보니 7시가 지나가고 있었다. 생각해 봤다. 기억이 안 났다.

"깨어났나?"

병실 문이 열리면서 엄마와 누나들이 들어왔다.

"괜찮나? 엄마 알아보겠나? 잘 보이나? 관세음보살~ 부처님 감사합니다."

엄마는 울기 시작했다.

"또 시작이다. 엄마는 좀 그만 울어라. 어이구 새끼야! 니가 지금 술 마시고 오토바이 탈 군번이가?"

둘째 누나는 엄마를 달래며 막내 누나와 똑같은 잔소리를 했다.

"아빠는? 엄마는 일하고 왔나?"

"으이구 오늘 일요일이다."

누나들이 한심한 듯 나를 째려봤다.

"니 때문에 경찰서 갔다."

"됐다. 그만해라."

엄마가 누나들의 입을 막았다.

"엄마가 자꾸 오냐오냐하니깐 애가 저 모양이지?"

막내 누나는 한소리 하고 나가버렸다.

"너희는 좀 있다가 동우 아버지 오면 동우 아버지 차 타고 가거라."

"엄마는? 엄마는 내일 일 안 가나?"

"일이 문제가? 내일 하루 쉰다고 공장에 전화했다."

나는 계속 눈을 감고 있었다.

얼마나 지났을까? 아버지랑 동우 아버지가 왔다.

"뭐라 하던데요?"

"나중에 이야기하자. 애 자는데, 너그는 집에 가자."

분명 아버지는 내가 안 자는 걸 알고 있었을 거다.

"아이구 형수님 괜찮을 겁니다. 경찰이 다 잘 될 거라 했습니데이. 그러니깐 너무 걱정하지 마시소. 너그는 아저씨 차가 밑에 있으니 타고 가자."

동우 아버지가 누나들을 데리고 갔다.

아버지는 이불 사이로 나온 내 엄지발가락을 쓱 만지더니 이불을 덮어 주었다.

"내 간데이. 내일 일 마치고 오꾸마. 아 단디 봐라. 아프다 하면 바로 의사 부르고!"

밤새 엄마는 아무 말도 없었다.

나는 아무 말도 못 했다. 우린 그렇게 다음날 점심시간까지 아무 말을 하지 않았다.

"성님아~~아이고 이게 무신 일이고? 어쩌노! 어쩌노 천만다행이다. 그래도 이게 어디고?"

"그쟈 부처님이 살렸다 안카나. 의사 양반들도 진짜 운이 좋다고 하더라."

목소리를 들으니 말자 엄마가 온 것 같았다.

나는 계속 자는 척했다.

"안녕하세요?"

"그래, 말자야 앉아라. 니는 갈수록 이뻐지고 미스코리아네."

'뭐지? 말자 가시나도 같이 왔나 보다.' 나는 생각했다.

"성님아! 밥 안 묵었제. 여기 말자 잠시 보라 카고 내랑 밥 묵으러 가자."

"말자야? 니 좀 있을 수 있겠나?"

"네. 다녀오세요."

"내 밥은 됐고 집에만 후딱 갔다 오꾸마. 집에 반찬도 해 놔야 하고 이놈아 묵을 거도 좀 챙겨 와야 할 거 같고. 동상은 내 좀 도와도."

"아이고 우리 성님! 아들 생각은 진짜 많이 하제!"

엄마랑 아줌마는 나갔다.

"아프다. 가시나야! 미쳤나?"

"미쳤다. 왜 미친놈아 니가 오토바이 타고 사고 내고 그라고 다닐 때가?"

말자가 내 코를 삐뚤면서 누나들과 똑같은 잔소리 했다. 나는 눈을 번쩍 뜨면서 말자를 째려봤다.

"근데 가시나야! 니 오늘 학교 안 갔나?"

"내 학교가 문제가? 오면서 엄마한테 대충 들으니깐 니 술 마시고 무면허에 장난 아니라면서. 아줌마가 지금 병원비에 합의금에, 어이구 인간아! 인간아! 언제 철들래!"

"조용히 해라 가시나야! 니가 왜 지랄이고?"

나는 괜히 분풀이를 말자에게 했다.

"큰언니 결혼도 내년으로 미루게 생겼단다. 어이구 쯧쯧!"

"그만하라고!"

나는 감정에 억눌려 그만 울음이 났다. 나는 쪽팔려서 고개를 돌렸다.

"으이구 우나? 그렇게 가시나들하고 미팅하고 싶더나? 가시나들이 그렇게 좋나? 무슨 똥폼 잡을라고 오토바이도 못 타는 게 오토바이 타고 나갔노? 내 철수 이 새끼 눈에 띄면 다리몽둥이를 뿌싸뿔거다."

말자가 어떻게 알지? 분명 이거는 동우가 다 말했을 거다.

"니 내한테 잘해라. 내가 아줌마 대신 병간호하기로 했다. 아줌마 일 안 갈 때는 아줌마가 올 거고, 평상시는 내가 니 보호자라고, 알겠나?"

"뭔 소리고 가시나야! 니가 왜 내 보호자고? 니 학교 안 가나?"

"내 학교 때려치웠다. 내년에 다시 인문계를 가든 검정고시를 치든 할 기다. 막내 언니가 과외 해준다캤다. 내도 쪽팔려서 그런 학교 못 다니겠다. 니 걱정이나 해라."

그러니깐 막내 누나가 과외를 해주는 대신 말자가 내 간호를 한다고 했다.

병원 문틈 사이로 빼꼼히 쳐다보고는 동우가 들어왔다. 뒤를 따라 담임 선생님도 같이 왔다.

"안녕하세요. 선생님."

"이 새끼! 와 기냥 팍 죽어뿌지? 왜 살아있노?"

무섭게 뭐라고 하셨다. 주변을 둘러보시더니 그제야 옆에 말자가

서 있는 거 봤다.

"아! 누님이 계신 줄 몰랐네요. 누님이 이렇게 병간호까지 하시고 고생하시네요."

상당히 공손하게 말했다.

그걸 말자는 받아주었다.

"네. 죄송해요. 여기까지 오시게 해서."

뭔 소리 하는지 여기까지 오라고 한 사람도 없는데 왜 저렇게 오버하나 싶었다.

"의사 선생님 만나보니 적어도 3달은 있어야 한다고 하더라. 여름방학 때까지 있으면 3달 정도 되겠더라. 학교는 쌤이 잘 처리할 테니까 몸조리 잘해라. 그럼, 누님도 안녕히 계세요."

그렇게 짧고 굵게 말씀하시고 가셨다.

"들었제? 누나라고 하는 거, 누나한테 잘해라."

말자가 내 머리를 쓰다듬으면서 깐죽거렸다.

"가시나야! 그거는 니가 늙어 보인다는 소리다. 좋겠다. 늙어 보여서."

그렇게 말자와 병원 생활이 시작되었다.

시간이 지나니깐 어느 정도 적응이 되었다. 의사 선생님도 다행히 운동신경이 좋아서인지 떨어지면서 왼쪽으로 구르면서 떨어진 것 같다고 했다. 오른쪽 다리는 크게 다친 게 아니고, 왼쪽 다리가 오래갈 것 같은데 핀 꼽은 것 빼고 재활하면 괜찮다고 하셨다.

'내가 그 와중에 그렇게 굴렸다고 설마? 술이 취했는데...'

그냥 운이 좋았다고 생각하면서도 어렸을 때부터 중학교 졸업할 때까지 나는 태권도를 한 게 도움이 된 것 같다고 생각했다. 내 기억으로는 4살 때부터 한 것 같다. 삼촌이 태권도 도장 관장님이셔서 유치원 대신 태권도 도장을 다니기 시작했다.

아침부터 종일 혜영이 누나가 걱정되었다.
저녁이 되면 집으로 전화할 건데, 내가 받아야 하는데, 나도 전화를 못 하니 알릴 방법도 없었다. 그렇다고 병호한테 말할 수도 없었다. 나는 안절부절했다.
밥맛도 없고 아무 말도 안 했다. 말자도 뭔가를 느꼈는지 아무 말이 없었다.
의사 선생님이 아침 회진을 돌았다.
"괜찮나? 니 죽을 뻔한 것 알제? 다시는 오토바이 타지 마래이. 그리고 누나한테 잘하고 이렇게 이쁘고 착한 누나가 어딨노?"
이젠 하도 많이 들어서 그냥 포기했다.
"네.. 고맙습니다."
눈인사하고 돌아서 가려는 의사 선생님을 말자가 붙잡았다.
"선생님~ 그게요. 오줌은 오줌통에 받아서 갈아주는데 애가 똥을 한 번도 안 쌌어요. 어떻게 하면 좋죠? 지금도 그것 때문에 힘든지 아침밥도 안 먹고, 말도 안 하고."
이 무슨 개똥 같은 소리를 하는지 모르겠다.
나는 말자를 말렸다.
의사 선생님은 간호사에게 뭐라고 말씀하셨다.

"나중에 간호사 선생님이 설명해 줄 겁니다."

그 말을 하고는 의사 선생님은 나가시고, 1시간이 지나니깐 간호사 선생님이 들어오셨다.

"보호자분! 아마 오늘 대변을 볼 거 같거든요. 약을 아까 같이 넣었으니 아마 저녁에 대변 볼 겁니다. 기저귀 채우시고요. 기저귀 갈아주시고 깨끗이 씻어주시면 될 겁니다. 근데 누나가 할 수 있어요? 아버지나 남자 형제 없어요?"

"네! 괜찮아요. 제가 할 수 있어요."

'뭘 지가 할 수 있다는 건가?' 나는 말자를 쳐다봤다.

"말자야! 그냥 쥐똥이 오라 해라. 아니면 우리 아버지 오라 하던가?"

"됐다. 더러버도 내가 더럽게 느끼지 니가 와 그라노? 부끄럽나? 니 내랑 초등학교 3학년 때까지 같이 목욕탕 간 거 기억 안 나나? 나는 기억나는데, 니 고추 옆에 점 있는 것도 기억하는데?"

"뭐라노 가시나야! 1학년 때까지지 무슨 3학년이야! 그냥 말을 말자."

"내 좀 씻고 올 게 똥 마려워도 참아라."

"안 마렵다고. 씻고 온나."

말자는 머리를 감았는지 머리를 수건으로 둘러싸고 왔다.

이마를 까고 머리를 묶었다. 그때 사고 난 이후로 처음 보는 모습이었다. 상처도 거의 안 보였다. '내가 미쳤나 보다.' 금방까지 혜영이 누나 생각에 우울하더니 말자 보고 이쁘다고 생각했다. 진짜 우리 막내 누나보다 더 성숙해 보였다. 키도 크고 몸매도 좋다. 그래서 엄마가 미스코리아 미스코리아 했나 보다.

"근데 말자야. 니 상처 하나도 안 보이네 자세히 안 보면 모르겠다."

"그치~ 2년을 약 바르고 치료받고 했다."

"이제 이마 까고 다녀라. 훨씬 괜찮네. 이쁘다."

나도 모르게 속에 있는 말이 나왔다. 이쁘기는 이뻤다.

오른쪽에 보조 침대가 말자의 공간이다. 조용했다. 저녁밥 먹고 나면 병실이 조용했다.

말자도 누웠다.

우리 둘은 한참을 아무 말이 없었다.

"말자야? 자나?"

"아니 왜? 똥 마렵나? 기저귀 채울까?"

"아니 가시나야. 뭐 좀 물어볼게. 니 왜 이렇게 변했는데? 니 안 그랬다 아이가?"

"미자가 그런 이야기는 안 하던가 보지. 내 원래 이랬다. 나도 왜 그랬는지는 모르겠지만 학교만 가면 소심해지고, 얌전해지고 그랬다. 아마 공부를 못해서 부끄러워서 그랬던 것 같은데."

갑자기 말자가 어른처럼 느껴졌다. 서슴없이 자기 이야기를 솔직하게 말했다. 멋있었다. 심지어 진짜 누나처럼 느껴졌다.

"그리고 내 니 많이 좋아했다. 우리 엄마 말로는 맨날 니한테 시집간다 캤다 하더라. 그래서 니 앞에서 내숭 떨었나 보다. 니 그때 기억나나? 니 우리 집에 쳐들어와서 영희 가시나하고 소문낸 거 따지러 왔잖아?"

기억이 안 날 수가 없었다.

그날 나는 첫 몽정을 했다.

"응~기억나지. 니 그날 밤에 사고 났제?"

"아니다. 됐다. 자라. 똥 마려우면 말하고, 그냥 기저귀 채울까?"

"안 마렵다고! 가시나야!"

내라는 놈은 참 못됐다는 걸 느꼈다. 그렇게 혜영이 누나 생각하고 걱정하고 며칠 전만 해도 누나 없으면 못 산다고 하더니 이제 말자가 이쁘게 보이고 말자 향기가 좋았다.

나는 수십 번 속으로 말했다.

'참아야 한다. 인내력을 가지자. 참아야 한다.' 헉! 배에서 요동을 친다. 큰일이다. 신호가 왔다. 도저히 못 참겠다.

"말자야~"

"응"

말자는 벌떡 일어나더니 내 엉덩이 쪽으로 손을 넣고 엉덩이를 들더니 기저귀를 깔았다.

"한 손으로 바지 내리고 기저귀 차라."

나는 시키는 대로 했다. 말자는 나가더니 세숫대야에 물을 받아왔다. 어디서 꼭 해본 솜씨 같았다. 나는 결국 말자에게 모든 걸 맡기게 되었다. 가만히 생각해 보니, 말자는 어릴 적부터 말숙이를 돌보다 보니 간호를 잘하는 것 같았다.

그렇게 나의 몸은 하루하루 몰라볼 정도로 빠르게 회복했다. 말자는 맨날 자기의 사랑과 정성 때문이다고, 부모님은 말자를 며느리 삼는다고 했다.

나는 점점 혜영이 누나를 잊어 가고 있는 건지, 말자를 좋아하게 됐는지? 말자가 몸을 닦아줘도 싫지가 않았다.

좋았다. 말자가 내 몸을 닦을 때는 내 몸에 전율도 흐르고 극도로 흥분할 때도 있었다. 가끔 자는 말자를 보면 너무 이뻐서 말자 얼굴에 손을 가져다 대고 그랬다. 그러면 말자는 잠에서 깨어서 내 손을 꼭 잡아 주었다. 그렇게 멀쩡한 나의 오른손은 침상 옆에 보조 침대에 누운 말자 손과 마주했다.

"여기 맞네. 여기다."
멀리서 들어도 알 것 같았다.
이 목소리는 철수다. 특유의 까불이 목소리가 있다. 철수는 그날 철수 아버지한테 죽도록 맞았다는데 아직도 오토바이를 탄다고 동우가 며칠 전 말해줬다.
철수와 미자가 들어왔다.
말자랑 눈이 마주치자 미자와 철수는 움찔했다.
"오~~미자 오랜만이다."
"어..어. 말자야 니가 여기 왜?"
미자 성이 오 씨다. 그래서 별명도 오미자다.
"안녕! 오랜만이다."
미자 뒤에서 누가 나를 보고 이쁘게 인사를 했다.
"어~안.. 녕... 근데 어쩐 일로?"

"어쩐 일은? 내가 너의 친구로서 니가 얼마나 외롭고 힘들까 봐, 니가 괜찮다고, 그렇게 이쁘다고한 니 파트너 모시고 왔다."

'이런 미친놈을 봤나?' 그날 그 미팅을 하고 오면서 사고 났는데 그 파트너를 자랑스럽게 모셔 왔단다.

'눈치 없는 게 인간인가?' 나는 말자를 한번 쳐다봤다.

말자는 미자를 쳐다보더니 따라 나오라고 손가락을 까딱거렸다.

미자가 끌려나가는 거 같아 보였다. 애처로웠다. '미자가 무슨 잘못이다고? 잘못은 저 눈치 없는 철수 새끼 잘못이지.'

"근데 니 진짜 괜찮나? 말자 가시나가 왜 있노?"

철수가 내 다리를 쓱 만지며 다친 것보다 말자하고 있는 걸 더 안쓰럽고 불쌍하다는 것처럼 물어봤다.

"이름이 말자야? 나는 너그 누나인 줄 알았다. 왜 그리 늙어 보이노?"

철수는 또 눈치 없이 까불었다.

"맞제 내가 봐도 선영이 니가 훨씬 귀엽고 이쁜 것 같다. 맞제? 둘이 잘해봐라. 그날 손도 잡고 뭐 뭐 서로 입도 뭐 뭐 하드만?"

"미친놈아, 입은 무슨? 그리고 니 까불고 다니는 거 보니깐 너그 아버지한테 덜 맞았나 보다."

선영이는 나를 아래위로 훑어보더니 편지를 환자복 주머니에 넣어주었다.

"근데 내 자주 병문안 와도 괜찮제? 아까 그 말자라는 애랑은 아무 사이 아니제?"

가만히 있으면 욕이라도 안 들을 거를 철수는 또 까불면서 나섰다.

"아무 사이도 아니다. 음 어릴 때부터 같이 지낸 뭐 가족 같은 사이, 국민학교 때 짝지였다. 내랑 미자 사이랑 똑같다고 보면 된다."

"맞나? 그라면 내 자주 올게. 우리 집 여기서 가깝다. 미안하기도 하고 그래서 자주 올게. 도시락 사 올게. 김밥 좋아하나?"

"응~ 김밥 좋아한다."

또 생각 없이 나는 대답했다.

이놈의 입이 문제다. 그래 문병하러 온다는데 뭐 어때 나는 편하게 생각하기로 했다. 미자가 뭔 소리를 들었는지 들어오더니 철수하고 선영이를 데리고 나갔다.

"우리 갈게. 치료 잘 받고 있어라."

"와그라노? 가시나야 왜 이리 빨리 갈라꼬 그라노?"

미자가 급하게 손을 흔들고 나가면서 철수와 선영이를 끌고 나갔다.

"니 미자한테 뭔 소리를 했는데 애가 저렇게 가노?"

"아무 소리 안 했다. 사실대로 말했다. 지금 너그 집 사정하고 니가 지금 처한 상황을."

"가시나야 니가 그걸 왜 이야기하는데?"

"그리고 한 번만 더 철수고 그 가시나 델꼬 오면 죽이뿐다 캤다. 왜!"

"와! 이 가시나 이거 완전 깡패네! 내가 말을 말자."

*

"안녕. 나는 선영이야 기억하지? 다쳤다니 걱정이다. 내가 그때 조금만 더 같이 있었으면 어땠을까? 그리고 그때 게임이지만 뽀뽀한 거…."

나는 눈을 떴다.

옆에서 말자가 편지를 읽고 있었다. 내가 잠시 잠들었을 때 편지를 꺼내서 읽고 있었다. 나도 잊고 있었다.

"가시나야 뭐하노 그걸 니가 왜 읽노?"

"으이구 정신 좀 차려라."

편지를 머리에 던지더니 나가버렸다. 순간 엄청나게 미안함이 몰려왔다.

말자는 10분쯤 지나서야 병실에 왔다.

"말자야~ 미안하다. 내가 미안하다."

"아니다. 내가 니 허락도 없이 편지 읽은 게 잘못이지."

"근데 니 내가 안 밉나? 내 같으면 꼴도 보기 싫을 거 같다."

"니 억수로 밉다."

"가시나 거짓말하네. 니 내 억수로 좋제? 으흐흐"

"변태가? 변태처럼 웃지 마라. 니 옛날에 기억나나? 산동네 살 때, 아마 4학년 겨울방학이었을 거야."

"그때를 어떻게 기억하노?"

"그때 우리 엄마 춤바람 나서 우리 셋을 너그 집에 맡기고 밤에 오고 그랬거든, 그때는 언니들도 우리랑은 안 놀아 줬는데 니가 항상 우리 셋을 데리고 다녔다."

"우와 그거를 기억하나? 가시나 기억력 좋네. 나는 하나도 기억이 안 난다."

"하루는 내가 말숙이하고 동식이를 빨랫줄로 묶어서 줄 잡고 니 졸졸 따라 당겼는데."

"하하 맞다 그거는 내 기억난다. 비엔나소시지처럼 하하."

"그쟈! 아무튼, 말숙이 때문에 어쩔 수 없었다. 그랬는데 내 아직도 그 오빠 기억난다. 개똥이 오빠!"

"개똥이 행님 중학교 가서 만났다."

"말 좀 끊지 마라. 아이씨~ 안 할란다."

"알았다. 안 끊을게."

"그 개똥이 오빠가 우리 보고 아빠는 없고, 엄마는 춤 바람나서 집에도 안 들어오는 거지새끼들이라고 놀렸는데 니가 아니라고 거지들 아니라고, 아빠는 배 타러 간 거라고, 막 대들다가 맞았잖아. 코피도 터지고, 그다음 날인가 또 그 개똥이 오빠가 말숙이 바보다고 정신병자다고 놀려서 니가 또 싸워서 얻어터지고 했잖아. 그리고 저녁밥 먹다가 갑자기 개똥이 오빠 집에 찾아가서 말숙이 바보 아니고, 말자 거지 아니라고 싸우자고 고함지르고 동네 사람들 다 나오고, 난리였잖아. 그 이후로 개똥이 오빠는 아무 말도 안 했지. 기억나나?"

"근데 말자야 그게 중요한 게 아니라, 나 똥 마렵다."

"어이구! 옆으로 돌아 누워봐라. 기저귀 채울게."

그렇게 전쟁 같은 하루하루가 지나갔다.

아버지가 다행히 합의금하고 모든 걸 잘 처리했다고 했다.

사실인지 날 안심 시키려 하는 건지 거기에 대해 아무도 말이 없었다. 나는 그렇게 한 달 보름을 더 말자에게 몸을 맡겼다. 나는 말자에게 오직 의지하면서 지냈다. 말자는 이제 내 몸을 닦는 것도 여유롭게 하는 것 같았다. 엄마가 갓난아기 다루듯이 했다. 나는 매번 부끄럽기도 하고 그랬지만 싫지는 않았다. 누군가가 나를 이렇게 간호해 준다는 게 얼마나 고마운 일인가? 그것도 가족이 아닌 여자아이가 한다는 것이 얼마나 행복한가? 나는 이런 생각을 하면서 말자한테 잘해야지 했다. 말자가 잘 때 살짝 쳐다보면 안쓰럽기도 하고 이쁘기도 하고, 많은 생각을 했다. 그리고 떨리기도 했다.

키스도 하고 싶고 그랬다.

그럴 때는 꼭 말자는 내 손을 잡아 주었다.

"이제 퇴원해서 작은 병원에서 치료받아도 됩니다. 아시는 병원 있으시면 그리로 가시면 됩니다. 없으시면 우리가 알아볼까요?"

"아닙니다. 의사 선생님! 애 아빠 아시는 분이 동네 정형외과에 있다 캐서 거기 입원하면 될 것 같아예."

드디어 오른쪽 다리는 풀었다. 왼쪽 다리는 아직 많이 불편했다. 그래도 혼자 휠체어도 타고 화장실도 가고 너무 좋았다. 세상을 다 가진 것 같았다.

나는 그렇게 집 근처 동네 병원으로 갔다.

여기 병원은 말 그대로 동네 병원이다. 분명 4인실인데 환자가 없었다. 환자 이름표는 있는데 환자가 없었다. 아무리 혼자 휠체어를 타고 화장실을 간다고 해도 아프고 불편했다. 그러나 이제 말자도 굳이 있을 필요가 없었다.

나는 말자에게는 참 미안하지만, 혼자 있자마자 공중전화부터 찾았다.

나는 전화를 했다.

"여보세요."

"어~ 병팔아 내다. 내 여기 밑에 병원으로 옮겼다. 306호다."

"알았다. 내일 갈게."

"야~ 근데 니 혼자 있나?"

"어."

나는 끊었다.

몇 번을 더해도 병호가 받았다. 아직 방학이 아니라 혜영이 누나는 기숙사에 있는 것 같았다. 혼자 있다 보니 여태껏 말자의 고마움보다 혜영이 누나한테 연락을 못 한 미안함과 보고 싶은 게 더 컸다.

여기 병원에서는 내가 제일 중환자 같았다. 의사 선생님 치료와 물리치료는 나만 받는 것 같았다. 환자는 꽉 찼다는데 보이는 환자는 몇 명 없었다.

여름방학이다.

나에게는 아무런 의미가 없었다. 병원이 천국이다. 에어컨 바람이 시원하고 나도 이제는 조금씩 목발을 짚고 다닐 정도로 회복이 되었다. 여기 병원으로 온 뒤로는 하루도 빠지지 않고 친구들이 왔다. 말자가 없다는 것을 알고 있었다.

병원 경비도 소홀하고 자유로웠다. 병실은 거의 나의 독실이었다. 환자들이 안 왔다. 그래서 친구 놈들이 가끔 밤에 맥주도 사 오고 그랬다. 여유롭고 좋았다.

"야! 우리는 밖에 한잔하러 간다."

철수, 동우, 미자, 선영이가 병문안 왔다가 병원 앞에서 한잔하러 간다는 거다. 그래 봐야 노래방에서 몰래 맥주 사서 먹을 거다. 그렇게 한두 시간이 지났다.

밤 10시가 다 되었다.

병원 문 닫을 시간이다.

병실에 선영이가 들어왔다.

"애들은?"

"애들 다 갔다. 내는 오늘 여기서 잘려고, 택시비도 없고, 애들이 그렇게 하라는데. 집에는 전화했어. 미자 집에서 잔다고 말했다. 짜잔~~"

선영이는 검은 봉지를 흔들었다.

맥주캔이다.

"여기 병원이다. 미치겠네."

"그래서 싫나?"

"싫은 건 아니고. 좋다고!"

우리는 맥주 한 캔씩 하고 잘 준비를 했다.

"야 내려가서 자라. 내 환자다."

"땡겨 줄게. 여기 누워라."

선영이는 내가 누울 수 있는 자리를 만들어 주었다.

"근데 선영아~ 니 내 뭘 믿고 이렇게 같이 누워 있노? 내가 니 잡아 묵으면 어쩔라고 그라노?"

"뭘 잡아먹어? 말 좀 이쁘게 해라 잡아먹는다는 것이 뭐고? 무식하게 양아치 같다?"

"그러면 뭐라 할꼬?"

"사랑한다고 해라. 사랑하면 어쩔라고 그라노? 이렇게 말해봐라. 히히 사랑하면 받아줄게."

"무슨 사랑? 쪽팔리게 때리 치아라."

"말해봐라. 내가 사랑하면 어쩔 거고? 이렇게."

말자 하고는 다르게 선영이는 아담하고 말도 귀엽게 한다.

"니~ 내가 이렇게 병원에 찾아오고 집에도 안 가고 같이 누워있다고 내를 날라리로 보는 거 아니제?"

"그렇게 안 본다. 왜? 니 날라리가?"

"뭐라노~ 내가 얼마나 착하고, 조신하고, 얌전한데. 미팅도 처음 해봤고 남자도 처음 만나서 그때 뽀뽀게임을 해서 처음으로 뽀뽀한 거다. 니는 까져서 6학년 때 첫사랑이랑 뽀뽀하고 그랬다면서."

"뭔 소리야? 누가? 내가? 아니다."

"미자한테 다 들었다. 내가 뭐 아무것도 안 알아보고 니 만나는 줄 아나? 다 물어봤다. 니에 대해서 미자하고 철수가 다 말했거든."

"뭔 소리하노? 첫사랑이 누군데?"

"교회 다니는 가시나 있었다면서, 니가 좋아서 쫓아다니고 짝지도 하고 교회에서 뽀뽀도 하고 난리였다면서"

"누구? 영희?"

"아직도 못 잊었나 보네? 바로 이름이 나오는 거 보니깐 못 잊었네."

어이가 없다. 미자 이 가시나를 교육 좀 해야겠다. 철수 놈이 아마 더 까불면서 이야기했을 것이다.

"니~영흰가? 그 가시나 못 잊어서 말자하고는 안 사귀는 거라면서? 맞나?"

"뭔 소리하노? 영희하고는 아무 사이도 아니었거든, 짝지 한번 했다. 그라고 말자는....."

아무도 혜영이 누나의 존재를 모르니 아무 말도 할 수가 없었다.

다시 둘 다 어색해졌다.

병원 침대에 다시 나란히 자세를 잡고 누웠는데 잘 수가 없었다. 선영이는 작은 몸을 내 쪽으로 파고 들어와 안겼다.

"내 다 처음이다. 사실 엄청 떨린다. 미자가 그러는데 그래도 니가 의리 있고 남자답고 착하다고 하더라. 그 말 듣고 니가 더 좋아졌다. 근데 니 거짓말하고 바람피우고 그러면 안 된데이."

혜영이 누나의 상큼한 샴푸 향도 아니고, 말자의 익숙한 비누 향도 아닌 아기들의 분 냄새 같은 향기가 매혹적으로 나의 코를 자극했다.

분 냄새가 이렇게 매혹적인지 몰랐다.

나는 선영이의 눈을 조심스럽게 나의 눈과 눈높이를 맞췄다.

내 입술은 선영이 입술을 감쌌다. 선영이의 떨림이 너무 좋았다.

선영이는 눈을 감았다.

"주사 맞자~~ 바지 내리 세용. 바지 내리라고!"

간호사 누나의 앙칼진 목소리에 눈을 떴다. 나는 얼떨결에 엉덩이를 깠다,

"찰싹! 누가 병원에서 맥주 먹으래!"

"아파요. 냉장고에 한 캔 남았는데.."

말도 끝나기 전에 간호사 누나는 냉장고에서 맥주를 꺼내 갔다.

"땡큐~~"

정신 차려 본다. 선영이는 언제 갔지? 이리저리 둘러봤다.

"나 너 잠든 거 보고 일찍 간다. 고마워. 그리고 우리 이쁘게 만나자. 오늘부터 1일 하자. 그리고 점심 먹지 말고 기다려."

나는 침대 옆에 놓인 쪽지를 보고는 다시 누웠다. 잠깐 누워있다가 나는 벌떡 일어나서 목발을 짚고 1층 공중전화 부스에 내려갔다.

"니 돌아다니지 마라 그라다 넘어지면 큰일 난다."

"네~ 안 돌아다녀요."

맥주 한 캔을 들고 간 간호사 누나가 억수로 친절하게 말했다. 아마도 벌써 한 캔 다 마셨는지도 모르겠다.

"여보세요."

"어~ 병팔아 내다. 니 혼자 있나? 아무도 없나?"

"그라모 내 혼자 있지? 누구랑 있노?"

"니 나중에 병원에 올거제? 올 때 슬램덩크 1편부터 다 들고 온나? 내 심심하다."

"알았다. 더 필요한 거는 없나?"

"없다. 나중에 보자."
혜영이 누나는 아직도 집에 오지 않은 것 같았다.

선영이는 도시락통을 흔들며 들어왔다.
병실 주변을 힐끔힐끔 보더니 아무도 없는 걸 보고는 뽀뽀를 했다.
"와 이라노?"
"뭐 어때? 아무도 없는데?"
도시락을 하나씩 꺼냈다. 무슨 출장 뷔페를 부른 것 같았다.
"이야 맛있다."
"맛있나? 천천히 묵어라."
"진짜 맛있다. 이 불고기도 네가 했나? 근데 이 소고기는 어디서 낫노?"
"니 몰랐나? 우리 집 'ㅇㅇ정' 이잖아."
"맞나. 거기 삼거리에 있는 거?"
"응. 천천히 묵어라."
"잡채도 니가 했나? 니 이런 것도 할 줄 아나?"
"그러면 누가 해주노? 왜 맛없나?"
"아니 맛있다. 근데 니 학원 안 가도 되나? 오늘부터 학원 간다 안 했나?"
"안 그래도 오늘은 가야 한다. 니 다 먹으면 갈 거다."
"도시락 줄라고 온 거가? 괜찮은데 미안하게끔."

다음날도 점심시간이 되기 전에 병실 문이 열렸다.

"짜잔 오늘은 김밥이지롱. 니 김밥 좋아한다며 있어 봐! 내 컵라면에 물 받아올게. 김밥은 컵라면이랑 먹어야 맛있지."

컵라면을 들고 나가는 줄 알았는데 다가오더니 뽀뽀하고는 다시 나갔다.

"이야 김밥 진짜 맛있다. 이것도 니가 만든 거 맞나?"

"응~ 맛있나? 내 요리 잘한다. 니 배는 안 굶길게. 히히."

누가 뺏어 먹는 것도 아닌데 두 개씩 꾸역꾸역 집어넣었다. 병실 문이 빼꼼하게 열렸다. 동우가 두리번거리면서 들어왔다.

"니는 그냥 오면 되지 꼭 누가 쥐똥 아니라 할까봐 쥐새끼처럼 들어 오노?"

내 말은 듣는 둥 마는 둥 김밥을 손으로 집어 입에 넣었다.

"니는 언제 왔노? 병원에 살림 차렸나?"

"뭐라노 그만 먹어라."

나는 동우의 손을 치면서 째려봤다.

"네네! 니는 전생에 나라 구했나? 저기 병원에서는 말자가 똥 닦아줘! 여기서는 선영이가 밥 해줘. 부럽사옵니다."

말자 이름을 듣더니 선영이는 나를 힐끔 쳐다보았다. 근데 기분이 이상했다. 죄책감이 드는 것 같았다. 갑자기 시무룩해졌다.

"그게 문제가 아니고, 니는 못 들었제."

"뭘? 이 새끼는 꼭 말을 뜸 들이노?"

"철수도 병원에 입원했다."

"왜? 오토바이 사고 났나?"

"그게 아니고 똥 상고 학교 애들한테 쳐 발렸단다."

"똥 상고? 근데 철수가 맞고 입원할 정도로 쳐 발리지는 않을 텐데?"

나랑 선영이는 동우를 쳐다봤다. 동우는 김밥 두 개를 입에 넣더니 뜸 들이며 말했다.

"그게 3명한테 발렸단다. 다구리 당하다가 의자를 들어서 한 놈 대가리를 찍었단다. 그래서 똥 상고 한 놈은 대가리 터지고 철수는 갈비뼈 나가고 팔 뿌싸지고. 경찰 조사도 받고 난리도 아닌가 보던데."

"진짜가? 근데 똥상 애들이 철수 왜 발랐는데?"

"그거는 모르겠고, 그래서 지금 병팔이하고 차돌이가 똥상 애들 잡으러 갔다."

"깡패가? 잡으러 가게. 근데 니는 왜 안 갔노?"

"몰라. 병팔이가 내보고는 니한테 가 있으라고 해서 왔다."

"니는 이제 싸우지 마라."

선영이가 내 귀에다 대고 이야기했다. 그걸 동우가 들었는지 신났다.

"하하 이 새끼 병원에 있는 게 다행일 거다. 아니면 오늘 일 났을 거다."

"뭔 개소리고 김밥이나 쳐드시라."

"뭔 일 없겠제?"

선영이도 걱정이 되는지 나를 멀뚱멀뚱 쳐다봤다.

선영이는 학원 마칠 시간 맞춰서 집으로 갔다.

"괜찮나?"

"어. 왔나 어찌 됐노?"

병호와 영석이가 저녁 즈음 병원으로 왔다.

"쥐똥이는 갔나?"

"응 아까 갔다. 그래 똥 상고 애들 만났나?"

"별일 아니던데 크게 싸운 것도 아니고 그냥 이야기하고 왔다."

"철수는 괜찮나? 가봤나? 쥐똥이 말로는 갈비뼈하고 박살이 났다 카더만."

"아이다. 갈비뼈는 무슨, 쥐똥이 그 새끼 오버하는 거는 알아줘야 한다. 그냥 팔 좀 삐고 갈비뼈는 멀쩡하다."

"근데 왜 병원에 있노?"

"몰라 철수 아빠가 보험 때문인지 자세히는 모른다. 근데 철수랑 미자하고 사귀나? 어울리더라."

"왜? 병원에 같이 있더나?"

"응 밥을 갖다 바치던데, "아~ 해봐" 하면서 내가 웃겨서 못 있겠더라."

"하여튼 철수 그 새끼는 여포다."

순진한 영석이가 나를 봤다.

"여포가 뭐꼬?"

"여자 보는 눈 포기한 놈."

한참을 웃었다.

"병팔아! 근데 너그 누나 왔나?"

"누구? 혜영이 누나?"

"응. 방학이라 또 와서 독서실 다니나 해서? 내 작년에 같이 다녔다 아이가?"

"아 이 새끼 뭐지 니 우리 누나 좋아하나? 니도 여포가? 이번에는 안 온다 카던데! 학교에서 방학 때 보충수업에 하여튼 시험 칠 때까지 잡아놓는가 보더라. 니도 안다 아이가 그 학교 빡세게 시키는 거."

"아~ 그래."

금방까지 선영이랑 손잡고 뽀뽀도 하고 그랬는데 병호를 보니깐 혜영이 누나 생각나고 궁금하고, 이건 무슨 놈의 감정인지, 내가 생각해도 참 몹쓸 놈인 것 같았다.

"근데 차돌아. 니 시합 언제고?"

"니는 신경 끄라. 니 몸이나 추스르라. 그라고 새끼야 병원에 드러누워서 똘똘이만 만지지 말고 영어 단어나 좀 외워라."

"미친놈 니가 내한테 할 말은 아니잖아."

"밥 먹자."

선영이는 오늘도 점심시간 딱 맞춰서 도시락을 흔들면서 들어왔다.

오늘은 더 귀엽다. 선영이랑 있으면 그냥 다 잊는 것 같고 좋았다,

"오늘은 김치볶음밥에 돈까스입니다."

"와우~~ 대단한데 이것도 니가 했나?"

"당연하지. 맛있는지 먹어봐라."

"먹어볼까? 잘 먹겠습니다."

자세를 바로잡고 나무젓가락을 떼서 이쁘게 비비는데 병실 문이 열렸다.

"엄마.. 엄마가 어떻게 여기.."

"엄마? 너그 엄마?. 안. 녕...."

선영이 엄마다. 일어나서 인사하려는데 갑자기 뺨이 얼얼했다.

"엄마 미쳤나? 왜 때리는데. 엄마 왜이라는데?"

"가시나야 조용히 안 하나? 이 놈팽이 같은 놈 때문에 그래서 학원도 안 가고 여기 도시락 싸서 매일 왔나? 이 새끼 오늘 니 죽고 내 죽자."

"하지 말라고, 엄마 쫌 하지 말라고."

"조용히 안 하나? 매일 도시락 싸서 도서관 가서 공부하고 학원 간다 카더니 여기 와서 니가 이라고 있을 때가! 그래 오늘 한번 니도 저놈아도 한번 죽어 봐라. 마 그냥 다 죽어 뿌자."

"엄마~ 쫌 집에 가서 이야기하자. 왜 이라노? 진짜 여기 병원이다."

"가시나야 쪽팔리는 거는 알겠나? 저리 안 비끼나!"

말이 끝나기 무섭게 김치볶음밥이 들어있는 밥통이 내 얼굴로 날라 왔다. "퍽" 둔탁한 소리와 함께 김치볶음밥 밥알들이 팝콘처럼 침상 위에 퍼졌다.

"괜찮나? 어디 맞았노? 안 아프나?"

선영이는 다가와서 울면서 더 이상 안 맞게 나를 안고는 엄마를 막았다.

"안 비끼나? 가시나야 같이 맞을래?"

선영이 엄마는 선영이를 잡아 밀쳐버렸다. 선영이는 힘없이 구석으로 밀려버렸다. 선영이는 다시 일어나서 엄마를 말려도 선영이 엄마는 선영이를 뿌리치고 쉴 새 없이 얼굴이며 몸이며 보이는 대로 때렸다. 막고 피할 수도 없었다. 팔에는 링거가 꽂혀있고, 이제는 머리를 쥐어뜯었다.

"이 놈팽이 새끼가 할 짓이 없어서 어린애 꼬셔서 이라고 있나? 이 새끼 죽어봐라."

"그. 게. 저도...."

말할 기회를 안 줬다. 선영이는 말리다 주저앉아서 울기 시작했다. 잠시 선영이 엄마는 숨을 고르더니 다시 무섭게 달려들었다. 얼굴부터 때리기 시작하더니 머리를 또 쥐어뜯었다.

"니는 여동생도 없나. 이놈의 새끼가 어디 어린 우리 딸을 꼬시가..."

이제는 들리지도 않았다. 선영이는 계속 울기만 했다.

"내가 우리 딸을 어찌 키웠는데...."

머리카락을 잡고 이리저리 흔들었다. 점점 포기 상태가 되었다. 말을 들으려고 하지 않았다.

갑자기 병실 문이 다시 열렸다.

순간 정적이 흘렸다.

"이놈의 여편네가 미쳤나, 어디 귀한 우리 아들한테 손찌검이고?"

말자 엄마다. 말자 엄마는 상황 판단이 끝났는지 부웅 날라 들어와서 선영이 엄마의 머리카락을 잡더니 내동댕이쳤다. 선영이 엄마는 옷을 털고 일어났다.

"오라~~ 잘 만났다. 니가 놈팽이 엄마가?"

"놈팽이? 미쳤나? 이 여편네가 진짜 한번 죽어볼래?"

"죽여봐라."

"그래 한번 니죽고 내 죽자."

말자 엄마 뒤로 말자, 말숙이, 동우가 서 있었다.

말숙이가 뛰어오더니 "우리 오빠, 오빠, 때리지 마라. 때리지 마라. 그러면 말숙이 화난다. 화난다." 말숙이가 무섭게 울면서 계속 같은 말 하니깐 다들 말숙이를 말렸다.

"괜찮다. 말숙아 오빠 괜찮다."

"오빠. 오빠. 때리지 마라. 말숙이 말숙이 화난다."

말자가 뒤에서 힘으로 말숙이를 진정시키면서 꽈악 안았다.

상황이 정리되는 것 같았다.

"가자. 가시나야! 한 번만 더 만나면 머리를 밀어뿐다."

"내 나중에 다시 올게."

"오기는 어디와."

선영이는 머리를 잡혀가면서도 울먹이면서 말했다.

"나중에 보자."

말자와 동우는 개판이 된 병실을 정리했다. 말자는 돈가스가 든 도시락을 쓰레기통에 집어 던지면서 내 들으라고 욕을 했다.

"미친놈~ 으아아~ 미친놈 아니가?"

말자 엄마가 내 쪽으로 다가와서는 이리저리 만져봤다.

"괜찮나? 안 아프나? 저 여편네 억수로 억세네."

"아줌마 죄송해요. 근데 엄마한테는 말하지 마세요."

조용히 듣던 말자가 한소리 했다.

"내가 다 말할 거다. 저 가시나는 또 왜 왔는데?"

내가 고개를 돌리니깐 말자는 동우를 쨰려봤다.

"야! 지동우~ 멀뚱멀뚱 쳐다보지 말고 내리 가서 간호사한테 이불하고 좀 받아 온나?"

"알았다."

조금씩 정리가 다 되어가는 것 같았다. 말자는 분이 안 풀리는지 혼자 구시렁거리면서 나를 계속 쨰려봤다. '무슨 말을 하겠는가?' 나는 고개를 돌렸다.

"자~ 갈아입을 속옷하고 점심 도시락이다. 엄마! 우리는 가자."

"그래! 가자. 밥 잘 챙겨 먹고 있어라. 오늘 말숙이 상담받으러 가는 날이다."

"네!"

"말숙이, 말숙이 금방 올게, 올게. 있어. 밥묵고. 묵고."

"그래. 갔다 와. 말숙이 안녕."

말숙이는 병실 문을 나가면서 끝까지 손을 흔들었다.

"하하. 야~~ 선영이 엄마도 대단하더라. 근데 아줌마가 더 멋있더라."

동우가 깐죽거리면서 이야기했다.

"봤나? 아줌마 그 큰 키에서 나오는 위압감! 붕 떠서 날아가는데 나는 배구 선수가 스파이크하려고 붕 뜨는 것처럼 보이더라. 그리고 니가 얼마나 늙어 보였으면 하하 놈팽이란다. 미치겠다. 하하."

"조용히 해라."

내가 몇 달을 입원하다 보니 이발을 안 해서 머리 스타일이 고등학생이 아니다.

"이야 이거는 사진을 찍던가? 어찌했어야 했는데."

동우는 웃으면서 병실을 나갔다.

"어디 가노?"

"몰라~ 놈팽아~"

병실이 조용했다.

나는 아무 생각이 안 들었다. '이게 무슨 막장 영화인가?' 나는 넋이 나간 사람처럼 멍하게 그냥 병실 천장만 쳐다봤다. 그렇게 얼마나 시간이 지났는지 모르겠다.

동우는 검은 봉지를 흔들면서 들어왔다. 맥주하고 새우깡이다.

"내 이거 몰래 들고 온다고 식겁했다."

"왜? 간호사 누나들이 째려보더나?"

"응. 근데 먹어도 되나?"

"한 캔 정도는 안 괜찮겠나?"

"몰라 마셔라."

동우는 나를 안쓰럽게 봤다.

"그렇게 보지 마라. 쪽팔린다."

"부러워서 그란다."

"근데 선영이 괜찮겠지? 엄마한테 많이 안 맞았겠제?"

"선영이가 걱정되나? 놈팽이씨. 하기야 걱정해야 하겠다. 이걸 말 자가 봤으니."

진짜 큰일이다.

"맞네. 큰일이다. 니 나중에 철수한테 들러서 미자한테 전해라 캐라. 한동안 말자 전화도 받지 말고, 피해 다니라고. 잡히면 아마 오미자부터 죽을 거 같다."

*

"야~쥐똥아 이거 좀 들어라."

"병팔아~ 니는 이불하고 베개 좀 싸라."

드디어 퇴원이다. 방학을 3일 남겨두고 퇴원이다. 목발 짚고 절뚝거리면서 병원을 나왔다. 그래 봐야 1주일에 한 번씩 진료받으러 와야 했다.

"짐 갖다 놓고 5시까지 우리 집으로 온나. 엄마, 아빠 시골 갔다 오늘 다 모여서 인생 이야기 좀 하자. 하하"

"너그 부모님 또 시골 갔나?"

"응, 요즘 자주 간다. 할배가 몸이 좀 안 좋아서 아빠가 할 게 많다고 하더라."

나는 혜영이 누나와의 그날이 생각이 났다. 입꼬리가 나도 모르게 씨익 올라갔다.

"이 새끼는 선영이 엄마한테 그렇게 얻어맞고도 술 먹는다는 생각 하니깐 좋은가 보다. 쪼개는 거 봐라."

병호가 비꼬았다.

"철수는 왜 이리 안 오노?"

"올기다. 차돌이는 이번에 전국체전 때문에 합숙 들어가서 못 온다 하더라."

"술은?"

"철수가 술 가져온단다."

동우는 완전히 술꾼이 된 것 같았다. 술부터 찾는다. 우리는 모든 준비를 끝내고 철수를 기다렸다.

"병팔아! 놀자. 이 형님이 왔다."

까부는 거 보니 철수가 왔나 보다.

"야! 살아 있네? 똥 상고 애들한테 맞아 뒈진 줄 알았네?"

"아, 이 새끼 봐라. 환자가 시비를 거네 한 판 할까?"

"잘 지냈나?"

철수 뒤에서 미자가 인사했다.

"야~ 오~~미자! 니가 왜?"

"병팔이가 와도 된다고 해서 같이 왔다."

철수가 대변했다.

"철수 이 새끼는 눈치가 없노? 오~미자를 보면 점마가 선영이 생각나겠나? 안 나겠나?"

동우가 나를 위해주는 척하면서 한 방 먹였다.

"됐다 술이나 꺼내라. 근데 미자 너그 집 바로 옆 아니가?"

"맞다. 조금만 있다가 갈게. 니 선영이 안 보고 싶나? 가시나 외출 금지다고 하더라. 학교나 가면 보겠다. 그라고 니 바람피우는지 잘 지켜보라 카던데."

"됐다 캐라. 휴~ 아직도 머리가 띵하게 아프다."

말은 이렇게 해도 보고 싶었다.

"퇴원 축하한다."

"그랴 한잔하자."

우리는 술맛도 모르면서 무조건 부어 넣었다, 많이 먹으면 잘 먹는 거다.

"이야! 오~~미자 니 술 억수로 잘 묵네. 님이 최고입니다."

동우하고 병호는 뻗었다.

"야! 근데 너그 둘이 안 지겹냐?"

"지겨울 거는 뭐꼬? 우리는 서로 일편단심이다."

"니 일편단심 뜻은 알고 씨부리나?"

"야! 니 왜 우리 철수한테 그라는데? 철수가 공부는 좀 못해도 그라지 마라."

"하하 네네. 알겠습니다. 근데 일편단심이라는 놈이 맨날 미팅하나?"

"야. 강철수 니 미팅했나?"

미자가 철수를 꼬집었다.

"야~ 미자야. 가시나야 니가 미팅 시켜줬다아이가?"

나는 둘을 진정시켰다.

"그때 말고는 안 했나?"

"나야 모르지? 그길로 병원 갔으니."

둘은 너무 잘 맞는 거 같았다.

"안주 좀 먹어라. 아~~"

"아~ 맛있다."

"니 한번만 더 미팅하면 죽이 삔다."

"안 했다. 안 했다고."

둘이서 신이 났다.

"야! 니는 그러면 안 된다. 선영이가 얼마나 순진하고 착한데, 아마 미팅도 그때 처음 한 거다. 우리 선영이 으아아앙"

"가시나 울고 지랄이고 어쩌라고? 나도 어쩔 수 없잖아. 지금은"

"그라고 니 말자한테도 그러면 안 된다. 이 나쁜 놈아! 으앙 말자야 말...자야"

발음도 안 되고 횡설수설에 울고 처음같이 먹었다, 다시는 먹고 싶지 않았다.

"미자 술 취했나 보다. 데려다주라."

"알았다. 니 있어라. 내 금방 갔다 올게."

철수는 미자를 데려다준다고 나갔다,

나는 혼자 한잔했다.

나는 쩔뚝거리면서 혜영이 누나 방에 들어갔다. 혜영이 누나 향기가 났다. 누나 책상 앞에 적힌 글들을 읽어봤다.

- 할 수 있다. -

- 가자. 갈 수 있다. 서울대학교. -

무섭다. 잘하는 줄은 알았는데 서울대학교라니 나는 돌아와서 혼자 또 한잔했다.

비참해지는 것 같았다.

초라해지는 것 같았다.

'안 되는 건가?' 누나가 대학 가면 내 같은 꼴통 고삐리가 보이겠나? 온갖 생각에 잠겼다. 혼자 술을 계속 마셨다. 자책도 잠깐이었다. 술에 취하다 보니, 자책보다 외로움인지 그리움인지 모를 뭔가가 꿈틀거렸다.

선영이 생각이 났다. 나는 용기를 내서 전화했다.

"여보세요."

"뚜뚜" 나는 끊어버렸다.

선영이 아버지인가? 오빠인가? 나는 또 한잔했다.

5분쯤 지났을까? 나는 다시 전화했다.

"여보세요." 또 그냥 끊어버렸다. 얼마나 시간이 지났는지 모르겠다.

다시 전화기를 들었다.

"여보세요."

"야! 니 어디고? 퇴원했으면 집으로 안 오고 어디 갔노?"

"나? 병팔이 집이지롱"

"니 술 묵었나?"

"몰라."

"미치겠다. 술을 얼마나 마셨노?"

"근데 니 내 좋나?"

"뚜뚜뚜"

전화가 끊겼다.

철수 이놈도 안 왔다.

"일어나 봐라."
누가 발로 툭툭 치면서 나를 깨웠다.
"기절한 건가?"
말자다.
나는 거실에서 전화기를 들고 뻗은 거였다.
"말자야? 니가 여기 왜? 언제 왔어? 어떻게?"
"미치겠다. 니가 오라고 전화를 몇 통이나 했는지 아나?"
"내가? 몇 시야?"
"11시다."
선영이 집에 전화하고, 말자한테도 전화 한 기억이 났다.
미치겠다. 술이 원수지. 두 시간이 지난 것 같은데 기억이 없었다.
"좀 나가자."
"어디를?"
나는 술에 취해, 잠에 취해 몽롱했다.
"어디 가는데?"
"따라 온나? 조심해라. 잡아 줄까?"
말자는 나를 부축해서 병호 집 옥상으로 나를 데리고 갔다. 매번 놀러 왔어도 한 번도 안 와봤다. 평상도 있고 시원하고 너무 좋았다. 술이 확 깼다.
언제 가져왔는지 말자가 캔맥주를 하나 주었다.
"언제 챙겼노?"

"올 때 사 왔다."

"우와 억수로 좋네? 니 여기 어떻게 알았노?"

"저기 미자 집이다. 내 어릴 때 미자랑 단짝이었던 거 모르나? 너그들이 그래서 맨날 우리 둘이 다니면 '말미잘' 하면서 놀리고 도망 다녔다 아이가?"

"하하하 맞다. 맞다."

"근데 니는 여자가 그렇게 좋나?"

"뭔 소리고?"

"내 다 알고 있다. 니 작년 겨울방학 때 독서실 다닐 때 맨날 혜영이 언니하고 만나는 거?"

"니가 그걸 어찌 아노?"

"맨날 골목에서 봤다. 그냥 모르는 척했다. 첫날부터 알았다. 니 병신이가? 이 동네에서 혜영이 언니 모르는 사람 있나?"

나는 맥주를 땄다.

"그라면 혜영이 언니만 만나지 왜 미팅이란 걸 해서 사고 나고 어이구, 그리고 그 쪼깬한 가시나가 뭐가 좋아서 그렇게 병원에서 난리블루스를 추노? 안 쪽팔리나?"

나는 아무 말도 못 했다.

"니 입원하고 한 달쯤 됐나? 혜영이 언니 병실에 왔었다. 나는 알아봤는데 혜영이 언니는 내 못 알아보고 내가 니 간호하는 거 보고 가더라."

'왜 이제 말하냐고' 평상시 같으면 화를 내야 하는데 아무 말도 할 수가 없었다.

"니 그거 아나?"

"뭐?"

"니 해바라기 알제? 해바라기가 일편단심으로 해만 바라보는 줄 알제?"

"아이가?"

"아이다. 해바라기는 다 크면 해를 등진다거나, 그리고 해를 피해 고개를 숙이는 경우도 있다. 어렸을 때는 영양분이 필요해서 해 쪽으로 줄기가 향하는 거란다."

"오호 니 똑똑하네. 근데 그게 왜?"

"아이씨 머스마야, 그러니깐 일편단심 같은 거 없으니깐 니 좋다 할 때 잘해라고!"

*

공부를 따라갈 일이 없지. 공부했어야 따라가지. 아무것도 모르겠다. 1학기를 거의 통째로 날렸으니 안 그래도 못하는 공부가 점점 멀어졌다. 그런데 어찌 노는 거는 이렇게 가까워지는지 학교 앞 당구장은 나의 독서실이 됐다.

당구장 사장님은 나의 수학 선생님이 됐다. 각도가 어떻고? 여기를 몇 프로 힘으로 치면 얼마만큼 된다는 것을 가르쳐줬다. 역시 사람은 공부를 해야 한다. 나는 빠르게 공부해서 습득했다. 매일 야자(야간자율학습) 땡땡이치고, 당구장으로 갔다.

말자는 외고 시험 준비를 했다.

막내 누나가 일요일마다 과외를 해줬다. 말자는 몰라보게 달라졌다. 누나 말로는 엄청나게 똑똑하고 잘 따라온다고 했다.

'괜히 하는 말이겠지.' 요즘 외국어 고등학교 어렵다고 하던데 가겠나 싶은 생각이 들었다.

"우와 춥다. 올해는 왜 이리 빨리 추워지노?"

"그러게 근데 원래 수능 칠 때 춥다."

동우랑 쭈그려 앉아서 담배를 피웠다.

"근데 말자는 언제 시험이고?"

"몰라? 니가 물어봐라. 나는 지금 말자한테 신경 쓸 시간이 없다."

"아~ 네. 네... 담배 피우고 당구장 갈 시간은 있으시고."

"쥐똥아, 내 만 원만 빌려도?"

"만 원? 뭐 하게. 또 어느 가시나 만나러 가려고?"

나는 병팔이 집으로 갔다. 아무도 없었다. 나는 골목 끝에서 기다렸다.

"누나야! 잘 지냈나?"

"놀래라. 다리는 괜찮나? 맨날 시간이 안 맞아 전화하면 안 받고, 만나지도 못하고, 병원도 못 가보고, 미안하다."

"아니다. 내 누나 왔다가 간 거 알고 있다."

"니 내 봤나? 내는 누가 있어서 그냥 와 버렸는데 못 들어가고."

"그게 중요하나? 내일 시험이제? 자 누나 좋아하는 초콜릿 하고 시험 잘 보라고 떡 하고, 이거는 엿"

"고맙다."

"누나야 누나는 아마 잘 칠 거야. 내가 플래카드 준비할게. '축! 서울대학교 수석 합격 이혜영' 어떻노?"
"까불지 말고 요즘 오토바이 안 타제?"
"안 탄다. 무섭다. 나도."
"그래 그라면 시험 끝나고 토요일에 우리 서면 나가자. 영화도 보고 밥도 먹고 하자."
"오케이 뽀뽀도 하고 그러자. 으흐흐"
"뭐라노? 어이구. 빨리 집에 가라. 누가 보겠다."
"응! 누나 파이팅."

*

"오늘 유난히 헝클어진 머리 너무나 맘에 안 들어 그녀가 직접 써 준 전화번호..." 가사도 기억 안 나는 노래를 나는 흥얼거렸다.
머리에는 무스를 바르고. 아끼고 아끼던 청바지를 꺼내 입고, 하얀 운동화를 한 번 더 물걸레로 닦았다.
"잘 생겼네. 좋았어. 가자."
"우와!" 나도 모르게 많은 사람 보고 감탄사가 나왔다. 수능이 끝나고 토요일이고 해서 그런가? 진짜 사람들 많았다.
나는 서면 영광도서 앞에서 까치발로 지하철역 출구만 바라보고 있었다.
'나를 못 찾나?
왜 안 오지?

안 보이나?

무슨 일 있나?'

나는 줄이 10명이 넘게 서 있는 공중 전화부스 앞에 줄을 섰다.

"뚜~~~~ 뚜~~" 안 받는다. 나는 한 번 더 했다.

"뚜~~~~" 또 안 받는다. 나는 다시 영광도서 정문부터 옆문 뒷문을 돌아봤다.

없었다.

'왜 안 오지? 무슨 일 있나?'

자꾸 불길한 예감이 들었다. 뭐라 말할 수 없는 불길한 예감이 들었다.

'에이 오겠지. 30분만 더 기다려보자.' 시계를 봤다. 까치발로 이리저리 보다가 아예 화단 위를 올라가서 누나를 찾아봤다.

아무리 찾아도 안 보였다.

'뭐지~~ 피곤해서 자나? 아니면 친구들하고 놀러 갔나? 약속은 항상 잘 지키는 누나인데 설마?'

나는 1시간 30분을 기다리고 마지막으로 주변을 한 바퀴 돌아보고는 택시를 탔다.

택시를 타면서도 자꾸 힐끔힐끔 주변을 봤다. 뭔지는 모르지만, 자꾸 불길한 예감이 들면서 살짝살짝 소름 같은 게 몸에 돌았다.

'뭐지 이런 기분' 나는 택시에 내렸다.

건널목을 건너기 위해 기다리는데 "삐뽀 삐뽀~~" 경찰차 2대가 불법 좌회전을 하면서 좁은 길을 속도 내서 올라 갔다.

'뭐지?' 뒤이어 구급차 한 대도 뒤따라 갔다.

1. 그 남자

나도 모르게 뛰었다.

나는 혜영이 누나 집으로 뛰었다.

'뭔 일이지? 왜 저쪽 골목으로 들어가지? 아닐 거야.' 구급차 한 대가 골목에서 나왔다. 바쁘게 갔다.

혜영이 누나 집 앞에는 경찰차 두 대가 주차되어 있었다. 동네 사람들도 속닥거리면서 몰려있었다.

"잠시만요! 뭔 일입니까? 아! 잠시만요. 들어갈게요."

나는 대문을 막고 있는 경찰에게 고함을 질렀다.

"무슨 일입니까? 어떤 관계입니까?"

누구랑 관계를 묻는지도 모르겠다. 아무 소리도 안 들렸다. 나는 막고 있는 경찰을 억지로 풀고 들어가려고 했다.

병호가 보였다.

"병호야!"

병호는 넋이 빠진 채 걸어 나오다가 내 앞에서 주저앉았다.

"병호야! 무슨 일이고? 뭐고? 말해봐라. 새끼야! 말 좀 해봐라고!"

나는 울먹이면서 병호를 흔들었다.

"혜영이 누나가... 혜영이 누나가..."

"혜영이 누나가 왜? 왜?"

"약 먹고 죽었다."

"뭐라고 뭐라고 누가? 왜? 무슨 약? 씨발놈아 똑바로 말해봐라."

"몰라~ 나도 모른다."

나는 다리에 힘이 빠져 주저앉았다.

'아니야 살아 있을 거야.' 나는 그렇게 믿고 싶었다.

"아저씨 그 구급차 무슨 병원으로 갔어요?"

나는 정신 차려야 했다. 경찰을 붙잡고 물어봤다. 경찰은 이리저리 무전을 쳤다.

"백병원으로 갔단다."

나는 뛰었다.

*

"누나 여기! 여기!"

나는 멀리서 다가오는 혜영이 누나를 향해 손을 흔들었다. 그 많은 사람 속에서도 한눈에 알아봤다.

이쁘다. 유난히 하얀 피부에 활짝 웃는 모습이 너무 이뻤다.

"누나 우리 무슨 영화 볼까?"

"미안해. 나 독서실 가서 공부해야 해! 영화는 다음에 보자."

"누나! 시험 끝났잖아?"

누나는 갑자기 어색한 표정을 지으면서 손을 흔들며 택시를 탔다.

나는 그 택시를 뒤따라 뛰었다. 뛰다가 정신을 차렸다.

'누나는 죽었는데 뭐지? 귀신인가?' 나는 꿈속에서 꿈일 거라는 생각으로 애써 잠에서 깨어나려 했다.

눈을 떴다. 목소리가 안 나왔다. 몸이 안 움직였다. 나는 한참을 눈만 깜박였다. 나도 모르게 무슨 이유인지 눈물이 나왔다. 멈추지 않았다. 그렇게 얼마나 지났는지 모르지만, 겨우 몸을 뒤척일 수가 있었다.

나는 그렇게 혜영이 누나와의 이별을 맞이하는 중이었다.
나는 어제도 그제도 매일 똑같은 꿈을 꿨다. 잠드는 게 무서워서 안 자려고도 노력을 해보고 꿈에서라도 다시 혜영이 누나가 보고 싶고, 왜 그랬냐고 물어봐야겠다고 잠을 청해 보기도 했다. 하지만 매번 똑같은 말과 똑같은 행동만 했다.
나는 어디가 아픈지 모르지만 아픈 거 같았다. 엄마는 보약이라는 보약은 다 지어주셨다.
나는 꿈 이야기를 누구에게도 말 못 했다.
살이 10kg이 빠졌다. 하루가 어떻게 갔는지 오늘이 며칠인지도 모르겠다. 씻다가 거울 보면 깜짝 놀란다. 해골이다. 밥을 안 먹어도 배가 부른 것 같아 밥도 안 먹고, 물만 먹었다.
엄마는 나를 억지로 끌고 병원을 데리고 갔다. 병원에서는 이상한 말만 하고 약을 지어주었다. 엄마는 어디서 무슨 소리를 들었는지 나를 끌고 무섭게 생긴 장군을 모시는 분에게 데리고 갔다.
"귀신이 붙었네. 굿을 해야 해."
"그래예? 굿하면 괜찮아 질까예? 아이고 장군님 우리 아들 살려주이소."

나는 안 한다고 고집을 부려봤지만, 엄마가 매일 울면서 해보자고 하시니 나는 어쩔 수 없이 굿판에 누워있게 되었다.
무서웠다.

무섭게 화장을 하고 소복을 입은 아줌마가 한 손에는 방울과 한 손에는 빨간색 부채를 들고 내 주변을 요란하게 뛰었다.

"장군님! 장군님! 이 어린놈이 뭐를 잘못해서 이렇게 벌을 내리나요. 용서하소서. 용서하소서"

갑자기 꽹과리와 나팔소리가 내 귀를 찢는 것 같았다.

나는 눈을 감았다. 한참을 못 알아듣는 풍악 소리에 맞혀 무슨 말을 하더니 조용했다.

"잡귀신이 붙었어~~. 애기야 너는 어디서 와서 여기 붙었니? 너희 집 가거라."

그렇게 뭐라 하는지 모르는 소리와 소름 돋는 칼이 부딪친 소리를 한 시간 정도 듣고 있으니 끝이 난 것 같았다.

"니 괜찮나. 왜이라는데?"

말자가 울면서 내 손을 꼭 잡았다. 따뜻했다.

"괜찮나?"

동우가 물어봤고, 철수랑 영석이는 멀뚱멀뚱 서 있었다. 얼마나 울었는지 애들 얼굴에 눈물 자국이 보였다.

"병팔이는?"

"병팔이가 오겠나? 그놈도 지금 힘들고, 엉망이다."

그렇게 굿을 해도 아무런 차도가 보이지 않았다. 나는 여전히 내 방에서 꼼짝도 하지 않고 천장만 보고 누워있었다.

"자! 한 숟가락이라도 좀 먹어봐라."

말자가 언제 왔는지 죽을 들고 왔다. 나는 병원에 있을 때가 생각이 났다. 항상 말자는 내 옆에 있는 거 같다.

"한 숟가락 먹어라. 먹어야 기운을 차리지 자~먹어라."

나는 못 이기는 척 받아먹는다.

"말자야~ 고맙다. 미안하다."

말자는 울었다.

"니 왜 그라는데 진짜 귀신이 붙었나? 왜 그라는데 말을 해봐라. 혜영이 언니 죽은 것 때문에 그라나? 왜? 따라 죽을라고 그라나. 정신 좀 차리라고!"

말자는 울먹거리면서 나가 버렸다.

내가 왜 이러는지 나도 모르겠다.

"누나야 우리 억수로 오랜만에 노래방 온 것 같다. 그쟈? 뭐 부르지~~"

"니 그거 불러 봐라. 이승환 노래 '기다린 날도' 그게 듣고 싶다."

나는 온갖 폼을 잡고 불렀다.

"기다린 날도~~ 지워진 날도……"

누나를 보는데 누나가 울고 있었다.

"누나 왜 우는데?"

누나는 가만히 나를 쳐다보더니 쓱 사라졌다.

한 달을 넘게 혜영이 누나 꿈을 꾸며 꿈꾸는 게 무서워서 며칠을 안 잔 적도 있었다.

'그래, 오늘은 물어보자.' 나는 눈을 감았다.

"같이 가자."

독서실을 나오는데 혜영이 누나는 웃으며 내 팔짱을 꼈다.

우리는 뭐가 그렇게 좋은지 웃으며 집으로 갔다.

"누나 잘 가. 잘 자고 내일 보자."

나는 누나 집골목 입구에서 손을 흔들었다. 누나는 손을 흔들며 집으로 들어가는 것이 아니라, 오던 길로 뛰어가는 거였다.

"누나. 어디 가노~"

누나는 아무 말도 없이 독서실로 가는 것 같았다. 나는 뒤따라 뛰어갔다. 누나는 독서실로 들어갔다. 자리에 앉은 누나는 노트에 뭔가를 열심히 쓰더니 사라졌다.

나도 눈을 떴다.

똑같은 패턴이었다. 익숙했다. 5분은 몸이 움직이지 않았다. 나는 꿈을 생각해 봤다. 노란 노트에 뭔가를 썼던 혜영이 누나가 기억났다.

"괜찮나?"

말자는 오늘도 죽을 들고 들어왔다. 말자는 물수건으로 내 얼굴과 팔다리를 닦아 주었다.

나는 말자를 봤다.

나도 모르게 울음이 나왔다.

"말자야! 나 무섭다. 매일 혜영이 누나가 꿈에 나온다. 무섭기도 하고, 혜영이 누나가 불쌍하기도 하고. 내 이제 어쩌노?"

말자는 나를 안아 주면서 같이 울기 시작했다. 너무 따뜻하고 편안했다.

나는 말자에게 매일 꾸는 꿈 이야기를 했다.

"내랑 독서실 가 보자."

말자는 나를 끌고 독서실로 갔다.

"안녕하세요."

아줌마는 나를 한참 보더니 "아! 혜영이 사촌 동생! 얼굴이 왜 이렇노?" 아줌마는 다른 뭔 말을 하려다 멈췄다.

"혜영이 이야기는 들었어. 그날도 재수할 거라고 왔는데…. 짐도 어떻게 해야 할지 몰라서 그대로 있어."

"네~ 고맙습니다. 제가 가지고 갈게요."

나는 혜영이 누나 짐을 챙겼다. 책 맨 밑에 노란 노트가 있었다. 나는 등에서 땀이 나는 걸 느꼈다. 온몸은 소름에 닭살이 돋았다. 말자는 책이고 모든 짐을 태워서 버리자고 했다. 나는 절대 안 된다고 방에 들고 들어와서 정리했다.

노란 노트를 펼쳤다.

누나는 나랑 처음 만난 날부터 일기가 적혀 있었다.

- 난 그 애가 좋다. 어리지만 왠지 오빠처럼 좋다. -

나는 하루하루 누나의 일기를 봤다.

나는 누나의 마음을 알게 되었다.

너무 미안했다.

나는 벌 받아도 되는 것 같았다.

- 오늘 수능을 쳤다. 시험을 나는 망쳤다.

친구들은 너무 잘 쳤다고 한다. 다들 2차는 안 칠 거라고 한다.

나도 잘 쳐서 매일 보고, 손도 잡고, 놀러 가고 싶었는데…

너무 보고 싶다.

오늘은 너의 품에서 잠들고 싶다.

정신 차리자.

공부하자. 12월에 치는 수능에 집중하자."

8월 20일 1차 수능 치는 날 -

나는 몰랐다.

수능을 2번 쳤는지? 수능을 8월에 한 번, 12월에 한 번 두 번 친 거였다. 그중 잘 나온 성적으로 대학에 진학하는 거였다.

'미친놈! 누나 미안해. 나는 그것도 모르고, 누나 몰래 다른 애들 만나고, 시험 치는 날도 나는 애들하고 놀고, 그 흔한 말, 그 좋아하는 초콜릿 하나도 못 주고' 나는 울다가 잠들었다.

개운했다.

꿈도 꾸지 않았다. 그리고 기분이 좋았다. '뭐지?' 혼자 생각해 봤다.

나는 초콜릿 하나를 사서 누나가 있는 절에 갔다. 해맑게 웃고 있는 누나 사진이 들어가 있었다. 유골함이 들어있는 유리문을 좀 열어달라고 부탁해서 나는 누나 사진 옆에 초콜릿을 두었다.

한참을 누나 앞에서 울고 이런저런 이야기 했다.

"누나 내 또 올게."

나는 절에서 나왔다.

눈이 내렸다.

나는 태어나 이렇게 눈이 많이 내리는 걸 처음 봤다.

그렇게 길고 어두웠던 추운 겨울은 가고 봄이 왔다.

선영 그리고 말자

1994년 5월

현관문 옆에 작은 화단에 분홍색의 수국이 활짝 피었다. 분홍색 수국의 꽃말이 '소녀의 꿈'이라는 것을 어디선가 들었던 기억이 났다.
 문득 말자가 중학교 때 병원에서 말하려다가 하지 않았던 두 번째 꿈이 궁금했다.
 "아이씨~~ 놀래라. 왔으면 벨을 눌러라. 아침마다 니 때문에 놀래서 죽겠다."
 매일 아침 쥐똥이는 대문 앞에서 나를 기다렸다.
 "가자~ 니 있나?"
 "내 있다. 가자~"
 우리는 학교 가기 전 항상 골목 끝에서 담배 한 대를 피웠다. 그리고 냄새를 없앤다. 냄새에는 로즈마리 잎이 최고다. 나의 친구 동우가 매번 준비했다.

"쥐똥아 벌써 5월이다. 참 빠르다. 5월은 푸르구나~우리들은 자란다."

"신났네~ 진짜 벌써 5월이네. 근데 니 진짜 몸 회복력은 짱이다. 전보다 살이 더 쪘다."

"그쟈. 나도 이놈의 몸이 신기하다."

진짜 살도 붙고 키가 이제 자라는 것 같았다. 남들 중학교 때 크는 키가 고등학교 2학년 때 몰라보게 크는 것 같았다. 그렇게 나는 5개월이라는 긴 꿈에서 깨어나 일상으로 돌아왔다.

"일어나라. 어찌 니는 학교에서 눈떠 있는 걸 본 적이 없노! 집에 가자."

동우가 집에 가자고 깨웠다.

"안 된다. 내 오늘부터 야자 도망 안 갈 거다."

나는 가방에 책을 넣는다.

"가방에 책은 왜 넣고 다니노?"

"지는?"

"충성!"

동우와 나는 거수경례를 했다.

사장님은 검지와 중지만으로 잽싸게 거수경례를 받아주고 내렸다.

학교 성적 점수가 내려가는 만큼, 나의 당구 점수는 올라갔다.

"오호~~ 병팔~ 벌써 마치고 왔소?"

병호도 괜찮은 건지 괜찮은 척하는 건지 돌아왔다. 우리는 모두가 예전이랑 똑같았다.

"큐대 잡아라. 맥주캔 내기 한 판 하자."

"쥐똥아. 겜돌이 부탁한다."

"옙! 맥주는 맛있게 먹겠습니다."

"땡그랑" 당구장 문이 열리는데 철수가 왔다. 말하지 않아도 학교 마치면 자연스럽게 모였다.

"나도 치자. 뭐 내기인데?"

"맥주 내기, 그라면 편 묵고 치자. 내가 쥐똥이랑 먹을게. 너그 둘이 먹어라. 오케이?"

"콜!"

"쥐똥아. 이기야 된다. 내 돈 없다. 알제?" 나는 쥐똥이에게 귓속 말한다. 쥐똥이는 씨익 쪼갠다.

"살살 치라. 목숨 걸고 치나?"

철수 새끼가 말로 자꾸 옆에서 해방을 놓았다.

"근데 좀 있다가 선영이 온다는데 미자랑 밑에 유노에서 보기로 했다."

"삑" 삑사리가 난다.

"역시 아직 선영이가 보고 싶은 거제?"

"아 이 새끼는 입으로 당구 친다니깐."

"좋았어. 굿~~"

동우와 하이 파이브를 하면서 화장실로 손 씻으러 갔다.
"니가 그거 못 쳐서 진 거 아니가?"
병호와 철수는 구시렁거리면서 화장실로 따라왔다.
"미자하고 선영이 온다니깐 같이 가자."
철수는 나를 보면서 깐죽대며 말했다. 그걸 또 병호가 받아 더 깐죽거렸다.
"선영이 엄마한테 들키면 맞아 죽을 건데 괜찮겠나?"
또 아픈 기억이 스멀스멀 올라왔다.
"뭐 죄짓나? 가자. 내는 맥주 얻어 마셔야겠다."
동우 새끼는 오직 맥주다. 술도 제일 약하다.

"안녕. 안녕"
"잘 있었나?"
선영이가 나를 보고 손을 흔들었다.
철수는 또 까불었다.
"이야, 선영이 오랜만이다. 근데 오늘은 엄마 안 오시제?"
"퍽" 아프겠다.
"아프다. 가시나야."
"쓸데없는 소리 하지 마라. 1년이 지났다."
철수는 미자한테 뒤통수 한 대 맞고 조용했다.
"근데 괜찮나? 학원 안 가고 이렇게 돌아다녀도?"
나는 선영이를 쳐다봤다.
"괜찮다. 뭐 맞기밖에 더 하겠나? 근데 니 그때 내 욕 억수로 많이 했제?"

"니 욕할 게 뭐 있노? 괜찮다."

나는 애써 쿨한 척했다.

"우리 이번 여름방학 때 선영이 집 별장에 놀러 가자. 죽인다 카더라!"

"우와 선영이 너그 별장도 있나? 집이 몇 채고 억수로 부자네."

동우는 부럽다는 눈으로 말했다.

"몰랐나? 고깃집도 저그 거다. 가시나 이거 말 안 해서 그렇지. 재벌이다. 재벌!"

미자는 동우하고 주거니 받거니 하면서 말했다.

"재벌 집 딸이 왜 저놈 좋아하노? 하하하"

"하하하. 맞다 맞다."

애들이 신났다.

"근데 니 몸은 괜찮나? 많이 아팠다면서?"

애들이 순간 내 눈치를 봤다. 뭔가를 아는 건지? 모르고 그냥 눈치 보는지 모르겠다. 나는 병호를 쳐다봤다. 병호는 고개를 돌렸다.

"괜찮다. 이제 다 나았다."

"내 오늘 일찍 들어가야 한다. 이거 주려고 온 거다."

"뭔데?"

선영이는 1.5ℓ 페트병 2개를 꺼냈다.

"곰탕이다. 뼈에 좋다 해서 푹 삶아서 가져왔다. 냄비에 부어서 끓여서 밥 말아먹어라. 그리고 이거는 영양제다. 뼈에 좋다 하더라."

"근데 이걸 니가 했나?"

"그러면 엄마 보고 해달라고 하겠나?"

"이야 부럽다. 미자야 나도 몸이 영 요즘 허약한 거 같다. 아침마다 일어나지를 않는다. 이놈이."

"그거는 니가 야동을 너무 많이 봐서 그렇다."

*

"차돌~"

나는 멀리서 봐도 보이는 영석이를 불렀다. 오랜만에 다섯 놈이 모였다. 우리는 나란히 버스 맨 뒤 좌석에 앉았다. 오늘은 ㅇㅇ여고 축제다.

"근데 그 학교에 아는 애 있나?"

"그게 왜 중요하노 가서 꼬시야지? 내만 믿어라."

"아~ 네. 네. 철수님 믿습니다."

"야! 입구 팜플렛 나눠주는 가시나 억수로 예쁜 거 같다?"

"그게 보이나? 미친놈!"

"야 딱 보면 모르겠나? 나는 백 미터 떨어져도 안다."

철수는 자신 있게 앞장섰다.

"하하하 철수야 진짜 억수로 이쁘네! 역시 강여포다. 미자가 더 이쁜 것 같은데. 하하!"

우리는 철수를 발로 찼다.

"이야 저 가시나 노래 진짜 잘하네"

"니는 입에 가시나 좀 떼라. 니 때문에 오던 가시나도 안 오겠다."

철수랑 동우는 뭐가 웃기는지 신났다. 우리는 야외 공연을 보고 건물 안으로 들어갔다.

"꽃 사세요."

여자애들이 잡았다. 줄 사람도 없는데, 나는 멋있게 장미 꽃다발을 샀다.

"미친놈아. 돈 아깝게 줄 사람도 없는데 왜 사노?"

"쥐똥! 니가 그래서 여자가 없는 거다. 항상 준비된 자만이 여자를 만날 수 있다."

좀 창피하기는 했다.

'이걸 누굴 주노? 뭐라 하면서 주노?'

"우리 이렇게 우르르 다닐 필요 있나? 2명 3명 다니자. 내가 쥐똥이랑 갈게."

나는 동우가 제일 편했다.

"이야 애들 준비 진짜 많이 했네."

"관세음보살 반 한번 가 보자."

불교반도 있었다.

"됐다. 여기까지 와서 거기 왜 들어가노?"

나는 동우의 팔을 잡는데 웃긴 게 그 옆에 기독교 반도 있었다. 종교적 대통합인가? 우린 아주 빠르게 스쳐 지나갔다.

"쥐똥아! 찾았다. 내가 구경하고 싶었던 반."

나는 동우를 끌고 갔다. 댄스반이다.

"오오~~ 쥐똥아 입 다물어라."

"우와 저 애 몸매 죽인다. 그쟈?"

"니는 몸매 억수로 보네?"

몸매를 보는 것보다, 가슴을 보는 것 같았다.

"2부 때 다시 오자."

동우가 나가서 담배 한 대 피우고 오자 해서 우리는 운동장 한쪽 구석으로 갔다.

"다음 곡은 이오공감의 '한 사람을 위한 마음' 들려드리겠습니다."

방송으로 나오는 여자애 목소리가 너무 좋았다.

그런데 이상하게도 낯설지가 않았다.

♪힘들게 보낸 나의 하루에♫ ♪짧은 입맞춤을 해주던 사람♪♪~

나는 동우를 끌고 갔다.

"방송반 찾아라."

방송반 창문 사이로 이쁜 애가 마이크를 잡은 게 보였다.

왠지 꽃다발을 사고 싶었다.

*

"똥식아~ 밤에 어디 가노?"

오늘도 밤 10시가 다 되어서 당구장에서 하교한다. 학교로 등교하고 당구장에서 하교한다.

동식이는 말자 막냇동생이다.

"행님아~ 요즘 밤늦게까지 공부하는가 보네?"

"열심히 해야지 대학 갈라면 근데 니 어디 가노?"

"말자 누나 마중 간다. 엄마가 골목길 무섭다 캐서 버스정류장에서 말자 누나 내리면 같이 오라 해서 내가 요즘 맨날 이리 나온다."

"맞나? 오늘은 형님이 데리고 갈게 니 집에 들어가라."

"진짜가? 행님아 고맙데이! 내는 그라면 간다."

나는 그렇게 말자를 기다리려 버스정류장으로 갔다.

"이야~~ 이말자. 이쁜데? 교복이 이쁜데? 이제 학생답네."

나는 버스 정류장에서 내리는 말자를 어깨동무했다. 이제 키 높이가 바뀌었다. 말자가 큰 편이라 해도 내랑 한 뼘은 차이 났다.

"오빠가 너 무서워할까 봐 마중 나왔다 아이가?"

"동식이는?"

"동식이 대신 오빠가 온 게 불만이가? 동식이 집에 보냈다. 오랜만에 데이트나 할까?"

"미친놈. 근데 니 왜 이렇게 느끼하고 능글능글 해졌노? 그때 충격에 뭔가 잘못된 거 아니가?"

말자는 외고에 당당히 입학했다.

중국어과에 입학했다.

"가방 이리도. 들어줄게, 학교는 다닐만하나? 애들 안 때리제? 애들 때리지 마라. 그 학교에서 짤리면 니는 잘못하면 동식이랑 고등학교 다닌다."

"니가 요즘 맞고 싶어서 입이 근질근질 하제?"

"뭔 책을 이리 많이 들고 다니노? 너그 학교는 사물함 없나?"
말자는 나를 째려봤다.
"니 요즘도 가시나들 꼬실라고 돌아다니나?"
"뭐라노 가시나야. 내가 그럴 시간이 어딨노? 이 오빠는 고2다. 니는 고1이고, 하하"
"퍽" 뒤통수 한 대 맞았다.
"아프다. 근데 공부는 할 만하나?"
"니 아직도 쪼그마한 가시나 선영이 만나나? 니 내가 이야기했다. 한 번 더 만나면 죽이뿐다고."
"무서버라. 가시나야 공부할 만하냐니깐? 이상한 소리 하고 지랄이야. 자~ 가방이나 가지고 올라가라."
나는 대문을 열고 말자 가방을 줬다.
"야! 삐삐치면 마칠 때 이제 마중이나 좀 나온나?"
"미쳤나! 잠이나 자라!"

나는 탱크만 매일 쳐다봤다. 나는 내 삐삐를 탱크라 부른다. 억수로 크고 묵직하게 생긴 놈이다. 애들 것은 작고 색깔도 다양하다.
"위윙윙~~" 탱크가 진동이 왔다.
'1004 100024'
선영이다.
'천사가 많이 사랑한다.'라는 뜻이란다. 고맙지만 나는 다른 호출을 기다렸다. 그렇게 기다리던 삐삐는 며칠이 지나도 오지 않았다.
"우와 덥다. 쥐똥아~ 시원한 캔맥주 내기 어떻노?"

"오케이 가자."

열심히 집-학교-당구장을 다녔다.

"토요일은 밤이 좋아~"

나는 토요일이라 신나게 노래 부르며 당구장으로 갔다.

"위위윙~~" 탱크가 시동을 걸었다.

'000-0000' 모르는 번호다.

"여보세요. 3300 호출하신분…"

무슨 커피숍이라 하는데 시끄럽다.

"여보세요? 내 누군지 알겠나?"

"알지 내가 니 목소리 모르겠나. 내가 니 연락 억수로 기다렸다. 그래도 삐삐번호는 안 버렸나 보네, 하도 연락이 없어서 나는 버렸나 했다."

"우리 학교 오늘 학기말 시험 끝나서 영화 보고 싶은데 혼자 보기가 그래서…"

"거기 어딘데? 내가 갈게."

나는 동우를 두고 나왔다가 다시 동우에게 갔다.

"쥐똥! 내 돈 좀 빌려도."

"땅그랑" 방울이 울렸다. 나는 문을 열고 주변을 봤다. 저쪽 끝에 손을 흔드는 모습이 보였다.

"오랜만이다. 축제 때 보고 한 달 만이네."

"그래~잘 지냈나? 뭐 마셔라?"

"저기요~ 여기 콜라 한 잔만 주세요. 얼음 가득 넣어주세요."

나는 주문을 하고 멀뚱멀뚱 쳐다봤다.

이쁘다.

"근데 니 진짜 피부 하얗고 이쁘다."

"니는 무슨 그런 말을 쉽게 하노? 좀 능글맞다. 그라고 그렇게 보지 마라. 느끼하다."

"이뻐서 이쁘다 카는데, 왜?"

내가 생각해도 좀 능글맞아진 거 같았다.

"니 근데 내 그 학교인 거 어찌 알았노? 그라고 내가 방송반인 거는 어찌 알았노? 아는 사람 없을 건데?"

"다~ 조사하면 나온다."

"까불지 말고 말해라. 누가 가르쳐 주더노?"

"그게 중요하나?"

나는 속으로 웃었다. 말 그대로 우연이었다.

"영화 뭐 볼 건데?"

나는 급하게 말을 돌렸다.

"애들이 '게임의 법칙' 재미있다 하던데? 시간 되는지 가서 보고 시간 맞는 거 보자?"

"너에게 나를 보낸다. 그거 야하고 재미있다 카던데?"

"으이구! 근데 너그 학교도 시험 끝났나?"

"다음 주부터 시험인데 내가 이렇게 나왔다. 시험보다 니가 더 보고 싶어서."

"니 진짜 많이 변했다."

"변하기는 똑같다. 순수하고 착하고,"

"됐다. 다 마셨으면 나가 보자. 무슨 영화 하고 있는지?"

얼마 안 지난 것 같은데 밖이 좀 어두웠다. 사람들이 어디서 몰려나왔는지 억수로 많았다.

나는 살짝 붙어서 영희 손을 잡았다. 영희와 나란히 앉아 보는데, 초등학교 6학년 때 처음 짝지가 되는 날 내 옆에 와서 앉았던 것처럼 떨렸다.

"영화 재밌게 봤나?"

"모르겠다. 재미있게는 본 것 같은데 박중훈이 밖에 생각 안 난다. 영화 보다 니 얼굴을 더 많이 본 것 같은데?"

"쫌!"

내가 생각해도 어이없는 말이었다.

"니가 영화 보여줬으니 내가 밥 살게. 뭐 먹을래?"

"그러면 밥 대신 맥주 한 잔만 사도. 우리 호프집 가자. 내 한 번도 안 가봤다. 맥주도 캔맥주 한번 먹어 봤는데."

"맥주? 내야 좋은데, 니 괜찮겠나?"

"호프집 한번 가보고 싶어서 그래."

나는 '영화나 보고 밥 먹고 해야지'하고 편하게 영희를 만났다. 그런데 영희가 맥주 한잔하자고 했다. 심장이 뛰었다. 무슨 기대감인지 모르겠으나, 분명 이거는 기대감 때문에 뛰었다. 우리는 제일 크고 화려한 간판이 있는 집으로 갔다.

"우와 여기 억수로 크고 좋다."

"나도 처음 와 봤는데 좋네. 근데 너무 안 시끄럽나? 괜찮나?"

"응. 괜찮아."

영희는 놀이공원에 처음 온 애들처럼 여기저기 보고는 해맑은 미소를 지었다. 우리는 저쪽 칸막이가 쳐진 곳으로 가서 앉았다.

"뭐 먹을래?"

"나는 잘 모르니깐 아무거나 시켜줘?"

"그라면 일단 500cc 한 잔씩 하자. 안주는 배고프니깐 돈가스 먹자. 괜찮제?"

"응. 근데 우리 이렇게 막 들어와서 맥주 먹고 그래도 안 잡아가나?"

"안 잡아간다. 하하하. 편하게 먹어."

"니는 호프집 억수로 갔제?"

"학생이 어딜? 나도 몇 번 안 가봤다."

"자~ 짠하자. 짠~"

"그래~ 짠~"

음악 소리가 너무 커서 영희 목소리가 하나도 들리지 않았다. 우리는 자연스럽게 서로 얼굴을 코앞까지 맞대고 이야기를 했다. 영희는 입술에 맥주 거품까지 묻히고 신이 나서 이야기했다.

"야~ 근데 니 진짜 내 방송반인 거 어떻게 알았어?"

너무 귀엽고 이뻤다. 나는 무슨 용기인지 몰라도 대답 대신 내 입술 앞까지 와서 이야기하는 영희의 입술에 살짝 뽀뽀를 해버렸다.

"야~ 뭐꼬~ 뭐꼬~"

"몰라. 니가 너무 이뻐서 그렇다아이가~."

"니 바람둥이제. 니 그거 아나? 니 억수로 능글맞게 변했디."

"미안타. 근데 내 바람둥이는 아니다. 그리고 애들이 전부 우리 6학년 때 사귀고 뽀뽀도 맨날 한 거로 알고 있던데, 억울하다아이가? 뽀뽀도 한번 안 했는데. 그래서 이걸로 그때 한 거로 치자."

"무슨 말이 그렇노. 아무튼, 변했어. 변했어. 근데 재밌다. 니랑 만나서 영화 보고 이라는 거."

"맞나? 맨날 영화 보고 뽀뽀하고 그럴까?"

"어이구. 참으세요."

"배부르나? 술 취한 거는 아니제? 집에 데려다줄게 가자. 어차피 우리 집 가는 길 아니가?"

"내 이사 갔는데? 니 내 이사 간 거 몰랐나? 나는 그것도 알고 우리 학교 축제 온 줄 알았네. 내 중학교 때 이사 가서 전학 갔다. 그래서 국민학교 친구들 아무도 연락이 안 된다."

"아~~ 그랬나? 왜 교회가 잘 돼서 더 크게 지어서 갔나?"

"아니다. 다음에 이야기할게. 나는 여기서 버스 타야 한다. 니는 저쪽 건너서 타야 될 기다."

"안다. 나도 니 버스 타고 가는 거 보고 갈게."

멀뚱멀뚱 버스 오는 쪽만 쳐다봤다.

"왔다. 내간다. 또 삐삐칠게. 또 영화 보자. 연락 니도 자주 해라."

"알았다. 잘 가래이."

나는 버스 타고 자리에 앉은 영희를 보고는 손을 흔들었다.

*

오늘도 어김없이 내 옆에는 동우가 있다. 우리는 자연스럽게 학교 마치고 당구장으로 향했다.

"니 몰랐나? 영희 교회 망해서 이사 갔다카던데?"

"왜? 왜? 교회도 망하나?"

"그거는 모르겠고? 니 근데 영희랑 잘 되어가나? 미팅 좀 시켜도?"

"똥우야~ 우유 좀 더 먹고 행님 만큼 키 좀 크면 말해라."

"그래 니 다 해묵거라. 니 조심해라. 내가 말자한테 입만 열면 니는 그날로 제삿날이다. 알고는 있제? 행님한테 잘해라."

"아, 네. 네. 잘 부탁드립니다. 쥐똥씨."

"윙윙 위윙" 탱크가 시동을 걸었다.

'2200 045' 2200은 말자 삐삐 뒷번호였다.

"말자네, 가시나 뭐고? 자기 이야기했다고 삐삐 바로 오네. 근데 045가 뭐고?"

"내가 어찌 아노? 나는 삐삐가 울지를 않는다. 삐삐 암호가 뭐야? 당구장 가서 전화해봐라."

"여보세요. 왜? 근데 니 오늘 학교 안 갔나?"

"우리는 어제 방학했는데."

"좋겠다. 억수로 빨리했네. 근데 045가 뭐꼬?"

"하하 그것도 모르나? 빵 사 와라고."

"미쳤나? 끊어라."

나는 끊어버렸다.

"내 집에 좀 갔다 올게 10분이면 온다. 애들 오면 연습구 치고 있어라."

"왜? 집에는 왜?"

나는 대꾸도 안 하고 나왔다.

"아줌마. 아줌마."

"아이고 씨끄러버라."

가게 안쪽에서 아줌마가 "씨끄럽다." 하면서 나왔다.

"장사 안 하는교? 소보루빵 3개만 주세요."

말자는 소보루빵 아니면 안 먹는다. 나는 빵을 사 들고 집으로 갔다.

2층으로 올라갔다. 티브 소리를 얼마나 크게 틀어놓았는지 시끄러웠다. 나는 열린 안방 창문으로 머리를 넣었다.

"놀래라."

"가시나야 아무리 더워도 옷 좀 입고 있어라. 그게 입은 거가? 벗은 거가?"

"니는 왜 맨날 내 옷 입는 거 가지고 그라노."

"자! 소보루빵이다."

나는 창문으로 빵을 던져주고 계단 내려가는데

"땡~큐~~"하는 소리가 들렸다.

드디어 여름방학이다.

"무슨 이게 방학이냐? 1주일 뒤부터 보충수업 한다고 하노?"

"몰라. 짜증 난다."

동우는 투덜댔다. 나도 마찬가지였다. 우리는 보충수업이 필요 없는데 받으라고 했다. 누가 먼저라 할 거 없이 당구장으로 향했다.

"안녕하세요. 사장님~ 방학이라 사장님의 수업이 필요합니다."

나는 당구장 사장님한테 최대한 공손하게 인사했다. 방학이라 보충수업이 필요했다. 담임 선생님보다 더 존경하는 마음으로 인사했다.당구장이 제일 시원한 거 같다.

"오호~ 병팔이 와 있었네? 철수는?"

"몰라? 삐삐 남겨 놨다."

"안녕하세요. 충성!"

말이 끝나기 전에 까불면서 철수가 사장님에게 경례하고 들어왔다.

"빨리 한판 치자. 오늘 저녁에 마산 가자."

"마산은 왜?"

"너그 민호형님 알제? 우리 한 해 위 행님!"

"알지? 너그 집 옆에 살고 같이 예전에 오토바이 타고 그랬다아이가?"

나는 몇 번 같이 다닌 적 있었다.

"응 그 행님이 학교 때려치우고 작년에 마산 갔는데 이제 자리 좀 잡았다고 놀러 오라는데?"

"그 형님 학교 관뒀나? 어쩐지 안 보이더라. 그래서 무슨 일 하는데? 호스트바? 아님 단란주점 삐끼?"

동우는 억수로 궁금한 것 같았다.

"똥우야! 그 행님 그렇게 나쁘게 보지 마라. 착한 행님이다."

"그래서 어디 일하는데?"

나는 동우 대신 물어봤다.

"마산에서 제일 큰 나이트에서 웨이터 한다던데?"

"하하하. 억수로 착한 행님이네."

우리는 철수 말에 크게 웃었다.

"새끼들아 웨이터 아무나 못한다."

"알았다. 근데 가면 술하고 다 쏜다 카더나?"

"그라면 당연한 거 아니가, 그 행님이 집 나갈 때 나한테 빚진 게 있다."

철수는 어깨를 한번 올렸다가 풀고는 '내가 이런 놈이다.'를 보여 줬다.

"위위웡"

"누구 집 탱크가 이리 시끄럽노?"

"미안하다. 우리 집 탱크다."

나는 탱크 시동을 끄고 봤다.

'000—0000'

"영희네"

"뭐라고? 영희? 니 영희랑 만나나? 이 새끼 뭐고?"

철수랑 병호가 나를 쳐다보면서 물어봤다. 동우는 모르는 척했다. 그래도 동우가 입이 무겁다.

"여보세요. 응. 오늘? 오늘 저녁에? 일단 내가 다시 전화할게. 바로 연락 줄게."

'큰일이다. 오늘 영희가 보잔다. 어쩌지 마산 가야 하는데?'

"영희가 뭐라는데?"

동우가 붙어서 물어봤다.

"오늘 저녁에 보자는데 어짜노?"

"하하 잘 생각해라. 나 같으면 영희 만난다."

"가자." 철수는 신이 났다.

"민호 행님한테 연락해 놨다. 근데 좀 어른스럽게 하고 오라던데 물어보면 대학교 1학년이라 하고 입을 맞춰놔라 하는데?"

"그래. 입은 나중에 버스에서 맞추고, 근데 우리 쥐똥이 어쩌노? 중학생 같은데.. 하하하"

"좋겠다. 새끼들아! 늙어 보여서!"

나는 마산을 택했다. 영희한테 집에 일이 있다고 다음에 보자고 했다.

"여기 맞네 '크리스탈' 우와"

"야! 강철수!"

멀리서 민호 형님이 철수를 불렀다. 우리는 뛰어가서 인사했다.

"행님아~ 이야~ 멋있어졌는데."

"아! 이 새끼들 누가 부산 고삐리 아니라고 할까 봐, 옷 입은 꼬라지 봐라."

"왜? 대학생 안 같나?"

"지랄~ 내가 오늘 특별히 부장님한테 말해 놨다. 동생들 온다고, 그러니깐 조용하게 술 먹고 놀아라. 따라온나."

우리는 조르르 뒷문으로 들어갔다. 특별한 놈들이 된 기분 같아서 어깨에 힘이 억수로 들어갔다. 우리는 구석진 방으로 들어갔다.

"이야~ 죽이네!"

"술은 일단 맥주 좀 먹고 있어라. 행님이 부킹 시켜 줄 때 양주 갖다 줄게. 그라고 부킹 하면 대학생이라 캐라."

"넵! 알겠습니다."

내가 봐도 고삐리 같았다. 맥주 좀 마시고 있으니 민호 행님이 이쁜 누나 3명을 데리고 들어왔다. 누가 봐도 누나 같았다.

"자자! 여기 앉으시면 됩니다."

"야! 장동건이! 꼬마들인데? 애기네?"

민호 행님이 장동건 이름표를 달고 있는 거를 그때 알았다.

"아이 그래도 20살입니다. 저 학교 후배들입니다."

우리가 20살이고 후배면 장동건은 21살이다.

"그래! 일단 앉자."

근데 이 미친놈의 심장이 두근두근 뛴다. 동우는 딸꾹질도 한다.

"너희들 말 안 할 테니 솔직히 말해라. 고삐리제?"

"네!"

우리의 순진한 동우가 아주 큰 소리로 대답했다. '미친놈' 우리는 동시에 째려봤다.

"하하 그래 솔직하고 착하네. 누나들이 맥주 한 잔 줄게 받아봐라."

"네!"

동우는 그걸 또 두 손으로 공손히 받았다. 할 말이 없었다.

"근데 내가 보니깐 우리랑 나이 차이 별로 안 나 보이는데? 몇 살 인데.... 요?"

나는 소심하게 끝에 '요' 자를 붙였다.

"하하 우리가 그렇게 어려 보이나? 칭찬이제? 재밌네. 자! 한잔해라."

나도 모르겠다. 그냥 마셨다. 그렇게 맥주 몇 잔 마시고 어설픈 농담 몇 마디 나누고 10분쯤 지났다.

"아가들아! 엄마 쭈쭈 좀 더 먹고 놀려와. 이 누나들은 이제간다."

"그런 게 어디 있어요? 같이 먹어요?"

우리의 동우는 아쉬운 듯 애원하듯 말했다. 동우의 간절한 목소리는 듣지도 않고 나가 버렸다.

"아이 진짜 못됐네? 늙어서 우리 술만 묵어 뿌고 가뿐다. 우와 열받네! 한잔해라."

철수가 씨발씨발 거리며 잔을 들었다.

"그래도 진짜 이쁘던데 나는 너무 좋던데 아쉽다. 아이씨~"

"쥐똥이 이 새끼는 연상하고 늙어 보이는 여자 억수로 좋아 하제?"

철수의 말이 맞다. 중1 때 말자 병원 갔다 오면서 쥐똥이 한 말이 기억난다. 말자가 엄마 같아서 좋다라고 했다.

"그래 새끼야 나는 연상이 좋다. 연상 좋아하는 게 죄가? 지는 그렇게 눈이 높아 미자 만나나?"

"이 새끼가 뭐랬노? 여기서 미자가 왜 나오노. 그라고 미자가 어때서? 한판 할까? 아이씨 저 새끼가 시비를 거네?"

"뭐라노? 새끼야 시비는 니가 걸었다 아이가?"

"둘다 그만해라."

병호가 동우를 앉히고 담배 한 대 피우라고 했다. 동우는 담배 한 대를 물고 룸에서 나갔다.

"어디 가노? 술 취해서 어디 가노?"

병호가 붙잡으려고 했다.

"놔둬라. 올기다. 바람 쐬고 오겠지."

나는 철수를 진정시켰다.

"왜 이라노? 기분 좋게 먹으러 와서. 그라고 쥐똥 술 약한 거 모르나? 그냥 웃고 넘기지! 싸우고 지랄이고!"

"그놈이 미자를 건든다아이가? 그라고 지가 지 입으로 맨날 연상이 좋다 했다아이가? 내가 틀린 말 했나?"

"그래 맞다맞다. 니 말이 다 맞다."

철수 놈도 좀 진정된 거 같았다.

"근데 철수야 기분 나쁘게 듣지 마라. 미자가 못생긴 것 맞다아이가. 하하하"

"하하하 맞다. 맞다."

"아! 너그들도 죽을래! 술이나 한잔해라."

'장동건' 민호 형님이 문을 열고 들어왔다.

"야! 빨리 나와서 너그 친구 델꼬 가라."

"뭔 소리 인교? 누굴 델꼬가?"

'동우가 사고 쳤구나.' 나는 말을 하면서도 감이 왔다.

"아이씨."

우리는 뛰어나갔다.

"아이~ 누나 왜 내가 마음에 안 들어요? 같이 먹어요. 딱 한 잔만 해요."

동우는 어떻게 찾았는지 스테이지 앞에 자리 잡고 있던 아까 그 누나들 테이블 앞에서 난리 치고 있었다.

"아! 씨발 쪽팔려. 너그들이 델꼬 좀 온나."

"지랄 나는 안 쪽팔리나. 그냥 다 같이 끌고 나가자."

우리는 "죄송합니다. 죄송합니다"를 입에 달고 동우를 끌고 나이트를 나왔다. 끌려 나온 동우는 나이트 입구에 쭈그려 앉더니 뻗어 버렸다.

"아! 어쩌노?"

말을 그렇게 하면서 한 발씩 동우 주변에서 떨어졌다.

"야! 강철수!"

민호 형님이다.

"어이구! 앞으로 이놈은 술 먹이지 마라. 자! 이거 행님 자취방키다. 저기 길 건너가면 마산슈퍼 있다. 그 집 뒷문 있거든. 거기 부엌방이다. 찾기 쉬울 거다. 형님 마치면 갈게 거기 있어라."

"행님아. 고맙데이"

철수가 오버를 하는 것 같았다. 당연히 재워줘야지 이왕이면 나이트 위에 있는 호텔 잡아줘야지.

1. 그 남자

"누가 업을래? 가위바위보 하자."
"가위바위보."
철수가 걸렸다. 인과응보다.

"여기 눕혀라. 철수야 고생했다."
"이 새끼 쪼끄마한 게 더럽게 무겁네. 나가자. 오던 길에 포장마차 보이던데?"
"이야 이 새끼 그 와중에 또 그게 보이더나?"
우리는 귀하신 동우님 덕분에 술도 다 깨고 여기까지 와서 포장마차를 갔다.
"뭐 먹을래?"
"고갈비 하나랑 오뎅탕 하나 먹자."
"자~ 받아라. 한잔해라. 병팔이 니는 뻗으면 안 된다. 아무도 니는 못 업는다."
"알았다. 나는 쥐똥이 아니다."
잔을 친다. 맛있다. 역시 술은 포장마차다. 우리는 온갖 인상을 다 쓴다. 그러면 좀 늙어 보일까 싶어서 인상을 쓰는 거다.
"근데 철수야? 니는 미자가 왜 좋노?"
"아! 이 새끼 또 미자 이야기 왜 꺼내노? 미자 보고 싶다. 미자랑 있으면 내가 억수로 대단한 놈처럼 느껴진다. 내가 모든 게 최고다고 해준다. 얼굴도 제일 잘생겼고, 제일 똑똑하고."
"그만해라. 술이나 쳐드세요."

"이모.. 안녕하세요."

옆에 여자 손님들이 들어왔다.

"어서 와라. 오늘도 닭발 줄까?"

단골인가 보다. 자리에 앉는가 싶더니 한 명이 내 쪽으로 왔다.

'누구지?' 얼굴을 내 얼굴 바로 앞에까지 가져다 댄다.

"맞네! 고삐리! 세 명이라 아닌 줄 알았네! 꼬맹이 어디 갔소?"

부킹 했던 누나들이다. 근데 얼굴이 다르다. '이렇게 다른가?' 조명빨이 무섭다는 것을 알게 되었다. 근데 세 놈이 동시에 일어서서 인사했다.

"안녕하세요."

자연스럽게 테이블을 합쳤다.

"하하 이놈들~ 이놈들 누나가 집에 가라 했지."

"이모 걱정하지 마세요. 우리가 얌전히 먹이고 집에 보낼게요."

내 옆에 앉는 누나가 포장마차 주인 이모를 쳐다보며 말했다.

"아가들아, 누나 술 한 잔 줘봐라."

"네! 여기 받으세요."

좀 전에 나이트에서 동우가 했던 행동을 철수가 한다. 미친다.

"너그 고3이 이렇게 놀아도 되나?"

"아! 방학이라, 다음 주부터 보충수업 들어가요. 그래서 못 놀아서 오늘 처음이자 마지막으로 하하하"

그래도 고3으로 알고 있었다. 다행이다. 그러면 진짜 한두 살 차이밖에 안 난다고 생각할 거다. 나는 점점 강하게 나갔다.

"한두 살 차이는 친구지요?"

"어쭈 한잔해라."
소주를 2병 정도 주고받으니, 술에 취했는지 병호가 일어났다.
취해서 못 있겠다고 했다.
"내가 같이 갔다 올게."
철수는 병호를 부축해서 나갔다.
"어린애들이 술이 왜 그리 약하노?"
"제가 다 상대해 드리죠? 덤비시죠."
"어쭈~ 그래~ 마시자."
나는 그렇게 세 명을 상대로 술잔을 짠~ 했다.
"니 진짜 술 잘 먹네? 근데 니 남자답게 생겼다. 니 혼자 다니면 고삐리 인지 모르겠다."
"내가 좀 생겼지. 하하하"
"늙어 보인다는 소리다."

머리가 깨질 것 같았다. 처음 겪는 고통이었다. 나는 눈을 떴다. 여기가 어딘지도 모르겠다. '옷은 왜 다 벗고 있지.' 생각했다. 필름이 하나하나씩 끊겨서 생각이 났다.
'아! 미친다.' 키스도 하고 뭔가를 한 것 같은데 누구랑 했는지 얼굴이 생각이 안 났다. 꿈인가? 여기는 또 어떻게 왔는지 누구랑 있었는지 기억이 안 났다.
방문이 열렸다.
"야! 일어났나?"
"누구?"

"누구? 이놈 봐라! 그렇게 따라오지 말라 했는데 따라와서 재워 줬더니 누구?"

"아! 누나 미안해요?"

진짜 못 알아봤다. 정말 얼굴이 다르다.

"왜? 나이는 숫자라고 반말하면서 까불었던 그 사람 어디 갔나? 하하하"

"내가요? 설마? 내 아니겠지, 친구들이 그렇게 했겠죠? 저는.."

"시끄럽고 씻어라. 내 출근해야 한다. 같이 나가자. 밥 먹자."

"일요일인데 출근해요? 그리고 누나 대학생 아니야?"

"대학생? 나는 대학생이다고 한 적이 없는데, 내 친구들이 대학생이지. 일요일이 제일 바쁘다. 그리고 니 옷은 니가 벗은 거다. 내는 니 안 잡아먹었다. 하하"

집에서 조금 걸어가니 콩나물 해장국이라는 간판이 보였다.

"이모. 여기 두 개."

"또 술 묵었나? 어이구 계집애야 술 좀 먹지 마라. 어라 어쩐 일로 남자랑 맨날 혼자 오더니, 누구야? 잘생겼네. 애인이야?"

"아! 아니. 그냥 아는 동생이야."

물컵에 물을 따라 줬다.

"진짜 우리 이모야."

"네? 식당 이모가 아니고 진짜 이모?"

"응! 우리 엄마 언니."

화장을 다르게 해서 그런가? 옷을 다르게 입어서 그런가?

너무 다르다. 억수로 청순해 보였다. 해장국을 먹고 나니 이제 좀 살 것 같았다.

"가자 늦었다. 이모 간다. 밤에 올게."

"안녕히 계세요."

나는 90도로 허리를 숙이고 인사했다.

"근데 누나 나는 여기가 어디인지도 모르겠고, 누나 이름도 모르고, 또?"

"또? 뭐? 누나 나이도 모르고, 직업도 모르고, 또 뭐? 돈도 없고 집에는 어찌 가야 하고 모르겠어요? 그랬쪄요?"

누나가 내 엉덩이를 토닥토닥했다.

"자! 누나 명함이다. 그리고 누나 전 재산 2만 원이야. 이거 가지고 커피숍 가서 애들한테 삐삐 쳐봐. 포장마차랑 거리 얼마 안 돼?"

"누나 만 원이면 되는데?"

"으이구 됐다. 담배도 피우던데? 간다. 버스 왔다. 삐삐 쳐라."

"집에 가자~어찌 니는 보충 수업하러 와서까지 자노?"

"니는 모른다. 미남은 잠꾸러기라."

동우는 우리 반 교실까지 와서 나를 깨웠다. 여름방학이다. 그런데 2학년부터 보충수업을 했다. 이게 무슨 방학인지? 그래도 2학년이라 4교시만 하고, 3학년은 7교시 했다. 방학이 없는 거다.

"똥우야! 우리 이래서 되겠나?"

"뭔 소리고 마음 잡고 공부하자는 말이가?"

"그게 아니고, 생각해 봐라. 우리 고등학생 때의 마지막 여름방학이지 않겠나? 3학년 되면 방학도 없이 지렇게 공부하니."
"그래서? 어쩌자고?"
"떠나자. 나는 바람 좀 쐬고 와야 공부가 잘될 거 같다."
"미친놈! 공부나 하고 말해라."

"안녕하세요"
우리는 90도 인사를 하고 들어갔다. 당구장이다.
"와 시원하다. 여기가 천국이다."
둘 다 에어컨 앞에 서서 교복 단추를 풀었다.
"병팔이한테 삐삐 치라. 당구장 왔다고."
"니가 치라."
삐삐 치려하니 두 놈이 들어왔다.
"충성"
까불이 철수는 오늘도 까분다.
"야! 너그 둘은 공부 안 하나? 대학 가야지. 공부 좀 해라. 어찌 당구장에만 박혀 있노?"
나는 철수 보면 자동으로 미자 이름이 나왔다.
"철수야 오늘은 오~~ 미자 안 만나나?"
큐대를 고르던 병팔이가 큐대를 들고 말했다.
"하하 철수 이 새끼 미자랑 쫑 났다."
"왜 마산에서도 우리 미자가 얼마나 이쁜데 미자 보고 싶다. 미자야 하면서 질질 짜더만!"
"질질 짜기는 누가 짜? 그라고 내가 찼다."

"뻥 치지 마라. 니가 차기는? 니가 뭘 잘못해서 차였지? 맞제? 병팔아!"

"그게 이 등신이 마산 가서 나이트 간 게 뭐 자랑이라고 미자한테 말했단다."

"어이구! 등신아!"

나는 철수 뒤통수를 한 대 쳤다. 그런데 찜찜했다.

"잠깐만, 철수야?"

"왜?"

"마산에 나이트를 간 걸 이야기했다고? 왜? 얼마큼 이야기했는데?"

"말 안 할란다. 됐다. 끝났다."

"아이 새끼야 그걸 미자가 선영이한테 이야기 안 했겠나? 어쩐지 며칠 동안 선영이가 조용하더라."

"맞네? 미안하다. 근데 별 이야기 안 했다. 그냥 우리 나이트에 가서 쥐똥이가 미자 니 못 생겼다고 지랄한 거랑."

"아! 이 새끼 또라이네!"

가만히 듣고 있던 쥐똥이 욱하면서 욕을 했다.

"조용해 봐라. 그리고? 또?"

"그냥 뭐 나이트에서 쥐똥이가 추태 부려서 쫓겨나서 포차 가서 그 누나들 다시 만나서 내랑 병팔이랑은 민호형님 집에서 잤고."

"나는?"

"니는 다음 날 아침에 커피숍에서 만나서 집에 왔다 캤지."

"근데 그걸 왜 이야기하는데?"

"그게 미자가 그날 뭐 했냐고 묻기에 너그들하고 그냥 술 먹고 잤다 캤는데, 솔직하게 말하면 용서해 준다캐서."

"으이구! 등신아! 뒈져라!"

나는 철수 뒤통수를 한 대 때렸다.

"사장님 삐삐 한 통만 칠게요."

나는 선영이한테 삐삐를 쳤다. 이상한 기분이 들었다. 항상 내 편이고 내만 생각하고 좋아하는 사람을 못 만난다는 생각을 하니 가슴이 휑한 느낌이 들었다. 1시간이 다 되어도 삐삐가 안 왔다.

"철수 이 새끼 때문에 선영이도 알게 됐나 보다."

"당연한 거 아니가?"

병호랑 동우는 무슨 영화 관람하듯이 쳐다보면서 이야기했다.

"아이씨! 모르겠다. 당구나 치자."

결국 2시간이 지나도 선영이는 연락이 없었다.

"내일 2시에 우리 처음 만난 곳으로 나온나?"

"응"

저녁에 선영이랑 연락이 되었다. 그런데 처음 만난 곳이 생각이 안 난다. 병원에 주로 있었고, 퇴원하고는 매번 선영이가 찾아왔고. 선영이한테 너무 미안해졌다.

"여보세요. 철수야!"

"왜?"

"내가 선영이를 어디서 소개받았노? 우리 어디서 미팅했노?"

"그게. 니 사고 난 날 아니가? 남포동 '추억 만들기'인가? '친구 만들기'인가?"

1. 그 남자   147

"아! 맞다. 오케이~뒤비자라."

*

나는 약속 시각 30분 전에 도착했다. 뭐라 변명하지. 누굴 또 팔지. 이런저런 생각이 복잡하다. 그래도 내가 '미안'하면 '괜찮아'할 거 안다. 선영이는 한 번도 화를 내거나 그런 적이 없었다.
"여기"
선영이가 들어왔다. 표정이 안 좋았다. 나를 보고 웃지도 않았다.
"뭐 마실래?"
"안 먹을란다. 먹고 싶지도 않고 빨리 갈 거다."
"왜? 무섭게 그라노?"
"사실은 오늘 보자 한 거는 만나서 니 이야기 들어보고 그냥 한 번 봐주고 그러려고 했는데? 어제 밤새도록 생각했는데 이건 아니다."
"선영아 그게 그러려고 그런 게 아니고 아무 일 없었다."
"내가 말자라는 애는 이해가 갔는데 어릴 때부터 한집에서 같이 자라고 친하니깐. 근데 니가 무슨 여자에 환장한 놈도 아니고 왜 그렇게 하고 다니는데?"
"그게 선영아 마산에서는 진짜 술 먹고 눈뜨니깐 아침이고 집에 왔다. 아무 일도 없었다."
"마산은 무슨 이야기고? 마산까지도 여자 만나러 갔나?"
'뭐지? 마산 이야기는 모르나? 미자가 이야기 안 했나?' 나는 짧은 생각 동안 다시 희망이 보이는 것 같았다. 마산 이야기 아니면 나는 잘못한 게 없다고 생각했다.

"니! 아직도 첫사랑 못 잊어서 그때부터 그 애 뒤꽁무니 쫓아다니면서 그 애 학교도 찾아가서 만나고 했다면서. 그리고 영화도 보고."

"누구? 영희?"

나는 어이가 없었다. 물론 영화는 봤지만, 꽁무니 따라다닌 적도 없었다.

"변명하지 마라. 구차하다. 그리고 내 기분 더럽거든. 니가 그러면 안 되지."

"선영아, 그게 그런 게 아니고?"

"됐다. 내도 그만할란다. 니 좋아하는 거 이제 그만할란다."

"선영아. 그게 아니다니깐."

"됐다. 내 간다."

그러고는 나가 버렸다.

"선영아~ 그게 아니고."

나는 선영이 따라 나가려는데

"학생! 계산하고 가야지."

커피숍 주인아줌마가 나의 팔목을 잡았다.

"아이~ 잠시만요."

나는 뒷주머니에 지갑을 꺼냈다.

'이런 돈이 없다. 분명 용돈 받은 거 챙겼는데 왜 천 원짜리 두 장만 있지' 주인아줌마가 째려봤다. 나는 자리로 돌아가 앉았다. 만 원짜리 한 장을 책상 위에 놓고는 안 들고 온 것 같았다.

테이블 위에 놓인 빨간 전화기를 들었다.

"여보세요. 말자야 집에 있네?"

"덥다. 왜? 빨리 말해라."

"사실은 내가 책상 위에 돈을 안 가지고 와서. 니가 좀 들고 오면 안 되나?"

"니 어딘데?"

"남포동!"

"죽을래. 내가 거기 갈 시간 있음 영어 단어 하나 더 외운다. 끊어!"

말은 저렇게 해도 온다. 말자는 그런 애다. 나는 담배를 한 대 피우면서 생각해 봤다. 선영이가 영희를 만난 거는 어떻게 알고 그렇다고 저렇게 가버리노? 나는 어떻게 해야 하지? 헤어져야 하나? 창가를 쳐다봤다.

2층이라 아래가 훤히 잘 보였다.

가만히 생각해 보니 억울하고 분했다. 선영이한테 삐삐를 쳐볼까 하다가도 괜한 자존심 세웠다. 정말 마산 간 거로 저렇게 했다면 아마 싹싹 빌었는지 모르겠다. 그런데 영희 만난 거를 내 이야기는 듣지도 않고 저렇게 하는 거는 나는 억울했다.

"가시나 이야기는 들어보고 가야지." 혼자 구시렁거렸다.

몇 번이고 전화기를 들었다 놨다 한다. 그래도 테이블마다 전화기가 있으니 참 좋은 것 같다. 그렇게 한 시간이 지났다.

'가시나 안 올라나? 전화해 볼까?' 전화기를 들려는데 빨간 소파에 누가 앉았다.

"어? 선영아?"
"니가 어떻게? 왜? 다시?"
나는 말까지 더듬었다.
"니 계산 못 해서 나오지도 못하고 말자 한데 전화했다며?"
"그걸 니가 어떻게 아노?"
"내 집에 안 가고 커피숍 1층에서 기다리고 있었는데 금방 말자애 만났다. 이야기 듣더니만 내 한테 니 그런 애 아니라고, 그리고 영희랑은 아무 사이도 아닐 거라고 이야기 좀 들어보고 집에 가든가 말든가 하라데? 그리고 1만 원 주면서 밥도 사 묵으라카데?"
나는 창문 밖을 쳐다봤다.
멀리 걸어가고 있는 말자 뒷모습이 보였다.
'가시나 그렇게 짧은 거 입지마라캤는데' 미안해서인지 쪽팔려서인지 모르겠지만 코끝이 찡해왔다.
"니 우나?"
"울기는 내가 왜 우노?"
쪽팔리게 뭣 때문인지 모르지만 말자 뒷모습 보다가 눈물이 흐르는 거였다.
"내 니가 눈물까지 흘리니깐 이야기 들어줄게. 영희라는 니 첫사랑 이야기해 봐라."
"선영아. 그런 거 아니다. 내를 믿어라."
나는 내가 생각해도 남자답게 말한 것 같았다.

선영이는 한참을 아무 말 안 하더니,

"알았다. 니 한 번만 더 그라면 진짜 안 본다."

"넵! 근데 선영 님 어찌 영희 만난 거를 아는데?"

"죽을래? 그게 중요해? 며칠 전에 미자가 몇 년 만에 영희라는 애를 동네에서 우연히 만났다 카더라."

'미자 가시나가 원인이군' 나는 오미자를 죽여야겠다는 결심을 했다.

그렇게 선영이 데려다주고 집으로 갔다.

골목길 들어서는데 골목 끝에 누가 봐도 양아치 같은 세 놈이 여자아이를 둘러싸고 있었다.

나는 그냥 모른 척하고 갔다. 골목 끝까지 갈 필요가 없으니 저 양아치 새끼들이 나한테 안 오면 마주치지 않았다.

무서워서 그러는 게 아니었다. 사실은 애들이 무섭긴 하다. 그리고 세 놈이다. 나는 조용히 집으로 향했다.

"야~한 번만 만져보자. 아까 오빠가 1,000원 줬잖아."

'아직도 저런 양아치 새끼들이 있나?' 누군가가 나오겠지 하고 신경을 안 썼다. 그리고 괜히 싸워 봐야 세 놈한테 얻어터질 것 같았다.

"야 바보 같은 년이 돈 받을 때는 언제고 이제 지랄이고."

"내 바보, 바보 아니다. 싫다. 싫다. 만지지 마라."

익숙한 목소리가 들렸다. 나는 일단 주변에서 손에 꼭 들어가는 짱돌 하나를 주웠다.

"야! 너그들 그만해라."

"뭐! 우리? 죽을래 이 새끼가?"

순간 세 놈이 날 쳐다봤다.

"오빠다! 오빠!"

"어디 갈라고?"

말숙이다.

 말숙이가 나를 보고 올라고 하는데 한 놈이 말숙이를 못 가게 잡고 막는다. 일단 말로 조져 본다. 짱돌을 꽉 쥔다. 자세히 보니 어려 보였다.

"야! 이 새끼들 너그 몇 살이고? 어느 학교고? 말숙아 이리 와."

"고1이다. 왜? 학교는 알아서 뭐 하게, 이 새끼 지가 뭐 되는 것처럼 이야기하네!"

"이리 와. 말숙아."

"오빠. 오빠 집에 가자. 가자. 말숙이 무섭다. 무섭다."

 다행히 말숙이는 빠져나와 내 쪽으로 왔다.

 집에 가려고 등을 돌리는데,

"이 새끼! 안 오나?"

 고함과 동시에 뒤통수가 "퍽" 했다.

 한 놈이 내 뒤통수를 손바닥으로 때린 거였다. 주머니에 넣은 짱돌을 다시 꽉 손에 쥐었다. 나는 일단 내 뒤통수 때린 놈 면상에 주먹을 그대로 날렸다. 일단 짱돌을 쥐고 면상을 맞은 놈은 그 자리에서 바로 코피가 터졌다. 안 터지면 그게 이상한 거다. 일단 이 새끼부터 죽이자고 생각했다.

나는 코피가 터진 놈을 멱살 잡고 벽으로 밀고 가서 벽에 붙이고 얼굴에 몇 대 더 날리고 넘어트렸다.

이러면 끝이다.

나는 말 그대로 죽으라고 밟았다. 세 놈이 있어도 한 놈이 저렇게 맞으면 잘 안 움직인다.

"야! 이 새끼들 죽으려고! 다 덤벼!"

"오빠! 오빠! 하지마! 무섭다! 무섭다!"

말숙이는 똑같은 말만 하면서 손뼉을 쳤다.

나는 안다.

말숙이 저 행동은 극도로 이제 흥분되어 간다는 거였다.

"알았다. 말숙아 집에 가자."

"니는 요즘 공부 안 하나?"

막내 누나가 저녁밥 먹는데 잔소리를 시작했다.

"한다. 내 알아서 하고 있다."

"하고 있다 안카나? 아 밥 먹는데 자꾸 그라노?"

엄마가 김치를 손으로 찢으며 말했다.

"띵동~띵동~"

"이 시간에 누꼬?"

나는 인터폰을 든다.

"누구십니까?"

"경찰입니다."

"경찰 양반 우리 아가 뭐 잘못했는데요? 말은 하고 데리고 가야지예?"

"아를 패서 병원에 입원시켰답니다. 자세한 거는 밑에 3파출소로 와서 들으소. 가자."

경찰 아저씨는 나를 팔짱 꼈다. 무슨 드라마에서나 나오는 장면을 내가 당했다. 어리둥절하다. 어떻게 무슨 소리를 들었는지 말자랑 아줌마가 내려와 있었다. 골목에 한 집 한 집 대문이 열렸다.

"이게 무슨 일이고? 3파라 했는교?"

"네 3파출소로 오시면 됩니다. 일단 파출소에서 조사하고 경찰서로 갈 겁니다."

아버지는 흥분했는지 안절부절못하고 말을 더듬었다.

"내 갈 때까지 파출소에 델꼬 있으소."

"아니 그러니깐 그 새끼가 내 뒤통수를 먼저 때렸어요."

"야! 이 새끼야 뒤통수 한 대 맞았다고 아를 병신으로 만들어놨나?"

"그게요. 그 새끼들이 잘못을 했어요. 그 새끼들 양아치 새끼들입니다."

"내가 보니깐 니가 더 양아치 같다."

"아뇨! 그게요 경찰 아저씨. 제가요 그럴려고 그런 게 아니고요? 그 새끼들이 먼저…."

"어됐노? 저 있네."

아버지하고 엄마가 왔다.

"경찰 양반요. 맞은 아는 어디 있는교?"

"지금 백병원에 있어요. 빨리 가셔서 일단 어떻게 되든 합의를 보셔야 합니다."

"그래야 되겠지예? 아를 다치게 했으니 다 우리 애 잘못입니다. 한 번만 봐주이소. 경찰 양반요."

엄마는 울기 시작했다.

나도 모르게 윽박질렀다.

"무슨 합의! 그 새끼들이 잘못 했는데, 그 새끼들을 잡아서 감방에 넣어야죠."

"조용히 안 하나?"

엄마는 내 이야기를 들으려 하지 않았다.

"아! 그 새끼들이 말숙이 가슴 만지려 하고 세 놈이 말숙이 못 가게 하고 몸 더듬고 하는데 가만있는교?"

"뭔 소리고 누구를 더듬고 뭐 했다고?"

"말숙이를 더듬었다고!"

왜 때렸는지도 안 물어보던 경찰은 그제야 하나씩 묻는다.

"말숙이가 누구야?"

"우리 집 2층에 사는 애입니다. 우리랑은 가족이지예. 근데 애가 약간 아픕니다. 똑똑한데 말을 잘 못 하고 쪼끔 그런 애인데요."

엄마가 대신 대답했다.

"어이 김순경 이리 와봐. 여기 말숙인가 애 집에 전화해서 파출소로 좀 오라고 해라."

"경찰 양반요 우리 아는 잘못 없는 거지예? 그런 짓 하는 놈들이 잘못 아닌교?"

"그렇다고 해서 애를 팬 거는 잘못이라 빨리 합의는 봐야 할 겁니다. 대신 그놈들 잘못이 크니깐 그놈들도 죄가 있으니 일단 말숙이라는 애 만나보고 이야기 드릴게요."

"네."

아버지는 아무 말도 안 하고 나가셨다.

문밖에서 담배를 몇 모금 피시고는 끄고 꽁초를 호주머니에 넣으셨다. 나중에 또 피려고 그러는 거다.

"성님아~ 이게 무슨 말이고 우리 말숙이 챙기다가 애를 팼다 말이가?"

전화한 지 10분 만에 아줌마는 말숙이 하고 파출소로 내려왔다. 그 뒤에 말자가 멀뚱멀뚱 따라 들어왔다.

"맞다. 맞다. 오빠가 그 오빠들 때렸다. 그 오빠들이 말숙이 여기도 만지고 그랬다. 말숙이! 말숙이! 집! 집에 못 갔다. 말숙이 화났다. 화났다."

"아이고 그랬나! 말숙이 무서웠겠네."

엄마는 말숙이 등을 쓰다듬었다.

"이제 어떻게 하면 되는교? 그 놈들 어디 있는교? 내 오늘 그놈들 팍 죽이뿌고 내도 깜방 갈란다."

아줌마는 흥분해서 당장 죽이러 갈 듯 말을 했다.

"아줌마! 흥분 가라앉히고 있어 보세요."

경찰 아저씨는 이리저리 전화했다. 내가 대충 들어보니 어찌할지 모르는 것 같았다. 한참을 통화했다.

"일단 다들 집에 가 있으세요. 뭐 정당방위도 될 수 있고 그쪽 성추행도 했다 하니 다시 조사도 해보고 연락드리겠습니다."

"경찰 양반 내가 그 새끼들 고소 할라요. 고소가 어딨노? 내가 그 새끼들 그냥 죽이 뿌끼다. 어디 있는교?"

아줌마는 흥분을 가라앉히지 못했다. 나는 안다. 아줌마의 무서움을 안다. 작년에 병원에서 선영이 엄마랑 싸울 때 봤다.

"엄마~ 일단 가자. 죽여도 내일 죽이던가?"

"그래. 동상아 내일 내랑 같이 가서 죽이자."

엄마가 아줌마 팔짱을 끼고 나갔다.

동네 아줌마들이 우리 집 대문 앞에 돗자리를 깔고 다들 앉아 있었다.

"왔는교? 그 애들이 먼저 잘못했다면서 깡패 새끼들을 쌔리 패 줬다면서."

무슨 소문이 어떻게 우리가 도착하기도 전에 아는지 신기했.

뒤에서 누가 내 팔을 잡았다. 동우다. 나는 동우와 골목을 나가는데 말자가 뒤따라 왔다.

"가시나야 가라. 와? 따라오노?"

"너그 어디 가는데?"

"어디 안 간다. 저기 가서 담배 하나 피고 갈끼다."

"니 그라다가 아저씨한테 들키면 맞아 죽는다."

"니만 말 안 하면 된다. 가시나야. 들어가라."

"알았다. 야!"

"왜! 가시나야! 시끄럽게 고함을 지르노? 왜? 왜?"

"고맙다고. 고맙데이."

"됐다. 들어가라. 그라고 가시나야 짧은 바지 좀 입고 다니지 마라."

"뭐라더노? 짭새들이?"

"우와. 웃긴 게 처음에는 내를 완전히 양아치로 취급하더니 막 바로 합의 안 보면 깜빵 보낼 거처럼 하더니 말숙이 이야기 듣고는 달라지데."

나는 어디 독립운동하다가 풀려온 것처럼 이야기했다.

"윙윙윙" 탱크가 울렸다. 탱크부터 바꾸고 싶었다. 아마 이 삐삐로 머리 찍었으면 더 죽었을지도 모르겠다.

"병팔이네 우와 새끼들 빠르네."

"내가 말했다. 니 잡혀갔다고."

"와? 깜빵 갔다 하지?"

"근데 니 아를 얼마나 팼는데? 어디 애들이던데?"

"몰라. 한 놈은 안면이 있는데 둘은 모르겠더라. 그냥 짱돌로 찍어뿟다."

"이 새끼 또라이네."

다음날 나는 당구장으로 출근했다.

철수 놈이 먼저 와있었다. 나를 보고는 박수를 쳤다.

"야! 니 10대 1로 싸워서 다 보내 뿌따면서?"

"뭔 소리고? 누가 그러더노?"

"소문 다 났다. 대단한데! 내가 현장에 같이 있어서 싸워야 했는데 아! 안타까비!"

철수는 자기가 그 소문의 주인공이 못 된 게 안타까워했다. 나는 '굳이 아니다 그런 거 아니다.' 그런 말은 안 했다.

"철수야! 우리 마산 갈래?"

"마산?"

"안녕하세요. 어서 오세요. 반갑습니다."

나는 몰래 뒤에 서서 따라 했다.

"안녕하세요."

"놀래라! 언제부터 있었노? 저기 분수대 옆에 시원하다. 거기 앞아서 조금만 기다리고 있어라. 내 끝날 때 다 됐다."

나는 내려오기 전에 누나한테 마산 간다는 말만 남기고 이렇게 백화점에 찾아온 거였다.

'안내 도우미'라는 명찰을 차고 빨간 짧은 치마를 입고 빨간 망토를 걸치고 같은 자세로 흐트러짐 없이 웃으며 백화점 출입문 앞에서 고객에게 인사하며 응대하는 누나 모습이 억수로 색다르게 보였다.

매번 교복 입은 여자아이를 보다가 교복이 아닌 유니폼을 입은 모습이 이뻤다.

"이야! 저 누나 저렇게 입은 모습 보니깐 억수로 섹시하다."

"침 닦아라. 그라고 다시 한번 더 이야기하는데 마산 온 거 누구한테도 말하지 마라. 특히 미자한테는 절대 말하지 마라."

"알았다 새끼야! 내가 뭐 팔불출이가?"

"거기서 팔불출이 왜 나오노? 아니다. 말을 말자."

"근데 니 그때 저 누나랑 잤나?"

"이 새끼 와 이라노? 잠만 잤다."

30분쯤 지났을까? 누가 나의 팔짱을 꼈다.

"가자."

청바지에 하얀 면티에 하얀 운동화를 신은 누나는 또 다른 모습이다. 누나는 철수와 내 팔짱을 끼고 중간에서 마냥 신난 애처럼 폴짝폴짝 뛰며 그네를 탔다.

"어디 갈래? 뭐 먹을래? 이렇게 마산 왔으니 누나가 사줄게 가자."

"근데 누나 친구들은 안 오나요?"

"왜 니 외롭나? 애기들이랑은 안 논다카던데. 하하"

"난 안 갈란다. 두 분이서 맛있게 드셔요."

"삐졌나? 알았다 우리 둘이 갈게 잘 가라."

"이 새끼 봐라! 친구를 버리고 여자를 택하네. 내 오늘만 같이 먹어준다."

"공부는 잘되나? 열심히 공부해서 대학 가야지 이렇게 술 먹고 그래도 되나?"

"당연히 안되죠. 근데 나는 됩니다. 저 새끼는 안 됩니다. 저 새끼는 공부해서 대학가야 되는데 저렇게 술을 좋아하니 큰일입니다.

누나 내가 충성을 다해서 모실 테니 나랑 만나는 건 어때요?"

철수는 까불었다.

"오늘 하는 거 봐서."

"넵! 최선을 다하겠습니다. 충성!"

"씨끄럽고 한잔해라."

"짠~"

나는 오늘은 절대 술에 취하면 안 된다. 최소한 필름은 끊기면 안 된다. 괜히 혼자 술 먹다가 이상한 상상을 했다. 선영이나 말자를 만날 때는 한 번도 이런 상상을 해본 적이 없었다.

'중1이었나?' 처음으로 빨간 비디오테이프를 빌려서 집으로 갈 때 그 기분처럼 설레는 게 이상했다. 술이 어디로 들어가는지도 모르겠고, 저 술은 왜 이리 많이 남았는지? 시간은 또 왜 이렇게 안 가는지? 혼자 이런저런 생각을 하다 보니 기분이 오락가락했다. 그렇게 술을 몇 병을 먹었는지 뭐를 안주로 먹었는지 기억도 안 났다.

철수는 민호 형님이 마치면 한잔 더하자고 해서 민호 형님 집에 갔다.

나는 자연스럽게 누나 손을 잡고 누나 집으로 향했다.

"누나야 자나?"

"아니 왜?"

"내 할 말이 있는데 화내지 말고 들어라. 나 사실은 고2야?"

"알고 있어."

"어떻게? 어떻게 알았어?"

"사실은 첫날부터 알았어. 그 쪼끄마한 애가 이야기했어. 조잘조잘 잘도 이야기하던데."

동우가 말한 것이었다.

"근데 괜찮아? 내가 고2인데도 괜찮아?"

"아니, 안 괜찮아. 너를 처음 만났을 때 호감이 가고 좀 어리면 어때? 너랑 사귀면 어떨까? 생각도 했어."

"근데? 지금은? 어떻는데?"

"그런데 아무래도 우리는 안 될 것 같다. 앞으로는 그냥 정말 누나 동생 사이, 때론 친구처럼 지내자. 가끔 소주도 한잔하고, 그게 나을 거야 정식으로 우리가 사귀다 보면 아마 우리는 큰 싸움하고 헤어져서 평생을 못 볼 것 같아. 그렇게 되는 거보다 지금처럼 우리 편하게 서로에게 집착하지 말고 지내자. 뭐 우리는 사귀었던 사이도 아니었으니 헤어지는 것도 아니고,"

"지금처럼 이면, 뽀뽀도 하고 그러는 거제?"

"어이구 인간아! 뽀뽀만 해줄게."

"안된다. 어떻게 뽀뽀만 하노?"

먼저 만나자고 한 것도 나였는데, 먼저 누나에게 호감을 보이고 표현한 것도 나였는데, 누나는 내가 이야기를 꺼내지도 않았는데도 내가 부담스러워할까 봐 먼저 이야기한 것 같았다.

나는 여름방학 동안 일주일에 한 번은 선미 누나 휴무에 맞춰서 마산에 갔고, 하루는 선영이와 보냈으며, 가끔은 영희를 만나 영화 보고 밥 먹고 했다. 어쩌다 밤이 되면 집에 들어가기 전에 학교에서 늦게까지 보충수업하고 오는 말자를 마중하러 가서 같이 집에 들어갔다.

그렇게 나는 아슬아슬한 생활을 하며 여름방학이 끝이 났다.

*

"여보세요? 사장님 저 철민이인데요. 혹시 병팔이나 누구 왔어요? 삐삐 호출이 들어와서요?"

"병팔이 있네. 잠시 있어봐라."

당구장이다. 당구장 사장님도 우리를 별명으로 불렀다.

"어. 왜? 밤에 무슨 일인데?"

"일단 빨리 나온나? 철수 이 새끼 사고 쳤나 보더라. 싸웠는가 보더라. 일단 당구장으로 빨리 온나?"

"누구랑 싸웠는데.."

"뚜뚜뚜" 말하는데 전화를 끊은 거 같았다.

나는 대충 반바지를 입고 현관문을 열었다.

"일찍 들어오너라?"

아버지가 안방 문을 열고는 한마디 하셨다.

"네. 요 앞에만 갔다 올게예."

"니 어디가노?"

이층에서 내려오는 말자와 마주쳤다.

"니는 어디가노?"

"내는 슈퍼에 생리대 사러 간다. 왜? 니가 사다 줄래?"

"미친... 왜? 기저귀 사다 줄까?"

"니 또 누구 만나러 가노? 어느 가시나 만나러 가노?"

"시끄럽다. 병팔이 만나러 간다. 빨리 기저귀나 사서 들어가라. 그라고 가시나야 바지가 그게 뭐고? 빤쮸가? 으이구."

"니는 맨날 내 바지 가지고 지랄이고? 옷도 안 사주면서, 일찍 들어온나? 쓸데없는 년들 만나지 말고."

당구장에 올라가니 병호가 멍하게 앉아 있었다.

"무슨 일이고?"

"앉아봐라. 어찌해야 하노? 지금 철수 이 새끼 터져서 눈팅이 반 팅이더라."

"누구한테 발렸나?"

"저기 밑에 동네 애들인가 보던데 너그 학교 교복이라고 하더라."

"우리 학교? 철수는 어딨노?"

"저그 아버지한테 잡혀서 집에서 못 나오고 있다."

"알아야 누군지 만날 거 아니가?"

"미자 잠시 오라고 했다."

"미자는 왜? 같이 있었나?"

"미자 가시나가 철수랑 싸워서 안 볼 때 있었다아이가? 그때 미팅했는데 언 놈이 미자 좋다고 쫓아다녔는가 보더라."

"미치겠다. 가지가지 한다. 세상에 눈 삔 새끼가 왜 이리 많노? 그래서?"

"그걸 철수한테 이야기했는데 철수가 그 새끼 찾아가서 한 대 쥐어박고, 오늘 다구리 당한 거 같다."

"미치겠다. 그래서 우리가 또 그걸 잡으러 가자고? 병팔아! 니도 갈수록 철수 닮아가나?"

"지랄! 누구를 닮아가? 누가 또 잡으러 가자고 했나? 어찌할까? 물어보는 거잖아? 그래도 철수가 쥐어 터졌는데 가만히 있나? 이 새끼 나쁜 놈이네."

"그래 그건 그렇네. 근데 그 새끼는 미자를 왜 쫓아다녔데? 미치겠다. 미자의 매력이 뭔데?"

"내 말이. 그걸 알 수가 없다. 일단 미자 오면 누군지 물어보자. 이름 알면 니가 알 수도 있다아이가?"

그렇게 우리는 나란히 앉아 요구르트를 뒤에 구멍을 내서 빨아 먹고 있었다.

"오~ 미자. 오랜만이야?"

"왜? 밤에 오라 가라 하노?"

"야! 가시나야. 너그 철수 놈이 얻어터져서 어찌할까? 어떤 놈인지 물어보려고 불렸지. 몇 놈한테 쥐어 터졌는데?"

"몇 놈은 무슨? 내가 몇 놈한테 터졌으면 너그한테 말했지. 한 놈한테 한 대 맞고 눈팅이 반팅이 됐다."

"철수가 한 대 맞고 가만있었다고? 철수 새끼 깡다구가 있어서 달라붙을 건데?"

"하하 철수님 한 대 맞고 잠시 기절한 거 같더라. 기절한 것인지 겁이 나서 기절한 척한 것인지 내가 쪽팔려서. 그리고 그 새끼는 한 대 때리고 갔다."

"그 새끼가 넌데? 이름이 뭔데?"

"이름은 모른다. 내랑 미팅한 애는 이정현이고, 그 애 친구인가 보던데, 키가 차돌이만 하고, 덩치가 니하고 병팔이하고 합친 거 만하더라."

"킹콩한테 맞았네. 그 새끼는 못 이긴다."

"킹콩? 킹콩이 누고? 잘 치나?"

"말 그대로 우리 학교 킹콩이다. 애는 착하다. 먼저 시비는 안 건다. 일단 내가 내일 학교 가서 만나볼게."

"야! 일어나 봐라."

"왜? 왜? 벌써 집에 갈 시간이가?"

동우가 야자(야간자율학습) 시간에 몰래 우리 반까지 와서 나를 깨웠다.

"나가자. 지금 난리다. 철수 놈 새끼가 킹콩이 찾아왔다. 한판 붙자고."

"뭐라노? 아! 이 꼴통 새끼 그래서 어딨노?"

"저기 운동장 철봉 밑에."

"혼자?"

"몰라. 그런가 보다. 가보자."

"아! 씨팔! 킹콩은? 킹콩은 내려갔나?"

"몰라. 아직 안 갔나 보던데?"

우리는 몰래 복도를 나와 탈출했다.

"야. 강철수! 야 이 미친놈아!"

"어! 이야기 들었나? 내 쪽팔려서 조용히 왔는데 너그 귀에도 들어갔나?"

"야! 이 미친놈아! 킹콩 만나기 전에 당직 샘한테 걸리면 쫓겨난다."

"뭐! 내가 죄지었나?"

근데 철수 옆에 커다란 가방 두 개가 있었다.

"저 가방은 뭐고?"

"내 오늘 학교 때려치우고 집 나왔다. 킹콩인가? 고릴라인가? 그 새끼랑 한판 붙고 마산 갈 거다."

"마산? 민호 형님한테?"

"응! 공부도 안 맞고 집에서도 맨날 때려치우라고 하는데 말라고 다닐기고? 일찍 돈이나 벌란다."

"그래도 고등학교는 나와야지. 일단 가자."

나는 철수를 끌고 나갔다.

"야! 거기 서봐라."

뒤에서 묵직한 목소리가 들렸다.

킹콩이었다.

"아! 이 새끼 나왔네? 가자. 어디서 한판 할까?"

"한판은 무슨 가만히 좀 있어봐라."

나는 철수를 말리고 킹콩한테 갔다.

"최현구! 내랑 이야기 좀 하자."

현구는 킹콩 이름이다.

"뭐꼬? 김철민! 니 점마 친구가?"

나는 킹콩이를 데리고 저쪽 구석으로 갔다.

"내 불알친구다. 그라고 물론 다이다이 깨면 니가 이기겠지만, 그렇다고 쟘마도 순순히 넘어갈 놈 아니다. 이야기 들어보니깐 니하고는 상관도 없더구만 정현이 새끼가 잘못해서 한 대 맞았다카던데."

나는 킹콩을 설득했다. 단순한 놈이라 설득도 편했다.

"야! 강철수 와서 서로 풀어라."

나는 격투기 심판이 된 것처럼 둘을 악수시켰다.

"그래. 킹콩아! 들어가서 공부해라. 다음에 시간 되면 같이 보자."

나는 킹콩이를 교실에 보내고, 우리는 당구장으로 갔다.

"그래서 자퇴서 제출했나?"

"자퇴서는 무슨? 내일부터 학교 안 가면 퇴학시키겠지."

"그래서 뭐 할 건데?"

"뭘 자꾸 그래서고? 일단 민호 형님 집에 살면서 배달 아르바이트나 해서 돈 벌어야지."

"뭐가 맞는지는 모르겠는데 니 결정이라고 하니깐 니 알아서 해라."

"알았다. 놀러 온나. 내가 돈 벌어서 맛있는 거 많이 사줄게."

나는 철수를 다시 설득할 수도 없었다.

철수는 아버지와 둘이 산다, 철수 아버지는 택시 운전을 한다.

평상시는 집에 잘 안 들어오는데, 술을 드시고 가끔 들어오실 때는 식구들을 그렇게 때리고 살림을 다 뿌수고 그런다고 했다.

그걸 못 참고 엄마는 철수 동생을 데리고 나가서 따로 사신다. 매번 철수 보고 엄마 잡아 오라면서 철수를 때리는 것 같았다. 그래도 철수는 가끔 엄마하고 동생은 만나고 하는 것 같았다. 그렇게 철수는 친구 중에서 제일 먼저 독립해서 사회생활에 뛰어들었다.

나는 그런 철수의 선택을 존중해 줄 수밖에 없었다.

*

"밥 먹자."

동우가 도시락을 꺼냈다.

"니는 꼭 우리 반에서 밥 먹어야겠나? 너그 반에서 먹어라."

"이 새끼는 언제는 안 온다고 뭐라 하더니만, 내일 차돌이 결승이라더라."

"그래? 그라면 가야 하는데? 어쩌노? 어떻게든 도망가야 하는 거 아니가?"

"으이구! 내일 토요일이다. 마치고 가도 된다. 정신 차리라."

"내일 그라면 차돌이한테 갔다가 한잔하나?"

"근데 요즈음 말자는 아침에도 안 보이더라. 전에는 학교 갈 때 종종 봤다아이가? 근데 안 보이더라."

"니 아직 말자가 좋나?"

"그런 게 아니고, 그냥 말자 보면 편안해진다. 뭐 막 사귀야겠다 그런 게 아니고, 뭔지 알제? 가만히 보고만 있어도 좋은 거."

"뭔지 모른다. 나는 막 안 좋다. 그라고 니는 공부 좀 해라. 맨날 놀 생각만 하노?"

"지는?"

"왜 이리 사람이 없노? 너무 썰렁한 거 아니가? 그래도 전국체전 결승인데."

"테니스가 비인기다. 내라도 안 좋아하겠다. 애들 시커멓게 타 가지고 못생기고 그렇다아이가."

우리는 응원하기 좋은 자리보다 몰래 물병에 담아 온 소주 먹기 좋은 구석 자리를 찾았다. 아무도 이야기하지 않아도 같은 곳으로 향했다.

"여기가 딱 좋다."

"철수가 없으니깐 좀 썰렁하기는 하다."

"조용하고 좋네. 근데 그 새끼 잘 지내나?"

병호가 나한테 물었다. 나는 주말 되면 가끔 마산에 가서 보고 오고 했다.

"열심히 배달하면서 잘 지낸다, 저기 차돌이 나온다. 차돌이 화이팅! 이기라."

"지면 볼 생각하지 마라. 그냥 뒤지 뿌라."

영석이는 긴장도 안 한 것 같고 컨디션도 좋아 보였다. 우리 쪽을 한번 쳐다보고 손을 흔들더니 저쪽으로 뛰어갔다.

"멋있다. 차영석!"

나는 힘차게 외쳤다. 그런데 이놈이 나를 다시 안 쳐다보고 갔다.

혼자 멀뚱멀뚱하게 앉아 있는 여자한테 가서 손을 흔들고 뭐라고 이야기하는 게 보였다.

"저 가시나 누고? 가볼까?"

"차돌이 여자 생겼나?"

"아 저 새끼 운동 안 하고 여자 만나고 다닌 것 같은데? 게임 졌다. 뻔하다."

"부정 타는 소리 하지 마라. 근데 누구지? 억수로 궁금하네?"

"나중에 물어보자. 시작한다. 차영석 화이팅!"

우리 세 놈은 목이 터지라 외쳤다. 그런데 테니스라는 게 너무 지루하고 재미가 없다. 경기는 우리 관심 밖이다.

"이씨! 이게 왜 아웃이에요? 인이죠!"

갑자기 영석이의 고함에 우리는 운동장을 다시 쳐다봤다. 어떻게 됐는지 모르지만, 영석이의 어필은 받아들이지 않은 것으로 보였다.

다시 경기는 재개됐다. 우리도 집중해서 다시 봤다.

"아웃"

심판이 아웃으로 인정했다.

내가 봐도 이번 공은 인으로 보였다.

우리는 인을 외쳤다. 갑자기 영석이는 코치진을 쳐다봤다. 웃긴 게 코치진은 영석이의 눈을 외면하는 듯 보였다.

"아이씨! 이게 무슨 아웃입니까? 몇 번째입니까?"

영석이는 심판에게 한발 한발 다가서면서 말하는 소리가 관중석까지 들렸다. 한참을 심판한테 뭐라고 말하는 게 보였다.

"아이씨~ 내 안 할라요, 더럽게 심판 보네! 씨발놈들아! 너그끼리 다 해묵어라."

영석이는 테니스 라켓을 심판진에 던져 버렸다.

영석이를 말리러 온 코치는 영석이를 안고 나가려는데 영석이가 코치를 잡아서 엎어치기를 해버리는 것이다. 순식간에 이 일이 일어나서 우리는 아무 말도 하지 못했다.

영석이는 고개를 숙이고 나가버렸다. 안 봐도 알 수 있다. 울고 있을 것이다. 그렇게 테니스 하나만 보고 10년 가까이 운동만 해온 차돌이는 테니스 라켓을 던진 거다.

영석이는 그렇게 체고에서 퇴학을 당했다. 다른 학교로 전학을 갈 수는 있었으나 차돌이는 학교보다 사회를 택했다. 동네 선배 따라 노가다를 한다고 따라다녔다. 말린다고 말 들을 놈도 아니지만 딱히 뭐라 하면서 말리야 될지를 몰랐다.

며칠 뒤 뉴스를 통해 사실이 밝혀져 알게 되었다.

상대 선수 측에서 심판진과 학교 코치진에게까지 돈을 줬다는 것이었다. 참 어처구니없는 일이었다. 영석이는 그래도 담담했다. 한 친구의 인생이 바뀐 것이었다. 그렇게 영석이는 철수에 이어 학교가 아닌 사회에 뛰어든 친구가 되었다.

*

"왜? 무슨 일 있어?"
"어디야? 왜 이렇게 늦게 전화하노?"

"미안! 삐삐를 늦게 확인했어!"

"그래, 그게…"

"무슨 일인데? 말을 해?"

"나 오늘 병원 갔는데?"

"어디 아파? 어디가 아픈데?"

나는 격양된 목소리로 다그쳤다.

"빨리 말을 해봐?"

"나… 임신이래."

우리는 당구장에 모였다. 철수가 없는 거 빼고는 달라진 게 없었다.

"어떻게 하노?"

"뭘 어찌해? 애 낳아야지. 어쩌겠노?"

"이 새끼 남 일이라고 쉽게 말하네."

"근데 그 뭐고? 애 떼는 수술?"

"낙태 수술?"

"맞다. 그래 낙태 수술을 그것도 함부로 못 하는 거 아니가?"

동우는 정말 궁금해하는 것 같았다. 그나마 우리 중에 제일 신중하다고 하는 병호가 말을 했다.

"니 생각은 뭔데? 근데 수술하든 낳든 부모님 동의가 있어야 하는 거 같은데? 니가 보호자라고 하면 수술해 주나?"

"그래서 부모님께 말해라고? 나는 죽어도 말 못 한다."

"우리끼리 이런다고 답이 나오나? 답 안 나올 거 같은데?"

"미치겠다. 어쩌노?"

그렇게 했던 말 또 하고 아무 결정을 내리지도 못하고 나는 집으로 갔다.

"2층에 전화해서 다 내려오라고 해라. 국수 다 됐다고."
"네."
나는 힘없이 대답했다.
"여보세요. 야 이말자! 엄마가 다 내려오란다. 국수 다 됐다고."
"알았디. 근데 니 목소리가 왜 이렇노? 무슨 일 있나?"
"없다."

식구가 많다. 큰 상을 두 개 붙였다. 가끔 일요일이면 이렇게 말자집하고 같이 밥을 먹었다. 그래도 큰누나랑 둘째 누나가 없어서 다행이었다.

말자는 말숙이랑 동식이를 챙겼다.
"아줌마~나는 많이 주세요."
"그래~ 우리 동식이 많이 줄게. 말숙이도 많이 먹어라."
"성님도 앉으라."

나는 국수가 어디로 들어가는지 몰랐다. 엄마는 내가 뭔가 이상하다는 걸 느꼈는지 자꾸 나를 힐끔 쳐다봤다.

"그래? 언제 올라가기로 했다고?"
"말자 아빠가 9월 말에 나온다고 하니깐 이번 추석 전에는 갈 거 같은데 그때 되어봐야 확실하게 안다."

나는 무슨 말인지 말자를 쳐다봤다.

"너그 아빠 들어오시나? 완전히 들어오는거가?"

"그런가 보다."

말자 아빠는 배를 타시는데, 이번에 완전히 들어오신다고 했다. 막내 누나가 나를 째려봤다.

"인간아! 집에를 붙어 있어야지 뭐를 알지? 방학 내내 집구석에 안 붙어 있으니 무슨 일이 있는지도 모르지."

"뭔 말이고?"

"국수나 쳐드세요."

엄마를 쳐다봤다. 엄마를 쳐다보는데 아버지가 웃으시면서 말했다.

"말자 아빠가 나오면 경주로 이사 간단다. 말자 아빠 고향 집으로 이사 간다. 거기 집도 그대로 있고, 말숙이도 여기보다는 거기서 지내는 게 덜 위험하고 편할 거 같아서 이사 간단다."

"아~ 그렇구나! 이야 말숙이 좋겠네?"

"말숙이! 말숙이! 좋다. 거기는 강아지도! 강아지도 키울 수 있다. 있다. 말숙이 억수로 좋다. 좋다."

말숙이는 손뼉을 치며 좋아했다.

나는 말자를 쳐다봤다.

마지막 같아서 괜히 못 챙겨 준 거 같아서 나는 김치를 말자 국수에 올려주었다.

"니 왜 이라노? 내 간다니깐 이라나? 하하 어쩌노? 나는 안 가는데? 나는 니랑 살 건데?"

"뭔 소리 하노?"

"하하 말자는 우리랑 살 거다. 학교 문제도 있고, 이제 좋은 고등학교 들어갔는데 공부해야지. 저기 큰 누나 방 비우고 말자 주기로 했다."

"맞나? 그라면 동식이는?"

"내는 경주 간다. 거기서 학교 가기로 했다. 행님아, 거기 억수로 좋다. 놀러 온나!"

다들 웃으며 국수를 먹는데 나는 웃을 이유도 없고, 웃을 기분도 아니었다.

자꾸 심장이 빠르게 뛰었다. 한참 국수를 먹고 있는데 현관문을 두드리는 소리가 들렸다..

"계십니까?"

"누구시오?"

엄마는 현관문을 열었다. 다들 누군지 현관문을 쳐다보았다.

"여기 맞나? 여기 맞는가 보네?"

나는 기절하는 줄 알았다. 심장이 멈추는 것 같았다.

"아줌마가 왜? 어떻게?"

"니 이 새끼 나온 나? 니 오늘 나한테 죽어봐라."

아줌마가 신발을 신고 다짜고짜 나한테 달려들었다.

"와이라는교? 누구신데 이라는교?"

엄마는 놀래서 말렸다.

"이 여편네 가만히 보니깐 병원에서 그 여편네 아니가?"

뒤에 서서 가만히 보던 말자 엄마가 선영이 엄마를 알아보는 거였다.

1. 그 남자

"내가 그때 아들 교육 잘 시키라고 했지? 오늘 다 죽어 보자."

선영이 엄마는 진짜로 다 죽일 듯 이제는 말자 엄마한테 달려들었다.

"아줌마 와이라는교? 저놈 엄마는 낸데?"

엄마가 말리면서 이야기했다.

선영이 엄마는 뭔가가 이상한가? 나를 쳐다보고 엄마를 쳐다보고 했다.

"아줌마가 저놈 엄마인교? 그라면 저 아줌마는 누군교?"

"내 동생입니더. 와 이라는데요?"

그제야 선영이 엄마는 마룻바닥에 주저앉더니만 울기 시작했다.

"저놈이! 아줌마 아들이 내 하나밖에 없는 딸년을 이제 고2인데 애 엄마로 만들었다 아인교?"

"뭔 소리인고? 누가 누구를 어찌했다고요?"

모두가 밖을 쳐다봤다. 선영이가 울면서 서 있었다.

"너그들은 나가 있어라."

아버지가 말씀하셨다.

막내 누나는 말숙이랑 동식이를 데리고 누나 방으로 들어갔다.

나랑 말자는 밖으로 나갔다. 선영이도 울면서 따라 나왔다. 대문 밖에는 미자가 서 있었다. 미자가 우리 집을 알려준 것 같았다. 말자는 나를 무슨 벌레 쳐다보듯이 봤다.

"미친놈 잘한다. 미친 거 아니가? 어떻게 그렇노?"

말자가 나한테 욕이라는 욕은 다 쏟아부었다. 선영이는 그 자리에서 쭈그려 앉아 울기 시작했다. 나는 이 자리에서 도망칠까도 생각해 봤다. 아니다. 올 게 온 거다. 그렇게 생각했다. 그런데 무섭기도 하고, 부끄럽기도 하고, 이상한 불안감이 맴돌았다.

미자도 선영이 옆에 쭈그려 앉아 같이 울기 시작했다. 말자는 나를 잡고는 끌고 옆으로 갔다.

"몇 주 됐다고 하던데?"

"모르겠다. 6주인가?"

"6주? 미친다."

"근데 6주면 애 수술 못 하나?"

"미친놈!"

말자는 내 등짝을 내리치고는 선영이한테 갔다.

"야! 오미자! 니도 알았나?"

"아니다. 나도 몰랐다. 오늘 선영이 엄마랑 찾아와서는 이렇게 된 거다."

"야! 박선영! 가시나야! 니도 울지 마라. 운다고 해결되나? 어른들이 뭔 말해주겠지!"

말자는 어른 같았다. 선영이는 눈물인지 콧물인지 닦고 나를 봤다.

"미안하다. 아까 우리 둘이 통화하는 거를 엄마가 안방 전화기로 듣고 있었나 보더라. 우리 이제 어쩌노?"

"뭘 어째? 우리가 뭘 하겠노? 차라리 잘 됐다."

막내 누나가 대문 열고 나왔다. 막내 누나는 선영이 한번 쳐다보고 나한테 걸어왔다. 막내 누나는 나를 보더니 귀를 잡고 뒤통수를 있는 힘껏 내리쳤다.

"아프다. 진짜 아프다."

"아프라고 때리지. 인간아, 죽어라! 니가 인간이가? 쪽팔려서 어디다 이야기도 못하겠다."

"내가 이리될 줄 알았나?"

"뭘 알아? 인간아 까져 가지고, 으이구 으이구"

"그만해라! 좀! 쪽팔리게 와 이라노?"

나는 괜히 막내 누나한테 화풀이했다.

"말자야 애들 다 데리고 들어와라. 아버지가 들어오란다."

아버지의 낯선 표정 앞에 나는 침도 삼키지 못하고 고개만 푹 숙인 채 마룻바닥 나무 나이테 숫자만 반복하며 살리고 있었다. 그 옆에 덩달아 선영이도 긴장한 게 보였다.

"그래 선영이다고 했나? 아픈 데는 없제? 편하게 앉아라."

"괜찮아요."

아버지는 선영이의 어깨를 쓰다듬으며 편하게 앉으라고 했다. 나는 고개를 들어 선영이 엄마 쪽을 힐끔 쳐다봤다. 그래도 화가 많이 가라앉은 것으로 보였다. 다시 엄마를 쳐다보니 엄마는 얼굴이 뻘겋게 달아올라신 것 같았다.

"그래, 생명인데 어떻게 함부로 할 수 있겠노? 그렇다고 너그 인생도 있는데 쉽게 할 수도 없고, 일단 내일 병원부터 가보자. 선영아 알았제?"

"네."

선영이는 숨소리인지 모를 정도로 들릴 듯 말 듯 대답을 했다.

"선영아, 아줌마가 미안하다. 힘들었제! 어쩌노? 애가 애를 가졌으니...."

엄마는 한숨을 푹 쉬시며 선영이 손을 잡았다. 그렇게 무섭고 사나웠던 선영이 엄마도 아무 말 없이 물만 마셨다.

"그래 오늘은 푹 쉬고 내일 일단 아줌마하고 병원에 가보자."

"네"

그렇게 선영이를 보냈다.

아버지는 아무 말씀이 없었다.

"엄마! 내 옥상에 좀 있다가 올게."

엄마는 알았다는 눈빛만 보내고 대답이 없었다. 나는 옥상에 올라갔다. 옥상 평상에 대자로 누웠다.

"자. 마시라!"

말자가 내 옥상 올라가는 거를 본 거였다.

못 볼 수가 없다. 말자 집 안방 창문을 지나쳐야 한다. 말자는 캔 맥주 하나를 주었다.

"안된다. 괜히 이거 마셨다가 내려가서 아버지 알게 되면 내 진짜 죽는다."

"괜찮다. 한 캔 마셔라. 엄마가 갖다 주어라 하더라."

"맞나?"

"맞다. 근데 니 선영이 어찌할 건데? 낳을 거가?"

"모르겠다. 진짜 내 인생 왜 이렇노? 선영이가 싫지는 않은데 그렇다고 어떻게 지금 애 아빠가 되노?"

"그렇게 니는 여자가 좋나?"

"뭔 소리고?"

"아니다. 니도 힘들 건데, 니도 니지만 나도 참 바보 같다. 맞다. 내가 바보지 바보다."

*

"놀래라. 새끼야! 벨을 눌려라."
항상 그랬듯이 동우는 대문 앞에서 쭈그리고 있었다.
"가자! 담배 한 대 피우고 가자. 있나?"
동우는 상상도 못 하는 곳에서 담배를 꺼냈다. 분명 교복 안에서 꺼내는데 어디 숨겼는지 모르겠다.
"니 어찌 됐노? 낳기로 했나? 어제 선영이 엄마 왔다면서."
"니가 어찌 아노? 누가 그러던데?"
"소문 다 났다. 그게 중요한 게 아니고 어찌하기로 했냐고?"
"모르겠다. 오늘 선영이 조퇴해서 엄마랑 병원 가기로 했다. 아이 씨발! 되는 게 없노?"
"내가 이 애 저 애 만나고 다닐 때부터 알아봤다."
"시끄럽다. 새끼야!"

학교 수업시간 내내 온갖 생각이 다 들었다.
나는 왜 이럴까? 사랑인 걸까? 그거는 아닌 것 같다. 어떻게 해야 하는가? 아기 아빠가 되었을 때 생각? 뭐! 내가 특별해 보이고 애들하고는 다를 거다. 그러면 나는 어떻게 되는가? 애가 애를 키울 수 있을까? 생각하다가도 '고등학교 졸업하면 뭐라도 해서 벌면 우리

세 명을 먹고는 살겠지.'라는 생각이 교차했다. 말 그대로 머릿속은 엉망진창이었다.

불안했다.

"집에 가자."

금방 학교 온 것 같은데 벌써 마쳤다.

"야! 정신 차려라. 내 말 듣고 있나?"

"니 뭐라 했나?"

집에 가는 길에 동우가 뭐라 시부렁시부렁하기는 했는데 하나도 안 들렸다.

"당구장 가서 애들하고 한판 치고 돈 모아서 맥주나 한 캔 하자고."

"안된다. 오늘은 일찍 들어가 봐야 한다. 일단 당구장은 가자. 선영이한테 삐삐부터 쳐보게."

선영이한테 호출하고 앉았다. 요구르트를 하나도 다 빨기 전에 전화가 왔다. 사장님은 손짓으로 전화 받으라 했다.

"여보세요. 어찌 됐노?"

"그게 자세한 거는 나도 잘 모르겠는데, 병원에서는 일단 수술 안 된다카더라."

"뭐라고? 그라면 낳아야 한다말이가?"

나는 아무도 안 들리게 말했다.

"일단 병원에서는 그렇게 말한 것 같다. 아빠가 니 내일 데리고 오라는데?"

"너그 아빠가? 당연히 찾아뵙기는 해야지. 근데 너그 아빠 무섭나?"

"아니다. 우리 아빠는 안 무섭다. 그라고 우리 엄마도 평상시는 안 무섭다. 내일 몇 시에 마치노?"

"몰라. 내가 일단 내일 삐삐 칠게. 내 이제 집에 가 봐야겠다."

"그래, 어쩌노 혼나는 거 아니가? 걱정이다."

"괜찮다. 나는 니가 더 걱정이다. 일단 나중에 삐삐칠게."

"응"

전화기를 끊고 멍하게 있으니, 쥐똥이 달라붙었다.

"뭐라 하던데? 애 낳아야 한다나?"

"모르겠다. 일단 병원에서 수술 안된다캤나 보더라. 내 집에 갈게. 내일 학교 갈 때 보자."

"그래 먼저 가라."

"다녀왔습니다."

"그래, 니 앉아봐라."

아버지, 엄마, 큰 누나, 둘째 누나까지 합세해서 나를 중간에 앉힌다. 엄마는 얼마나 울었는지 눈이 팅팅 부었다. 엄마는 겨우 물을 한잔하시고 나를 보며 이야기하기 시작했다.

"선영이 수술 안 된다 카더라. 뭣이 애도 약하고, 기간이 넘으면 그 수술도 못 한다 카더라. 다행히 지금은 애는 건강한 것 같다 하던데, 니는 도대체 어쩔라고 그랬노? 내가 못 산다. 어이구 부처님요 내가 살 수가 없다. 마! 그냥 팍! 죽으뿌고 싶다."

엄마가 서럽게 울었다.

"됐다. 울어서 뭐 달라지나? 이왕 이렇게 된 거 어떻게 할끼고? 니 아버지 말 단디 들어라. 니 지금부터 정신 단디 차리고 살아야 한다. 니는 이제 애 아빠가 되는 기다. 알았나?"

"네"

'퍽' 갑자기 둘째 누나가 뒤통수를 때렸다.

"대답은 잘한다. 미친놈! 누구 인생 망치려고 그런 짓 하고 돌아다니노? 어이구! 정신 좀 차리라."

둘째 누나는 방에 들어가 버렸다. 엄마는 계속 울기만 했다.

"불쌍해서 어짜노? 어짜노?"

누가 불쌍하다는지 잘 모르겠다. 나는 조용히 눈치를 본다. 아버지가 눈으로 방에 들어가라고 했다.

"안녕하세요."

"그래, 앉아라."

나는 학교 마치고 선영이 집으로 갔다. 선영이 아버지 앞에 무릎 꿇고 앉았다. 깜짝 놀랐다. 아버지가 너무 젊고 멋졌다. 선영이 아버지는 가만히 나를 쳐다보고만 있었다.

"죄송합니다."

한숨을 한 번 쉬시고 나를 한번 보고, 선영이를 한번 보고는 다시 한숨을 쉬셨다.

"내 니 보면 쥑이뿔 거 같아서 니 안 볼라 캤는데, 어제 너그 아버지가 가게로 찾아왔더라. 연세도 지긋하신 분이 아들 잘못 키운 거 용서해 달라고 무릎을 꿇으시는데 내가 어떻게 하겠노?"

1. 그 남자

"죄송합니다."

"죄송은 너그 아버지한테 해라. 니도 나중에 딸 낳아서 키우다가 니 딸이 고등학교 때 임신했다고 하면 어떻겠노? 마 그 새끼 잡아서 쥑이뿌겠제? 다 똑같다. 나도 미치고 팔짝 뛰겠다. 니 쥑이뿌고 싶다. 내 딸이지만 선영이 저 가시나도 마 그냥 다리 몽둥이를 뿌싸뿌고 싶다."

"다 제가 잘못했습니다. 죄송합니다."

선영이 아버지는 나를 쳐다보는 눈빛이 처음과 다르게 부드러워지는 게 느껴졌다. 그렇게 아무 말씀도 안 하시고 한참을 쳐다만 보고 계셨다. 누군가 내 심장을 쉴 새 없이 두드리는 것 같았다.

"너그 아버지를 많이 닮았네. 눈빛이고 이목구비가 많이 닮았네. 그래 어떻게 선영이 저 가시나를 꼬셨노? 말해봐라?"

"아빠! 내가 먼저 좋아서 병원 찾아가고 그래서 그렇게 된 거다."

"조용히 좀 있어라. 가시나야!"

선영이 엄마가 선영이를 말렸다.

"그래, 공부는 잘하나? 대학은? 무슨 과를 생각하나?"

"공부 잘한다. 저기 ㅇㅇ고등학교 다닌다."

또 선영이가 불안했는지 끼어들었다.

"공부는 선영이가 더 잘합니다. 대학은 아직 생각 안 했는데, 지금부터 생각해 보겠습니다. 그리고 지금부터 공부하면 충분히 자신 있습니다."

나는 어디서 이런 자신감이 생겼는지 내가 생각해도 시원시원하게 대답한 것 같았다.

"오! 이놈 봐라. 자신감 봐라. 똑 부러지게 말하는 거 봐라."
처음으로 선영이 아버지는 웃으셨다.
"뭔 소리하노? 할 말만 좀 해라."
선영이 엄마가 아버지 허벅지를 꼬집었다.
선영이가 귓속말로 "우리 엄마가 4살 많아"말했다.
"근데 이제 어떻게 할 거고?"
"사실은 잘 모르겠습니다. 어떻게 해야 할지, 일단 부모님들께서 시키는 대로 할 생각입니다."
"그래, 맞다 그게 정답이지. 지금은 너그 둘이 할 수 있는 게 없다. 나도 이 나이에 벌써 할아버지 소리 듣는 게 이상하다."
"죄송합니다."
"대충 이야기했으니 됐다. 우리는 장사 준비해야 하니깐, 선영이하고 집에 올라가서 있다가 가라."
"네, 알겠습니다."
선영이 집은 유명한 고깃집을 했다. 장사도 잘되고, 크고, 실내도 고급스럽게 되어있었다. 나는 선영이 손을 잡고 나왔다.
"니 억수로 말 잘하데?"
"아니다. 내 억수로 긴장했다. 뭔 말했는지 하나도 모르겠다. 손에 땀나는 거 모르겠나? 근데 선영아 우리집은 너그집처럼 부자 아니다. 우리 아버지 공장 다니시고, 엄마도 1주일에 4번은 공장 나간다. 그리고 내 위로 누나만 세 명인 거는 알제? 그래도 괜찮겠나?"
"그런 거는 상관없다. 니만 있으면 되고, 그런데 만약 니가 바람피우거나, 내한테 거짓말하고 그러면 내는 그냥 약 먹고 죽으뿔기다. 알았나?"

"가시나야! 그런 말 함부로 하는 거 아니다."

나는 갑자기 혜영이 누나가 생각나서 무서웠다.

"그러니깐 바람피우지 말라고! 알았나! 그라고 내 비밀 하나 말해줄까?"

"뭔데?"

"우리 아빠도 고등학교 3학년 때 내 낳았다. 우리 엄마는 23살 때 아빠 말로는 순진한 고등학생을 엄마가 꼬셔서 낳게 됐다는데, 엄마는 아빠가 꼬셨다고 하더라."

*

"성님아! 내 자주 올게. 말자 때문이라도 자주 올 거다. 성님도 놀러 오면 되지? 뭐 한다고 울고 그라노?"

"안 운다. 어여 가라! 말자 아빠 기다린다."

오늘 말자 집 이사하는 날이다. 말자 아버지가 이제 배를 그만 타시고 완전히 오신 거다. 경주에 시골집이 있어서 거기로 이사 가는 거다. 말숙이도 그렇고 아저씨가 시골에 살고 싶다고 했다. 온 동네 사람들이 아침부터 나와서 짐을 들어주니 이삿짐 실어 나르는 것이 금방 끝났다.

말자는 학교 때문에 우리 집에서 살기로 했다.

"똥식이! 부모님 말씀 잘 듣고, 말숙이 누나 잘 보고 있어라. 행님이 한번 갈게."

"행님아! 꼭 온나."

말자는 아줌마랑 이야기하고 들어왔다. 아침부터 선영이랑 미자가 도와준다고 와 있었다. 언제부터인지 세 명은 아주 친해졌다.

"말자야! 니 괜찮나?"

"뭐가? 내는 좋은데, 말숙이 잔소리도 안 듣고 얼마나 좋노? 가시나야! 니 배 속에 아기 걱정이나 해라. 내가 가만히 있으라니까 굳이 돕는다고 와서는 그냥 미자 저 가시나만 오면 되는데."

"뭐라노? 가시나야 나도 연약하고 집에서 귀한 딸이다. 우리 짜장면이나 묵으러 가자. 말자야 쏴라."

구석에서 조용히 박스를 정리하고 있는 동우가 밖으로 나왔다.

"동우야! 니 있었나?"

우리는 집 앞에 있는 중국집으로 갔다.

아버지는 처음에는 2층은 세를 주려고 했다.

그런데 선영이와 나 때문에 2층을 한동안 둘째 누나랑 말자가 쓰기로 했다. 나중에 우리가 살면 된다고 하셨다.

나는 조금씩 적응해 갔다.

모든 것이 그대로였는데 내 눈에는 모든 것이 달라져 보였다.

애들이 수군거리는 것을 보면 꼭 내 욕을 하는 것 같다가도 지나가는 아기를 보면 나도 모르게 웃고 있었다. 나는 점점 말수도 없어졌다. 시간은 또 어찌나 빨리 지나가는지 내가 생각을 해서 그런지 선영이의 모습이 점점 임산부처럼 보이기 시작했다.

선영이는 학교를 그만두고 부모님 가게 도와주었다.

토요일이 되면 우리 집에 왔고, 나도 토요일은 학교 마치면 바로 집으로 갔다. 동우는 같은 학교니깐 괜찮지만, 다른 친구들은 자주 못 보게 되었다.

날씨가 제법 쌀쌀해졌다.

날씨가 추워질수록 선영이의 배는 조금씩 나왔다. 안 그래도 작고 아담한 아이가 배까지 나와 힘들어하는 걸 보니 괜히 안쓰러웠다.

"빨리 좀 온나. 왜 이리 늦었노?"

"언제 왔어? 내 마치고 뛰어온 거야!"

선영이는 언제 왔는지 우리 집에 와 있었다. 가게를 털어서 가져왔는지 고기랑 이것저것을 많이도 싸서 왔다.

"이 무거운 거를 그 몸으로 들고 왔나? 버스 타고 왔나?"

"아니다. 아빠가 태워줬다."

"아버님이? 그래서 아버님은 가셨나?"

"응 저기 골목 입구에 내려 주고 갔지? 근데 막내 언니 어디 갔어? 토요일인데 방에 없네? 일찍부터 도서관 갔나?"

"모르지? 근데 니 이제 무거운 거 들고 그러지 마라."

"오.. 내 걱정하는 거야 우리 서방님! 이리 오시오! 뽀뽀해 줄게!"

"왜 이라노? 말자도 안 왔더나? 삐삐 치보지?"

"말자는 조금 있다가 도착한다고 전화 왔다. 미자도 올 거고."

"나는? 뭐 하꼬?"

"서방님은 내 옆에 딱 대기하고 있어야지."

"벌써 내일이 수능 날이네. 오늘 선영이 집에 오나?"

"몰라. 왔다 갔다가 힘들어서 오겠나? 모르겠다."

"맨날 수능 칠 때는 왜 이리 춥노? 내년에 우리도 수능 치는 날이 금방 오겠제?"

"그러게 금방 오겠지."

"근데 니 괜찮나?"

"뭐가? 괜찮다. 요즘 매일 기쁘다."

"기쁜데 얼굴은 죽을 맛을 하고 다니노?"

"뭐가 뭔지 모르겠다. 동우야 사실은 정말 불안하다. 내가 애 아빠가 된다는 거는 받아들이겠는데, 학교에 다녀야 하고, 뭘 해서 먹고 살아야 하나? 걱정이다. 모르겠다."

"잘될 거다. 니가 지금 뭘 할 수 있는 게 없다아이가. 그냥 지금은 학교 다니고 부모님이 하라는 거만하면 안 되나?"

"아는데 그게 잘 안된다. 모르겠다. 낼 보자. 내 들어간다. 가라."

"그래 쉬라."

그렇게 동우와 헤어지고 집에 들어오자마자 나는 전화를 했다.

"여보세요. 내 마치고 집에 왔다."

"응. 그래! 내 가려고 했는데 날도 춥고 그래서 그냥 집에 있다."

"잘했다. 힘든데 왔다 갔다 하면 안 된다. 근데 목소리가 왜 이렇노? 어디 아프나? 감기 걸렸나?"

1. 그 남자

"아이다. 괜찮다. 자다가 일어나서 그렇다. 쉬라~ 나중에 내가 전화할게."

선영이와 전화를 끊고는 그냥 옷도 안 갈아입고 누워 버렸다.

갑자기 작년 이맘때가 생각났다. 혜영이 누나 보내고, 한참을 힘들어하며 보냈는데, 지금 이렇게 된 게 참 한심스러웠다. 왜 자꾸 그런 생각이 드는지 모르겠다.

"누나 오랜만이네. 잘 지냈지? 누나 근데 누나 결혼했어? 왜 애를 안고 왔어? 누나 애야? 한 번 안아봐도 돼?"

누나는 말없이 아기를 나에게 안아 보라며 주는데, 언제 나타났는지 어느 할아버지가 그 애를 냉큼 안고 가 버렸다.

"할배! 누군데 애를 안고 갑니까? 이리 주이소?"

"니 애 아니다. 니 애 아니다."

이 말만 하고 가 버렸다. 그 뒤를 혜영이 누나가 조용히 따라갔다. 아무리 잡으려 해도 잡을 수가 없었다.

"누나! 누나!"

나는 잠에서 깨어났다.

눈을 뜨니 새벽 4시다. 너무도 생생한 꿈이었다. 그 할배의 표정, 뒤따라가는 혜영이 누나의 모습들을 그림으로 그리라 해도 그릴 수도 있을 정도였다. 꿈을 한 번 더 생각해 봤다.

등골이 오싹해졌다. 너무 안 좋았다.

'그 갓난아기는?' '니 아기 아니다'라고 하는 갓 쓴 할아버지?

불길했다. '선영이한테 안 좋은 일이 생기는 걸까? 배 속에 아기에게 무슨 일이 생기는 걸까?' 나는 미칠 것 같았다.

다시 눈을 감아도 잠은 오지 않고 그 꿈만 자꾸 생각이 났다. 시간이 얼마나 흘렀는지 모르겠지만 대충 6시는 된 듯했다. 부엌에서 엄마가 분주하게 아침을 준비하는 소리가 들렸다.

"엄마"

"와? 벌써 일어났노? 오늘 대학 시험이라고 너그는 학교 안 간다며?"

"학교 안 간다. 잠이 안 와서 일어났는데, 내 희한한 꿈을 꿔서 찝찝하고 불길해서 잠을 잘 수가 없다."

엄마는 고무장갑을 벗고 나를 쳐다봤다.

"와? 무슨 꿈인데? 꿈에 무슨 돼지라도 나왔나?"

"그게 아니고 안 좋은 꿈인데 찝찝하다."

"뭔 꿈인데 손아! 퍼뜩 말해라. 말 안 할 거면 때려치우고 들어가라."

"그게. 어떤 할배가 나왔는데, 내가 진짜 갓난아기를 안고 있는데, 그 할배가 "니 애기 아니다." 그 사람이라면서 뺏어가 사라져뿌다."

엄마 얼굴빛이 안 좋았다.

"앉아봐라. 자세히 이야기해 봐라. 누가 니한테 애를 줬는데?"

"그거는 모르겠다."

차마 혜영이 누나라는 말은 못 했다.

"아이고. 이게 무슨 일이고? 그 할배가 어떻게 생겼노? 키가 크더나?"

"키는 모르고 갓을 쓰고, 흰 수염이 길더라."

"아이고 어쩌노 너그 할배가 나왔네. 너그 할배가 근데 왜 애를 델꼬 갔는교? 선영이 어디 아프다고 하는 데 없다 카제?"

"응. 어제도 통화했다. 별일 없다 카던데."

"아이고야 무슨 그런 꿈을 꾸노? 나중에 아침 묵고 니 선영이 집에 가봐라. 아이고 별일이야. 관세음보살"

"2층에 올라가서 둘 다 아침 먹으려 내려오라고 해라."

"시간 되면 알아서 내려오지 꼭 깨우러 가게 만드노."

나는 투덜거리며 2층으로 갔다. 나는 2층 현관문을 열고는 그냥 큰소리로 고함지르고 내려왔다.

"야~ 이말자~ 아침 먹게 누나 깨워서 내려온나."

아침은 항상 분주했다. 오늘은 그나마 말자 하고 나는 학교를 안 가서 여유 부렸다. 아침밥은 항상 다 같이 먹으니 상을 2개 부쳤다.

"밥 묵자. 많이들 먹어라. 말자 니는 이번에 몇 등 했노?"

아버지는 내 성적은 묻지 않았다.

"아버지는 아 밥 묵는데 그런 거 물어보노? 말자는 공부 잘한다. 아버지 아들 저놈이 문제지."

막내 누나가 말자 편을 들었다. 아버지는 한번 나를 쳐다 보고는 아무 말도 안 하셨다.

"니도 공부 좀 해라."

"알았다."

막내 누나의 잔소리가 시작되기 전에 토를 안 달고 대답해야 조용했다.

"따르릉~~따르릉~~" 전화벨이 울렸다.

나는 심장이 멎는 것 같다. 갑자기 닭살이 돌고 불길한 전화라는 예감이 들었다.

"아침 댓바람부터 누고?"

엄마는 밥숟가락을 놓으시고 나를 한번 쳐다보고는 전화를 받으셨다. 엄마도 불길한 예감을 느낀 것 같았다.

"여보세요. 예......"

엄마는 수화기를 들고는 한참을 말이 없었다.

"그래서 예.... 어짜노? 그라면 우리 선영이는 괜찮은교?"

선영이 이름이 나오니깐 모두가 숟가락을 놓고 엄마를 쳐다봤다.

"알겠습니다. 밥 먹고 우리 아 보낼게예. 아이고 이게 무슨 일이고... 네..."

엄마는 전화를 끊으시고는 나를 한번 보고 아버지를 한번 보고는 금세 눈시울이 붉어지면서 울먹이셨다.

"선영이가 새벽에 배가 아파서 병원 갔는데, 아가 잘 못 됐는 것 같다."

순간 정적이 흘렀다. 나는 앞이 깜깜해지는 걸 느꼈다.

"이게 무슨 일이고 뭐가 어떻게 됐다말이고?"

아버지는 흥분하셨는지 말을 더듬으셨다.

"선영이는 괜찮다 하는데 병원 가봐야 알 거 같아예."

"지난주에 왔을 때도 괜찮더만, 이게 뭔 일이고, 아이고야"

아버지는 숟가락을 놓으시고 방 한쪽 구석에 있는 담배를 들고 나가셨다.

"니 준비해서 가봐라. 아빠하고 엄마는 일하러 가야 한다. 저녁에는 들릴 수 있을 거다."

"알았다."

"말자야 니도 좀 따라가 봐라. 저놈아 어찌 될까 봐 불안타."

"니 괜찮나?"

말자는 택시 안에서 불안에 손톱만 뜯고 있는 나를 쳐다봤다.

"말자야. 내 때문이다. 내 때문에 아기가 잘못된 것 같다."

"그기 왜 니 때문이고? 니 때문에 아니다. 병원 가보면 알겠지. 니 때문에 아니다. 니 단디 마음잡아라. 또 혜영이 누나 때처럼……"

말자는 말을 하려다 멈췄다.

"내가 잠깐 나쁘게 마음먹어서 우리 할배가 아기를 델꼬 갔다. 내가 봤다. 할배가 델꼬 가는 거."

"뭔 소리하노 정신 차리라. 쫌!"

말자는 내 손을 꼭 잡았다. 우리는 응급실로 갔다. 응급실 입구 구석진 곳에 선영이 아버지가 담배를 피우고 계셨다.

"안녕하세요. 아버지."

"그래.. 왔나? 들어가 봐라. 제일 안쪽에 있다."

선영이 아버지의 눈가에는 아직도 눈물 자국이 보였다. 나도 모르게 눈물이 났다.

"아버지. 죄송합니다. 다 제가 잘못했습니다."

"니가 무슨 잘못이고 다 지 팔자인 기라. 됐다. 들어가 봐라."

선영이 아버지는 나를 안고 가볍게 등을 두드려주셨다. 아직 병실이 없어서 급히 수술하고 응급실에 있다고 했다.

선영이 어머니는 선영이 팔을 쓰다듬으면서 아무 말 없이 있으셨다.

"어머니."

선영이 어머니도 나를 보고는 등을 두드리고 나가셨다. 말자도 선영이 얼굴 한번 보더니 따라 나갔다. 선영이는 억지로 눈을 감고 고개를 돌리고 나를 안 봤다.

"선영아. 괜찮나? 다 내가 잘못했다. 다 내 때문이다. 다 내 때문이다. 미안하다."

나는 소리 내어 울기 시작했다. 선영이도 울음소리가 점점 커졌다.

"미안하다. 선영아 내가 더 챙기고 더 잘해줘야 했는데, 미안하다. 내가 잘못했다."

선영이는 계속 울기만 했다. 얼마나 울었는지 울음소리가 안 나왔다. 선영이는 훌쩍거리며 나를 봤다.

"이제 어떻게 하노? 우리 애 불쌍해서 어쩌노"

"미안하다. 미안해 내가 잘못했다."

"우리 애 천국 갔겠제? 천사니깐 천국 갔겠지."

"그래. 아무 걱정하지 마라. 천국 갔다. 이쁘게 하고 갔다. 내가 봤다. 이쁘더라."

나는 자꾸만 어제 꿈에서 본 아기가 생각이 났다.

"으앙~ 우리 아기 불쌍해서 어쩌노"

선영이는 또 울기 시작했다. 의사 말에 의하면 아기가 죽은 상태였다고 했다. 그게 임신 초기에 필요한 호르몬 수치가 충분하지도 않았고, 유전적 문제도 있었던 같다고 했다. 무슨 말인지 알 수가 없었다.

"선영아~ 문 열어봐라. 내 문 뿌싸뿐다. 열어봐라."

"내일 온나. 내 잘 거다. 제발 쫌 지금 니 못 보겠다."

나는 학교를 마치면 며칠을 이렇게 선영이 집을 찾아와 실랑이했다. 얼굴 한 번 못 보고 대화 한 번 못하고 집으로 돌아오고 했다. 삐삐를 쳐도 연락이 없었고, 전화하면 받지도 않았고, 집에 문을 잠그고 나올 생각이 없었다. 이러다 선영이 마저 잘 못 될까 봐 너무 겁이 났다.

무서웠다.

오늘도 선영이는 나를 볼 생각이 없었다. 쫓겨나다시피 집으로 돌아왔다.

"오늘도 못 봤나?"

옥상에 멍하게 앉아 있는데 말자가 올라왔다.

"응. 안 볼라 카네. 어쩌노?"

"시간이 필요할 거다. 좀 기다려봐라. 선영이도 선영인데 나는 니도 걱정이다. 작년처럼 그렇게……"

말자는 또 말을 멈췄다.

"말자야! 내 부탁이 있다. 내일 니가 선영이 좀 만나보고 오면 안 되겠나?"

"그거야 뭐 어렵나? 근데 선영이가 나는 볼라고 하겠나? 얼마 전에 미자도 안 본다고 했다 카던데."

"그래도 내일 한 번만 가봐라."

"알았다."

"내려가자. 엄마가 밥 묵으라 칸다."

"밥 묵으라."

"잘 먹겠습니다."

"밥 묵으면서 들어라. 내 오늘 선영이 집에 들렀다가 왔다. 선영이 아버지도 만났고, 선영이도 보고 왔다."

뜻밖의 아버지 말씀에 우리는 수저를 놓고 아버지만 봤다.

"애 몰골이 말이 아니더라. 내가 안쓰러워 죽는 줄 알았다.

선영이 서울에 있는 이모 집으로 간다 카더라. 거기서 학교 다니려고 준비한다 카더라. 얼마나 울던지"

"네? 왜요? 그러면 나는?"

"손아! 니 같으면 지금 여기서 니 얼굴 보고하면 애 생각이 안 나겠나? 아무리 배 속에 있었다 해도, 애를 잃은 건데 안 힘들겠나? 나도 그러라고 했다. 그리고 정리가 다 되고 좀 편안해지면 집에 오라고 했다."

나는 수저를 놓고 일어나 나와 버렸다.

"니 밥 묵다가 말고 어디 가노? 선영이 찾아가지 마라. 애 힘들다."

엄마의 고함이 대문 밖에까지 들렸다.

'이 길로 선영이한테 갈까?' 생각하다가 엄마의 고함이 귀에 맴돌았다.

"자~ 받아라."
"이기 뭐꼬?"
"보면 모르나? 편지 아이가."
"그래 편지는 편지인데 무슨 편지냐고?"
"선영이가 니 갖다 주라고 하더라. 내 오늘 마치고 선영이한테 갔다 왔다. 괜찮다고는 하던데 모르겠다. 그리고 내일이나 모레 서울 간다 카더라. 내 올라갈게 자라. 그라고 머스마야! 어깨 펴라. 뭐꼬?"
"말자야"
"왜? 빨리 말해라. 올라 갈기다. 배 아프다."
"배는 또 왜 아프노?"
"아이~ 진짜 왜? 왜? 부르노?"
"가시나 배 왜 아프냐고 물어봤는데 지랄이고?"
"생리한다. 왜? 대신 아파줄래?"
"아! 근데 이 편지 내 안 볼란다. 니가 좀 들고 가서 버리든지 알아서 해라."
"이리도, 확 불 지르게 나중에 편지 보여도 하면서 질질 짜기만 해라. 내간다."

말자는 두 번 안 물어보고 편지를 뺏어갔다. 그냥 이렇게 있으면 선영이가 마음 정리되고 편해지면 올 거라고 믿었다.

*

"니! 괜찮나? 겨울방학 동안 뭐 할 기고?"
"뭐 하겠노? 1주일 뒤부터 보충수업 하는데, 그냥 집에 있어야지."
"야~ 니는 희한하게 겨울만 되면 쭈그리가 되노? 그렇게 잘 놀고 이리저리 잘 돌아다니더만 겨울만 되면 일이 터지노?"
"이 새끼 봐라. 니는 불난 집에 부채질하나? 죽을래. 근데 동우야?"
"왜?"
"아니다. 애들 어디 있다노? 다 온다 카더나?"
"저기 지하 스타 소주방에서 보기로 했다."
오늘은 크리스마스이브이기도 하고, 철수하고 영석이가 나름 위로주라고 한잔 산다고 했다.
"오오~~ 강철수"
철수가 제일 큰 테이블에 혼자 앉아 있었다.
"빨리 좀 온나. 새끼들아 뻘쭘해 죽을 뻔했다."
"다른 애들은?"
"이제 온다 카던데 차돌이는 일 마치고 온다고 1시간 정도 늦는다고 하더라."

"근데 철수야~ 니 대가리 색깔이 왜 이렇노? 너무 노란 거 아니가? 누가 봐도 가스 배달 같다."

"빠라빠라빠라바~~" 동우는 오토바이 타는 흉내를 냈다.

"아~ 이 새끼 힘들어하고 있을까 봐, 걱정돼서 술 한잔 사주려고 내려왔더니만 지랄이고, 그리고 새끼들아! 이게 요즘 유행하는 스타일이다. 뭘 알겠노? 어린 고삐리 새끼들이."

"아, 네. 그래 잘 지냈나? 강 스타일님."

"그라면 이 형님이 또 적응력은 짱이다 아이가."

"땅그랑~" 가게 문 열리는 소리가 들리더니 웃음소리가 들렸다.

병호다. 병호는 철수를 보자마자 그 자리에서 삿대질하며 웃기 시작했다.

"푸하하하~~~ 머꼬 저 새끼."

"아 저 새끼 왜 저러노? 조용히 좀 해라 캐라."

우리는 병호를 진정시켰다.

"근데 병팔아~ 그게 뭐꼬? 니 기타 배우러 다니나?"

"응~ 내 요즘 기타 배운다. 두 달 정도 됐다. 뭐 할까? 생각하다가 너그 진성이 형님 알제? 그 형님 보기에는 삐리 하게 보여도 우리나라에서 알아주는 기타리스트다. 내 그래서 그 형님이 있는 동래에 학원 다닌다."

"맞나. 이 새끼 멋진데. 근데 왜 말 안 했노?"

"지랄 니가 내 만날 시간이라도 있었나? 선영이 때문에..."

"그래 미안타. 근데 니 쫌 어울린다."

그렇게 우리는 오랜만에 한잔했다.

"짠~~~"

철수가 이상했다.

"야 강철수 니 왜 자꾸 시계를 보노? 바쁘나?"

"아이다. 바쁘기는 마셔라."

"땅그랑~~"가게 문 열리는 소리가 들렸다.

"어어~~ 여기 여기"

철수 새끼가 입이 찢어진 채 손을 흔든다. 우리는 돌아봤다.

"오~~ 미자"

우리 셋은 동시에 입에서 미자 이름이 나왔다. 근데 미자 뒤에 말자가 따라 들어왔다. 확실히 미자하고 같이 있으니 말자는 미스코리아다. 나는 말자를 보자마자 고함을 질렀다.

"야! 가시나야 니 집에 안 가고 여기 왜 오노?"

"니는? 미자가 하도 가자 가자 해서 왔더니만, 그라고 강철수! 미자한테 월급 타서 맛있는 거 사줄게 나와라 캤다면서 이게 뭐꼬? 소주가? 애가? 소주 먹게?"

철수는 얼굴이 빨개졌다.

"야~ 가시나야 오랜만에 보면서 그러지 마라. 그라고 우리가 애지? 어른이가? 고삐리 주제에~ 그라고 성질 좀 죽여라. 어이구!"

"그만해라. 말자야. 그냥 먹자."

"자~~ 말자야 한 잔 받아라."

우리의 동우는 말자가 오자마자 입이 찢어지면서 술을 따라줬다.

"동우야 니는 착해서 이런 애들하고 어울리면 안 된다. 물든다."

"괜찮다. 짠 하자. 짠~"

동우는 말자 앞에서 술잔을 주거니 받거니 했다.

"근데 차돌이는 안 오노?"

"누구? 차돌이? 차영석이? 꺽다리?"

"응. 그놈아가 와야 다 모이는 거다."

동우는 말자와 대화가 잘되는 것 같았다. 드디어 영석이가 왔다. 무슨 30대 아저씨가 들어오는 줄 알았다. 키도 큰 놈이 수염까지 안 깎고 누가 봐도 30대 아저씨 같았다.

"친구들아."

입구에서 큰 목소리로 손을 흔드는데 부끄러워서 죽을 거 같았다.

"아 저 새끼 뭐꼬? 쪽팔리게? 근데 뒤에 있는 애는 누꼬?"

영석이는 여자아이를 소개해 주었다.

"인사들 해라. 현주라고 내 여자 친구다. 그때 안 봤나? 내 시합 때?"

"아~ 그 건너편에 혼자 앉아 있던 사람?"

"응 맞다."

"오오~ 앉으세요. 병팔아! 안으로 좀 땡기라."

영석이는 앉자마자 나한테 물어봤다.

"니 괜찮나?"

"괜찮다. 니는 어떻노?"

"내야 똑같지. 할 만하다. 힘쓰는 거야 잘한다아이가. 근데 선영이는 완전히 갔나? 그라면 니 마산에 그 누나 이제 만나나?"

"이 새끼 뭐라노? 오자마자 뭔 소리고?"

애들이 전부 놀래서 눈치 없는 영석이를 말렸다.

"헛소리하지 말고 술이나 쳐드세요. 니 여자 친구나 소개해 봐라."

"그래. 여기는 김현주 우리보다 한 살 어리다. 학교는 부산미용고등학교."

"그런 학교가 있는지 몰랐네? 아무튼. 반갑다... 요. 미용학교면 스타일을 잘 아시겠네요? 저기 저 우리 친구 노란 머리 스타일이 어떤가요?"

"그만해라. 새끼야~"

철수 얼굴이 또 빨개졌다. 그렇게 우리는 처음으로 고2 겨울 크리스마스이브 때 다 모였다.

나는 조금씩 참고 견디는 법을 배웠다.

하루하루 버티고 참았다.

이제는 조금씩 참는 방법을 터득한 것 같았다. 아니다. 참는 방법을 터득한 것이 아니라, 참을 수밖에 없었다. 선영이는 그렇게 연락이 없다가 삐삐번호마저 바꿔버렸다. 그리고 선영이 집도 급하게 처분하고 이사를 했다고 한다. 나는 선영이를 먼저 찾을 길은 없었다.

지금처럼 기다리는 수밖에 없었다. 사람을 잊는다는 게 익숙해지는 게 아니라 그리움을 조금씩 잊어 간다고 했다.

나는 잊어 갈까 봐 무서웠다.

"이야! 이제 고3이다. 좋은 날 다 갔다. 죽으라고 공부해야 하는데 공부가 되겠나?"

"공부는 포기해야 안 되겠나? 어떻게든 대학은 갈 수 있는 방향을 찾아보자."

고3 첫 등교 날이다.

여전히 내 옆에는 동우가 있었다. 국민학교 6학년 때 이후 쭉 같은 중학교 고등학교 다녔지만 같은 반을 한 번도 된 적이 없었던 동우랑 고3 때 나의 학창 시절 마지막에 같은 반이 되었다. 점심시간 맞춰서 기다려서 같이 밥 먹을 필요 없고, 같이 땡땡이치기도 편하고 좋았다.

"아이씨! 뻥장군이 우리 담임이란다."

"맞나? 왜? 나는 그 샘 좋던데! 남자답다아이가? 재미도 있고."

"좋기는 내 2학년 때 야간자율학습 시간 도망가다가 잡혀서 열나게 맞았다. 죽는 줄 알았다. 아무튼, 난 별로다."

동우는 입에 거품을 물고 흥분했다.

"맞나? 걱정하지 마라. 이 형님이 보호해 줄게. 형님한테 잘해라. 하하하"

"지랄! 니나 잘하세요."

'쿵' 교실 앞문이 열리더니 키 185에 100킬로 넘는 거구가 들어왔다. 뻥장군님이시다. 매번 볼 때마다 느끼지만 정말 장군 같았다.

"다들 반갑다. 알제! 내 성격 건들지 마라."

헉! 저 말이 고3 학생들에게 담임 선생님이 말한 첫 마디였다.

"보자! 이놈들! 누가 내 새끼가 됐는지."

2학년 때 지리 과목을 맡았으니 애들 얼굴은 익숙했을 거다. 뻥장군님은 출석부를 보고 애들 얼굴을 찾는 듯 두리번거렸다.

"그냥 부르면 될 것을 왜 저러냐?"

나는 동우에게 속닥거렸다.

"우리 반에서 누가 제일 꼴통이고? 누가 제일 잘 치노?"

미쳤나 보다. 담임이 첫날부터 왜 저런지 모르겠다. 애들이 두리번거리면서 구시렁거렸다.

"누가 제일 잘 치노?"

뭘 자꾸 치는지 물어보았다. 선생님은 조금 굵은 목소리로 물었다. 그런데 애들이 나를 봤다. 옆에 앉은 동우가 손가락으로 나를 가리켰다.

"이야! 김꼴통이가 우리 반이었네?"

담임 선생님은 나에게 손가락으로 일어나라는 식으로 까닥거렸다.

"내가 왜 김꼴통인데?"

나는 일어나면서 동우를 쳐다보면서 말했다. 동우는 웃고 있었다.

"나와봐라. 김꼴통!"

나는 어스렁 걸어 나갔다.

"자! 인사해라. 니가 오늘부터 우리 반 반장이다."

"예? 쌤요 안 되는데요. 반장 못하는데요."

"왜? 왜 못하노? 손이 없나? 발이 없나? 한 대 맞고 할래?"

"아이씨~잘 부탁한다."

나는 고개를 숙이며 인사했다. 애들은 웃고, 난리였다. 동우 새끼 웃음소리가 제일 컸다.

"앞으로 무슨 일 있으면 반장을 걸쳐서 전달해라. 알았나!"

"네"

"이상! 조회 끝! 꼴통 반장 내 따라온나."

나는 뻥장군님 뒤를 졸졸 따라 교무실로 갔다.

"니! 앞으로 잘해라. 반장으로서 모범을 보이면서 잘해라. 그라고 인마 반장하면 나중에 대학 갈 때 뽈라스된다."

"진짜입니까? 뻥 아니지예?"

"아 이 새끼 내가 뻥을 왜 치노?"

쌤도 별명이 뻥 장군님이신 거를 아시면서 저런 말씀을 하셨다.

나는 교실로 돌아왔다.

"야! 쌤이 뭐라데?"

"어. 니 관리 잘해라 하더라."

이렇게 나는 반장이라는 직급을 차지하게 되었다. 반장이라 야간자율학습을 도망 못 가는 게 제일 힘들었다. 덩달아 동우도 도망을 못 가고 우리는 책상에 엎드려 도장을 찍었다.

"반장! 나는 오늘부터 야간자율학습 안 하기로 했다. 샘한테 허락받았다. 내 간다."

"어~ 맞나? 가래이~"

나는 다시 엎드렸다. '왜? 가지? 왜 안 하기로 했지?' 갑자기 궁금해졌다.

"야! 주호야. 최주호!"

저기 계단을 내려가는 주호를 불러 세웠다. 주호는 1학년 때 같은 반을 했던 친구라 친하지는 않아도 알고 지내는 사이다.

"어~ 왜?"

"바쁘나? 뭐 좀 물어보자?"

"말해라."

"니 근데 왜 야자 안 하는데? 샘한테 뭐라 말했는데?"

"아~ 내 2학년 때부터 체대 준비했거든. 그래서 마치면 따로 체대 준비 학원 간다."

"체대 준비 학원? 그런 곳도 있나? 근데 니 운동부 아니잖아? 그래도 체대 갈 수 있나?"

"체대를 가는 게 아니고 체육학과를 가는 거지. 그리고 단증 있으면 기본 점수 올려주고 실기만 잘 보면 수능 어느 정도만 치면 괜찮은 대학교 체육학과 간다."

"맞나? 니 무슨 운동 했었는데?"

"내 어릴 때부터 뭐 유도하고 태권도하고 그런 거 좀 했다."

"어~ 그러면 태권도 단증 뭐 그런 것도 점수에 플러스 되나?"

"된다. 내신 조금 받쳐주고 실기 잘 치면 충분히 갈 수 있지?"

"니? 반에서 몇 등 하노? 평균?"

"내도 못한다. 보통 25등?"

"억수로 잘하네. 아니다. 가래이~ 낼 보자."

"그래 수고해라"

'체육학과'
'체육학과'

*

"선생님! 저 진로상담 좀 하겠습니다."
"무슨 진로? 누구 진로? 니? 니 진로?"
"네. 제 진로를 상담하지 누구 진로 상담합니까?"
"알았다. 눈깔 깔아라. 샘을 잡아묵을라 카네. 해봐라. 진로? 하하하~ 알았다. 알았다 안 할게. 보자 우리 반장이 3학년 올라올 때 몇 등 했는지?"
"54등요."
"히야~~맞네. 54등 대단하다. 56명에 54등 니 설마 4년제 대학 진로 고민하나?"
"네"
"히야~ 역시 반장답다. 용기가 멋지다. 근데 4년제는 못 간다. 어느 지방대학교도 못 간다. 전문대는 저기 촌구석에 처박힌 데는 갈 수 있다. 진로상담 끝."
"선생님 그게 아니고요, 주호 있다아입니까?"
"그래. 주호가 왜?"
"주호 그놈아 체대학원 다닌다고 하데요. 태권도 단증 있고 그라면 내신 쪼매만 받으면 괜찮은 대학교 갈 수 있다 하던데요?"
"인마야. 주호는 공부도 그 정도면 괜찮은 거고, 니 성적으로는 단증 100단이라도 대학 못 간다. 그라고 실기 그거 쉬운 게 아니다."

"그러니깐요. 저도 체대학원 다닐까 합니다."

"아놔~~ 꼴통 이거 이제 알겠다. 니 지금 야자 하기 싫어서 이라제?"

"아! 진짜 아닙니다. 대학 갈라고예"

선생님은 내 얼굴을 아래위로 다시 봤다. 그러고는 책상 서랍에서 똥 종이 한 장을 꺼내주셨다.

"자! 여기 사유란에 사유 적고, 부모님 사인 도장 찍어서 내일 가지고 와, 한번 믿어본다."

"네. 가보겠습니다."

"야~ 꼴통~ 단증도 단증인데 시상을 해야 해. 아무 대회라도 나가서 뭐라도 따와라."

"네, 알겠습니다."

"맞나? 좋겠다. 나도 체대 간다고 할까?"

"됐다. 새끼야~ 근데 똥우야? 니 3학년 올라올 때 반에서 몇 등 했노?"

"내? 묻지 마라. 새끼야 쪽 팔린다."

"뭐 어떻노? 이제부터 잘하면 되지."

"내 33등인가? 32등인가? 니는?"

"몰라. 새끼야. 들어가라. 내일 아침에 보자."

1. 그 남자

얼마 만에 책상에 앉아 보는지 모르겠다. 나는 아무 노트나 꺼내서 적었다.

'아~ 얼마나 공부를 안 했으면 쥐똥보다 못하노? 쥐똥이 새끼 중학교 때는 비교도 안 됐는데. 아씨 쪽팔리라. 공부 좀 하자.'

"밥 묵어라."

"가시나야~ 노크 좀 해라."

나는 괜히 말자한테 짜증을 냈다.

"아버지. 여기 사인 좀 해주세요."

"뭔데? 니 또 무슨 사고 쳤나?"

옆에 있던 말자가 뺏더니 읽었다.

"체대학원과 체육관을 다니기 위해 야간자율학습을 할 수 없습니다. 이게 뭐꼬? 니 별짓을 다 한다."

"아니다. 가시나야. 진짜 대학 가려고. 운동해서, 체육학과 가려고 그란다."

아버지가 다시 차근차근 읽었다.

"도장 가져온나."

"네."

아버지는 두말 안 하시고 도장을 찍어주셨다.

"아버지~그거 학원비 비쌉니다. 그리고 운동 실기만 잘한다고 못 가예. 그래도 웬만한 대학은 반에서 중간은 해야지 갑니다."

말자가 자꾸 끼어들었다. 말자는 아버지라 불렀다가 아저씨라 불렀다가 자기 마음대로였다.

"안다. 가시나야 나도 안다. 내 그래서 공부할 기다. 봐라."

"하하하~~지나가는 개가 똥을 안 싼다고 해라."

"조용히 해라."

그렇게 나는 체대학원을 다니기 시작했다.

우리는 다들 각자의 생활로 바빴다.

동우도 마음을 독하게 먹었는지 열심히 공부했다. 야간자율학습도 도망 안 가고, 끝나면 독서실에서 만났다. 나는 월, 수요일은 체대학원을 갔고, 화, 목, 금요일은 막내 삼촌 태권도장을 갔다. 내가 뛰어다니기 시작할 때부터 중학교 때까지는 다닌 도장이다. 초등학교 때는 태권도 도장 츄리닝만 사시사철 입었다. 덕분에 체육에는 관심도 없는데, 선생님은 츄리닝만 입고 다니는 모습 보고 줄곧 체육부장을 시켰다.

고등학교 올라와서 뭔가를 이렇게 열심히 하기는 처음인 것 같았다. 이렇게까지라도 해야 살 것 같다. 가만히 있으면 서울까지 어떻게든 찾으러 다녔을 것이다. 그러다 지치면 울고 했을 거다. 그렇게 나는 내 방식대로 기다렸다.

"삼촌! 근데 작은 대회 같은 거 없어예?"

"무슨 소리고? 무슨 대회?"

"아니~ 태권도 시합 같은 거 있을 거 아니가. 전국대회 그런 거 아니면 부산시 대회 그런 거?"

"와? 대회 나갈라고 꿈 깨라. 1회전 탈락이다. 그라고 니 살을 빼던가? 찌우던가? 니 체급이 애들 제일 많다. 잘하는 애들 쌔삣다."

"맞나? 어쩝니까?"

"일단 몸부터 만들어라. 다음 달 부산 회장 배 있을 거다. 거기는 고등부 운동부 애들은 안 나온다. 체육관 소속만 나온다."
 나는 무조건 삼촌을 믿고 따르기로 했다.

 "일어나라. 새끼야. 독서실에 오자마자 잤는가 보네. 침 봐라."
 "언제 왔노?"
 나는 운동 끝내고 독서실에 왔다. 동우는 야자 마치고 와서 피곤했는지 자고 있었다.
 "동우야~ 나가자. 컵라면 하나 먹자."
 "그라자."
 우리는 독서실 앞 편의점에 자리 잡았다.
 "운동은 잘되나? 니 근데 공부 억수로 열심히 하는가 보더라. 아까 네 책상에 있는 연습장 보니 빽빽하게 영어 단어도 외운 흔적 있고, 문제집도 제법 풀었더라."
 "똥우야! 이 형님이 누고? 한다면 한다. 그라고 중학교 때 내 공부 잘한 거 잊었나?"
 "아. 네네. 어찌 잊겠사옵니까? 고등학교 와서 여자만 안 밝히고 안 만나서도 지금이라고 있지 않을 건데. 하하하."
 "거기서 그 말이 왜 나오노?"
 "니 마산에 누나는 연락 안 하나?"
 "안 한다. 그때 이후로 안 했다. 근데 이 새끼 잊고 있었는데 말 꺼내고, 지랄이네."
 "미안타. 하나만 더 물어보자. 영희는?"
 "니 오늘 죽어보자."

영희는 먼저 대학 가서 보자고 연락이 왔었다. 나는 당연히 '그러자' 하고는 연락을 끊었다.

새벽 5시가 되면 독서실 문을 열어주었다.
밤 12시 30분에 문을 잠그고 5시 반에 열어준다. 그사이에는 집에 가고 싶어도 못 간다. 독서실이 집인 거다. 이불하고 베개는 기본으로 독서실에 있다.
"이야~ 오늘은 상쾌하다. 맞제?"
"몰라. 니는 어제 많이 잤으니 상쾌하지!"
"맞나? 니 내 잘 때 같이 안 잤나? 일단 씻고 밥 묵고 보자."
"그래. 들어가라."
이렇게 우리는 집에 오면 씻고 아침밥 먹고 다시 학교에 갔다.
그러니 학교 가면 병든 닭이 되었다.

학기 초 시험이 끝났다.
"똥우야~ 잘 쳤나?"
"대충 쳤다. 니는?"
"내야 찍었지."
"시험도 끝났는데 오늘 병팔이하고 차돌이 불러서 맥주 한잔하자."
"안된다. 내 일요일 시합 있다. 말 안 했나?"
"아~ 맞다. 부산협회 무슨 대회라 캤노?"
"그거는 알 필요 없다. 니 애들한테 말하면 죽이뿐다. 그라고 혹시나 해서 하는 말인데 응원 오고 그라면 알제?"
"몰라~ 새끼야! 금메달 따라. 하하하"
"내 바로 도장 간다. 니는 독서실 가서 공부해라. 학기 말 시험대비 공부해라."
"미친놈 아니가? 나는 서울대 안 갈 거다. 가서 운동이나 해라. 당구장 가서 병팔이한테 삐삐나 치봐야겠다."
 그렇게 동우는 동우대로 가고, 나는 체육관으로 갔다.
 '이게 맞겠지. 선택 잘한 거겠지.' 속으로 몇 번을 나 자신에게 물어봤다. 체육관에 오면 제일 먼저 하는 게 전화기 앞에 앉아 선영이한테 삐삐를 쳤다.
"없는 번호이니……." 아직도 친절하게 없는 번호라고 가르쳐 주었다.
 벌써 몇 개월째다.
 '기다려보자. 연락 오겠지.'

"잘 들어라. 덤비면 안 된다. 치고 들어 오면 빠지면서 치고 붙고. 좀 비겁해도 그렇게 안 하면 진다. 알았나? 삼촌 말 들어라."
"알았다."
"친구야~ 파이팅~ 김철민! 이기자. 죽이뿌라. 철민이 파이팅."
 고함이 들린다.
 '아! 씨발 쪽팔리라.' 동우가 다 연락했는가 보다.
 영석이, 병호, 빨간 머리한 철수까지 왔다. 미자, 말자도 왔다.
"차렷. 경례, 준비, 시작"

나는 가볍게 스텝을 밟았다. 상대방 새끼가 얄미운 기합 소리를 내면서 발을 살살 내밀었다. 그러다 갑자기 얼굴 쪽으로 발이 날라와 찍기를 하는 거였다. 안면을 제대로 맞았다.

"씨발~ 이 새끼 봐라."

나는 열 받아서 덤비기 시작했다. 뒤에서 삼촌은 고함 지르고, 난리였다.

"빠지라고~ 새끼야, 치고 빠지라고!"

나는 잘 들렸는데 안 들리는 척하고 무조건 들어갔다. 그런데 상대방 새끼가 자꾸 치고 빠지고, 치고 빠지고 한다. 결과는 비참했다.

11대3 1라운드 예선 탈락.

"으이구~ 내가 해도 이기겠더라. 1라운드 탈락이 뭐꼬?"

"아놔~ 내가 방심해서 진 거다. 그만해라."

말자는 집에 오자마자 누나들한테 결과를 중계했다.

"학기 초 시험 결과가 나왔다. 우리 반에서 전교 학생 중에 제일 성적이 많이 오른 놈이 나왔다."

"오오오~~~~두두두"

애들이 책상을 두드리고 고함을 질렀다.

"반장 일어나 봐라."

"네"

"자~ 박수~ 우리 꼴통 반장이 무려 반에서 20등이나 올랐다. 전교에서는 150등이나 올랐다."

"오오~~~ 와와."

애들은 난리고, 동우는 믿을 수 없는 표정을 지었다.

"반장이 반에서 34등 했다. 박수~"

애들이 한참 뒤에 웃었다.

'아이씨 등수는 말하면 안 되지 샘도 참.' 나는 혼자 구시렁거리면서 앉았다.

동우는 웃기 시작했다.

"니 그라면 꼴찌 앞잡이였나? 하하."

"조용히 해라. 새끼야~"

"번호대로 나와서 성적표 받아 가라."

동우는 성적표를 받아오면서 알 수 없는 표정을 했다.

"왜 몇 등인데? 보자."

"이거는 뭐가 잘못됐다. 아이씨"

나는 동우의 성적표를 봤다.

'35등'이었다.

"니 뭐 했노? 내 뒤에 붙어 있노? 열심히 해라."

우리는 1학기 말 시험 때도 성적이 올랐다.

나는 반에서 20등까지 성적을 올렸다. 동우는 25등까지 올렸다. 공부는 내보다 많이 하는 것 같은데 등수가 안 나왔다.

담임 선생님도 나에게 이제 상담 같은 상담을 해 주셨다.

대학 리스트를 뽑아 주었다. 그렇게 우리는 제법 수험생답게 변해갔다. 수능을 한 달 남기고 막바지 공부를 했다. 성적이란 게 반에서 20등까지 오르니 그다음부터는 아무리 열심히 해도 많이 오르지 않는다. 더는 떨어지지도 않고 항상 비슷한 등수다.

그사이에 나는 뛰어난 삼촌 전략 때문에 작은 대회 수상을 2개 했다. 체력도 올린 상태다. 모든 게 뜻대로 되어갔다.

매일 빠지지 않고 했던 삐삐치는 것도 어느 순간부터 1주일에 한 번 2주일에 한 번 그렇게 쳤다.

여전히 없는 번호였다. 항상 하던 대로 체육관 갔다가 독서실을 갔다.

"똥우야 니 이불 좀 주라. 와이리 춥노! 내 한 시간만 잘게~ 좀 깨워도."

"알았다. 자라."

자려고 책상 밑에 이불 깔고 걸상 치우고 누웠는데, 주인아주머니가 방에 들어왔다.

"학생~~ 집에서 전화 왔어. 받아봐. 어머니라는데. 급하다고 하네."

"여보세요...응.....알..았다."

나는 아무 말도 할 수가 없었다. 전화를 끊고 가는데 앞이 안 보였다. 무슨 놈의 세상에 이런 일이 일어난다는 말인가. 다리가 후들거렸다.

"동우야... 짐.. 챙기라.. 집에 가자. 엄마가 올라오란다. 니도 같이 오란다."

동우도 내 표정과 내 말투에 심각함을 느꼈는지 물어보는 목소리가 떨렸다.

"무.....슨 일인데?"

"일단 간단히 챙기라. 나가자. 가면서 말해줄게."

우리는 짐을 챙겨 나왔다.

"무슨 일인데? 씨발 말을 해라."

"그게 자세한 거는 집에 가봐야 아는데, 말자 시골집에 불이 나서 다 죽었단다."

"뭔 말이고, 누가 죽어? 누구 집에 불나? 말자 가족들 경주로 이사 갔잖아."

"그래 경주집에 불이 나서 아줌마, 아저씨, 말숙이, 동식이 다 죽었단다."

나도 모르게 울음이 터져 나왔다.

동우는 아무 말이 없었다.

"아버지 나도 가면 안 됩니까? 학교는 빠져도 됩니다."

"오늘은 말자하고 경주 경찰서 갔다가 병원 갈 거다. 니는 오늘 동우하고 같이 자고 내일 동우랑 학교 가라. 아버지가 내일 오전에 담임 선생님한테 전화할게. 그때 오라는 대로 온나? 알았나?"

"네."

"갑시다. 동우 아버지요. 밤에 운전 괜찮은교?"

"괜찮습니다. 갑시다."

말자는 넋이 빠진 채 엄마 손을 잡고 동우 아버지 차에 같이 올라탔다.

"말자야~"

나는 말자를 불렀다. 말자는 대답 대신 고개를 돌려 나를 봤다.
"아니다. 가 있어라. 내 내일 갈게."
나는 동우 아버지 차가 사라질 때까지 멍하게 서 있기만 했다.
"일단 들어가자. 누나들도 없네."
"누나들도 경주 병원으로 갔는가 보던데, 모르겠다. 근데 우짜노 우리 말자"
"동우야~ 괜찮겠제. 말자 괜찮겠제."
"괜찮겠나? 괜찮은 게 이상한 거 아니가? 내 같으면 아마 서 있지도 못할 것 같다."

우리는 그 이후 아무 말도 하지 않고 눈을 감았다. 몇 번이고 잠을 잤다가 깼다가 반복한다, 동우도 몇 번을 뒤척이는 것 같았다.
'누가 불을 질렀을까? 아니면 무슨 누전 그런 걸까?' 별생각을 다 했다. 그러다 '말자 불쌍해서 어쩌노' 생각에 눈물이 울컥 나왔다.
'왜? 자꾸 나한테 겨울이 다가오면 이런 일들이 일어나는 걸까?'
'말자 가족도 설마 나 때문에 불이 났나?'
'내가 재수가 없어서 내 주변 사람들이 죽는 걸까?'
이제는 무서운 생각까지 하게 되었다. 나는 소설을 쓰듯 온갖 생각에 잠겼다. 그렇게 아침을 뜬눈으로 맞이했다. 해가 뜨고 알람시계가 울리기 시작하자 우리는 누가 먼저라 할 거 없이 일어났다.
동우를 쳐다보니 눈이 팅팅 부어 있었다.

"반장, 동우랑 샘이 교무실 오라던데!"
1교시 마치고 엎드려 있는데 반 친구가 내 등을 두드리면서 이야기했다.

"동우야~ 가보자."

"그래"

교무실로 가는 길이 왜 이리 힘들고 멀게 보이는지 모르겠다. 그냥 온몸에 힘이 하나도 없었다.

"선생님! 저희 왔는데요?"

"그래. 잠깐만 앉아 있어 봐라."

나는 고개를 푹 숙인 채 멍하게 있는데, 지나가는 선생님이 한마디 하신다.

"야! 김 꼴통 1년 동안 조용 하더니 막판에 또 뭔 사고 쳤노?"

나는 가만히 있었다.

"자~ 여기 밑에 너그 이름 쓰고 그 밑에는 부모님 이름 쓰고 연락처 적고, 원래 친척만 되는데 아버지 전화도 있고, 샘이 한번 잘 올려 볼게. 상 잘 치르고 온나. 자~ 여기로 오라더라."

"네. 고맙습니다."

우리는 인사하고 나오는데 선생님이 만 원짜리 한 장을 주시며 음료수라도 사 먹고 가라고 했다. 어떻게 됐는지 메모지에는 '부산 백병원 장례식장 특1 호실' 이렇게 적혀 있었다.

분명 경주에 갔는데 어떻게 부산인지 모르겠다.

우리는 일단 바로 택시를 타고 갔다. 우리는 아무 말도 안 하고, 조용히 그냥 서로 창가만 봤다. 서로 다른 창밖을 쳐다보지만 아마도 생각은 같은 생각을 하고 있었다.

무슨 병원에 죽은 사람이 이리도 많은지 장례식장 안에서도 찾는 게 복잡했다.

"아버지."

"어 왔나? 둘 다 저기 가서 옷 갈아입어라."

우리는 상주 옷으로 갈아입었다.

가족이 없었다. 말자, 가족이라고는 경주에 몸이 불편하신 작은아버지뿐이었다. 말자 혼자 상복을 입고 멍하게 앉아 있었다. 누나들은 언제 왔는지 바쁘게 움직이고 있었다.

동우는 옷을 갈아입고 나와서는 누나들 따라다니며 심부름을 했다. 나는 할 수 있는 게 말자 옆에 앉아서 손을 잡아 주는 그것밖에 없었다.

"말자야. 괜찮나?"

나의 바보 같은 질문에 말자는 조용히 고개만 숙였다. 나는 아저씨, 아줌마, 말숙이, 동식이 사진을 차례로 봤다.

눈물만 주룩 흘렸다. 아버지는 나와 말자에게 상주 예의를 가르쳤다. 그러다 아버지는 말자를 안고는 우셨다.

"이 이쁜 것만 남기고 가면 어쩌노, 말자야 정신 챙겨야 한다."

아버지의 낡고 커다란 검은 수첩이 뒤 호주머니 밖으로 반 이상이 나와 있었다.

이야기를 들어보니 참 모르겠다.

경찰은 LPG 가스 폭발이라고 하는데, 어떻게? 왜? 터졌는지 명확하게 알 수 없다는 거였다. 경찰은 주변 마을 사람들에게 조사한 결과 말숙이가 장애를 가졌다는 이유로 말숙이가 잘못해서 터진 것 같다고 결론을 지었다고 했다. 무슨 말도 안 되는 소리다. 그런

어처구니없는 조사를 결과로 내세우는지 말이 안 된다. 단지 방화 흔적이 없고, 가스 폭발인데 집에 장애가 있는 아이가 있으니 그 애가 실수했다. 이 말이다.

아버지는 가족들 시신 확인하고 경주에서는 장례를 치를 수 없다고 생각해서 부산 백병원 장례식장으로 시신을 옮긴 것이었다.

저녁이 되어서야 조문객들이 오시기 시작했다. 조문객이라 해도 다 동네 사람들이다. 예전에 살던 산 동네 사람들, 지금 사는 동네 사람들이다.

말자 외가 쪽 친척이 하나도 없다는 거를 나는 처음 알았다. 아버지 쪽도 작은아버지 한 분뿐인데 그분마저 거동이 불편하시다는 거다. 아버지는 조문객들을 안내하셨고, 누나들은 음식 날랐고. 동우는 이리저리 뛰어다니며 심부름했다.

애들이 왔다.

병호, 영석이, 철수, 미자까지 왔다. 철수는 어떻게 급하게 염색했는지 검은 머리를 하고 왔다.

미자는 오자마자 말자를 안고는 울기 시작했다. 병호가 겨우 떼어내어 진정시키고 절을 했다.

동우는 애들을 데리고 자리에 앉혔다.

"니 가서 너그 친구들 다 데리고 이리 와봐라."

"네? 네. 알겠습니다."

나는 애들을 데리고 왔다.

"너그들은 있는 동안 거기 있지 말고 말자 뒤에 있거라. 뒤에서 말자 절하면 따라 절하고 그렇게 좀 해주거라. 할 수 있제?"

"네."

"잘 들어라. 아저씨가 무슨 자격으로 이런 말 하는지는 모르겠지만, 아저씨하고 아줌마는 말자 곁에 지금은 같이 있지만, 나중에 세월이 지나서 어른이 되면 너그들이 우리 말자를 좀 지켜주라. 아저씨가 부탁할게."

"네."

애들은 울기 시작했다. 우리는 마지막까지 말자 옆을 지켰다.

집으로 온 나는 말자 손을 잡고 옥상으로 갔다. 캔맥주 하나를 까서 주었다.

"마셔라. 괜찮다. 한 캔만 마시고 자라."

말자는 나를 한번 쳐다보고는 맥주를 조금 마시고는 고개를 푹 숙였다.

"말자야 울어도 된다. 나도 울기다. 말숙이도 보고 싶고, 동식이도 보고 싶다."

"니 그거 아나? 내 이제 고아 됐다."

"가시나야 니가 무슨 고아고? 아버지도 있고 엄마도 있고, 누나들도 있고, 나도 있다아이가? 그라고 가시나야 니 내일 모레면 스무 살이다. 어른이다."

말자는 다시 나를 한번 쳐다보고는 맥주를 마셨다.

"야야야! 저기 봐라. 봤나. 봤나. 별똥별 떨어지는 거."

말자는 대답 대신 고개를 끄덕였다.

"말자야 니가 여태껏 내 억수로 많이 챙겨주고, 걱정해 주고 한 거 다 안다. 이제 내가 너 챙겨줄게! 응?"
"됐다. 징그럽다. 내려가자."

그렇게 조금 더 슬퍼할 시간도 없이 우리는 고3의 수험생으로 돌아갔다. 마지막까지 조금이라도 공부해야 1점이라도 더 받을 수 있을 것 같았다.
"동우야~ 나가자. 바람 좀 쐬고 오자."
우리는 독서실 밖으로 나갔다.
"뭐 마실래?"
"나는 그냥 콜라~"
날짜가 다가올수록 목에서 뭔가가 꽉 막혀서 안 내려가고 있는 것 같았다.
"동우야. 어떻게 마무리되어 가나?"
"몰라. 말자는 괜찮나?"
"이 새끼 무슨 소리하노? 말자 걱정하지 말고, 니 시험부터 걱정해라."
"안다. 새끼야 갑자기 말자 생각이 나서 그란다. 말자도 만약 1년 안 쉬었으면 같은 고3이라 엄청 힘들었을 것 같다는 생각이 나더라."
"근데 만약에 말자가 1년 안 쉬고 그 여상 계속 다녔으면 아줌마 따라 경주 갔을 거 같은데. 그라면? 어이어이 무슨 생각 하노? 이게 다 니 때문이다."
"웃기는 놈이네. 그게 왜 내 때문이고?"

"들어가자. 공부나 하자."

"말자야. 니 뭐하노?"
 말자는 대문 앞에 멍하게 쭈그려 앉아 있다가 우리가 오는 걸 보고는 일어났다.
 "자~~이거는 니꺼, 이거는 동우 니꺼,"
 "내꺼도 있나? 고맙다. 말자야. 내 니 때문에라도 시험 잘 칠게."
 "동우야. 그냥 고맙다 해라. 무슨 말이 많노? 들어가라."
 "알았다. 새끼야. 맞다. 내일 아버지가 시험장까지 태워준다고 하더라. 혹시 모른다고. 그리 알고 아침에 온나."
 "오케이. 말자야 우리도 들어가자."
 "동우야. 시험 잘 쳐라."
 "응"
 말자는 동우를 향해 끝까지 응원했다.
 "올라가서 자라. 둘째 누나 없나? 왜 무섭나?"
 "아니다. 언니 있다. 올라가야지. 야! 시험 잘 쳐야 한다. 괜히 나 때문에 못 쳤다는 생각 안 들게 잘 쳐라."
 "알았다. 무슨 개똥 같은 소리를 하노? 못 치면 그냥 못 친 거지. 니 때문은 무슨? 알았다. 잘 칠게."
 "그래. 잘 자라."

 "고맙습니다. 아저씨."
 "그래. 시험 잘 쳐라. 아들도 아자!"

나는 동우 아버지 차를 타고 동우랑 편하게 시험장인 ○○중학교에 내렸다. 각 학교 현수막과 후배들의 응원 소리가 들렸다.

"어이~ 시험 잘 치라."

"반장~ 시험 잘 쳐라."

시험장 입구에서만 우리 학교 애들을 몇십 명을 봤다.

"동우야. 전신에 우리 학교 애들이고? 우리 4개 시험장으로 갈라졌는데도 이리 많노?"

"당연하지. 전교생이 1천 명인데 250명은 여기서 칠 거 아니가?"

"맞네. 동우야 고개 숙이라. 뻥장군이다."

"아이씨~ 왜 여기 와 있노? 아이씨 들켰다."

선생님은 우리랑 눈이 마주치고는 손짓을 했다.

"자~ 이거 하나 묵어라. 찹쌀떡이다."

"쌤~ 우리 때문에 여기 나온 겁니까?"

"교장 선생님이 가라 해서 왔지. 내가 미쳤나? 아무튼, 잘 치라. 모르면 3번 찍어라."

"네네. 알겠습니다. 우리는 갈게요."

"잘하자!"

그래도 마지막까지 긴장을 풀어 주셨다.

나는 마음을 잡았다.

심호흡하고 집중했다.

하나도 모르겠다. '무슨 놈의 시험이 이렇게 어렵노? 망했다.' 속으로 몇 번을 말했는지 모르겠다.

"이 시험이 니 인생의 제일 큰 시험이 될 수 있다." 아버지 말씀이

스치고 지나갔다.

　시험장 교실을 나가는데 동우가 먼저 와서 기다리고 있었다.
"잘 쳤나?"
　동우는 표정이 밝았다. 나는 아무 말도 못 했다.
"잘 쳤냐고? 왜 못 쳤나?"
"동우야. 나 재수 준비해야겠다. 하나도 모르겠다. 답이 전부 2개다."
"그래도 니는 답을 근처까지는 갔는가 보네. 나는 하나도 모르겠더라."
"근데 니는 뭐가 좋아서 표정이 그리 좋노?"
"어이가 없어서 그렇다. 울까? 당구장이나 가자. 애들 불러서 술이나 묵자."
"모르겠다. 가자."

"오호~ 친구들 시험 잘 쳤나?"
"야! 강철수~ 니 언제 내려왔노? 오늘 일 안 하나?"
"내가 너그들 시험을 친다고 해서 이렇게 왔다."
　옆에 조용하게 당구 치던 병호가 웃었다.
"이 새끼 오늘 드디어 미자랑 1박 2일 놀러 간단다."
"이 새끼 우리 보러 온 게 아니고 미자랑 놀러 가려고 왔네."
"당연하지. 내가 미쳤나? 너그 때문에 오게. 이날을 얼마나 기다렸는지 아나? 미자 가시나가 맨날 수능 끝나고, 수능 끝나고 말했는지 아나? 내가 오죽하면 수능 날을 외웠다."

"대단하십니다. 근데 철수야 니 그라면 설마 아직도 미자랑 안 했나?"

동우는 진짜 궁금한 눈으로 물어봤다.

"쥐똥아! 내가 저놈처럼 뭐 그런 거만 좋아하는 줄 아나? 우리는 응~ 그 뭐꼬 플라토 뭐시기 사랑이다."

"혹시 그 저놈처럼에 저놈이 내가?"

"잘 아네. 하하하"

"니 오늘 내가 그거 못 쓰게 해줄게."

병호가 말렸다.

"그만하고 당구나 한 게임치고 남포동이나 가자."

"남포동? 거기는 왜?"

우리의 동우는 또 호기심이 찬 눈으로 병호를 쳐다봤다.

"아~ 새끼야 떨어져라. 부담스럽다. 그냥 기분 내자고 가자는 거지."

"됐다. 오늘 같은 날 가면 밟혀 죽는다. 그냥 스타나 가서 소주 먹자. 차돌이 부르고."

"나는 좀 있다가 가야 한다. 미자 만나러~~"

"가라 새끼야~ 나쁜 새끼."

"자~~마시라."

"짠~~"

1시간쯤 지나니깐 영석이가 왔다. 그 옆에 대갈 공주가 붙어서 왔다. 우리는 현주를 대갈 공주라 불렀다. 애가 이쁘고 미용학교 다니고 해서 머리 스타일도 좋았다. 그런데 머리 크기는 어떻게 안 되는 것 같았다.

"어이~ 친구들! 시험 잘 쳤나?"

"잘 칠 턱이 있나? 앉아라. 근데 너그 둘이 뭘 그렇게 붙어 다니노."

"왜? 부럽나?"

"아니 안 부럽다."

우리의 동우는 솔직했다. 술에 취하는 것인지 뭔가에 짓눌렸던 것이 폭발하는 것 같았다.

"고생했다. 쥐똥~ 한잔하자."

"그래 니도 억수로 고생했다. 니 진짜로 내가 존경한다. 공부하는 거 보고 놀랬다."

*

"이야 멋진데. 폼 좀 난다."

동우가 대문 앞에서 정장 차림에 구두를 신고 폼을 잡으면서 기다리고 있었다.

오늘은 졸업식이다. 우리는 어제 남포동 국제시장 가서 옷을 한 벌씩 뽑았다. 요즘 유행하는 세미 정장으로 깔 맞춤했다.

"이야 역시 남자는 옷빨이다. 봐라. 새끼야 내가 요즘 유행하는 세미 정장이 어울린다 캤제. 내 말 듣기 잘했제?"

나는 동우를 치켜세웠다.

"맞나? 괜찮나? 니도 억수로 잘 어울리네. 니 솔리드 애들 같다. 나는 Ref 안 같나?"

"WWF 같다. 하하하 농담이다."

"근데 오늘 부모님들 오나?"

"야! 고등학교 졸업식에 누가 오노?"

"그라면 말자도 안 오나?"

"말자? 말자 학교 갔을 거? 모르겠다. 가자."

학교 가는 길에 만난 친구 놈들은 비슷비슷한 옷을 입고 온갖 깔롱은 다 지으면서 갔다.

"이야~ 동우야 저 새끼들 뭐고? 평상시는 학교 잘 오지도 않더니만 졸업식은 왔다."

"그러게 그래도 마지막에 보니 반갑네."

운동장에서 교장 선생님의 연설을 듣고 교실로 갔다. 몇몇 학부모님과 여자 친구들이 꽃다발을 들고 교실 뒤에 서 있다. 드디어 앞문이 열리고 우리의 대장 뻥장군님이 들어오셨다.

우리는 모두 일어났다. 나는 미리 애들한테 일어나서 이렇게 저렇게 하자고 말해놓았다.

"전체 차렷! 뻥장군님께 대하여 경례!"

"충~성"

애들이 다 같이 한목소리로 "충성" 외치며 거수경례를 했다. 뻥장군님은 잠시 당황하더니 거수경례로 받아주었다.

"충성"

"바로"

애들은 졸업식 노래가 아닌 '스승의 은혜'를 떼창 했다. 노래가 끝나자, 박수와 울음소리가 들렸다. 국민학교, 중학교 졸업식 때는 못 느낀 감정이 울컥 올라왔다.

"번호대로 나와서 졸업장 받아 가라."

뻥장군님도 목소리가 떨렸다.

"선생님! 고맙습니다."

"그래 우리 꼴통 반장! 수고했다. 무슨 일 있으면 샘 찾아와라."

"네. 찾아가면 소주나 사주세요."

"그래. 언제든지 사줄게. 와? 그냥 오늘 한잔할까?"

"됐습니다. 저도 바쁩니다."

"그래, 생활 잘하고, 부모님께 잘하고."

"네. 알겠습니다. 감사합니다."

"이야~ 이제 진짜 자유다. 가자."

"내가 볼 때는 이제부터 고생 시작이다."

"맞는 것 같다. 니 말이 다 맞는 거 같다. 동우야 저기 교문 앞에 보이나?"

"아이씨~ 쪽팔리라. 철수 저 새끼 머리는 왜 저렇노? 바지 봐라? 미치겠다. 우리 돌아갈까?"

"그랄까? 근데 말자도 있는 것 같은데."

"맞나? 가자. 애들 기다리네."

은진 그리고 말자

1996년 4월.

그렇게 우리는 스무 살이 되었다.

"무슨 대학교가 이렇노?" 혼자 구시렁거렸다.

내가 생각하는 대학교가 아니었다. 내가 생각하는 낭만의 캠퍼스는 없었다. 입학하자마자 시작되는 많은 수업과 아는 사람 하나 없는 어색한 공간은 더욱 나를 절망하게 했다.

나는 서울에 있는 대학교에 당당히 입학했다,

명문대학교 '사회체육학과'에 입학했다. 수능 시험 성적도 생각보다 훨씬 잘 나와서 다들 컨닝했다는 소리를 들었다.

모르는 건 역시 3번이었다.

그렇게 혼자 서울로 상경했다. 비록 제일 싼 동네에 있는 작은 자취방이지만 만족했다. 문제는 학교도 학교지만 과를 잘못 택한 것 같았다. 물론 다른 과는 내가 어찌 갈 수도 없는 성적이었다.

우리 과는 선·후배 문화가 너무 철저하다는 거다. 그리고 동문인지 뭔지 지랄 같았다. 자기 동문끼리 똘똘 뭉쳐서 챙겨주기 바빴다. 한 명도 없었다. 우리 과에는 우리 고등학교 선배가 하나도 없었다. 심지어 부산 출신도 2학년은 없었다. 그러니 점점 외톨이가 되었다.

수업을 하나씩 빠지게 되고, 혼자 도서관에 멍하게 앉아 있다가 집에 오기도 했다.

이놈의 과는 어떻게 됐는지? 1학년은 과 티에 과 잠바만 입고 다니라 한다. 완전히 교복이다. 혹시나 다니다가 선배가 보이면 뛰어가서 경례하라고 했다. 그리고 여학생도 몇 명 없다. 무슨 군대도 아니고 아무튼 지랄 같았다.

"으아 지겹다." 수업을 마치고 나오면서 매번 혼자 하는 말이었다

다음 수업이 2시간이나 남았다.

나는 애들이 별로 다니지 않는 길로 걸었다. 항상 앉는 벤치에 누웠다. 하늘은 더럽게 맑았다. '내가 여기서 뭐 하는지? 비싼 등록금 내고 뭐 하고 있는지?' 혼자 별생각을 다 했다.

"여보세요. 오~ 쥐똥 집에 있었네. 학원은 갔다 왔나?"

"갔다 왔지. 밥 먹고 독서실 갈라고, 니는 아직도 적응 중이가? 무슨 놈의 대학교가 그 지랄이고?"

"그러게, 씨발 나도 때려치우고 내려가서 니랑 재수나 할까?"

"행복한 소리 하네, 니 재수가 쉬운 줄 아나? 나도 후회 중이다. 그냥 아무 대학교나 갈 거."

"시끄럽고, 공부나 열심히 해라. 삼수는 안 된다."

"알았다. 니도 적응해라."

나는 가끔 공중전화가 보이면 애들하고 통화하면서 스트레스를 풀곤 했다.

동우는 재수를 택했다. 성적도 잘 나왔다. 그런데 재수를 택했다. 말은 하지 않았는데 아마도 말자랑 같이 대학 갈라고 재수를 택한 것 같았다. 아무튼, 대단한 놈이다.

오늘도 과 잠바 하나 걸치고 학교에 왔다.

옷 안 사 입어서 좋긴 했다. 괜히 울리지도 않은 삐삐 한번 보고, 선배들 있나 없나 보면서 걷는다. 선배들이 보이면 피해 갈 준비했다. 그런데 내 같은 놈들이 제법 있다는 것을 나는 알게 되었다.

다 지방 출신이다. 그것도 내처럼 운동부가 아니었던 애들이다.

나는 위안이 되는 것 같아 어깨가 자연스럽게 펴졌다.

'그래 참고 열심히 해보자.' 새롭게 마음을 잡아본다. 그래서 그런지 학교가 매우 멋지게 보였다. 오늘은 안 다니는 길로 구석구석 뒤져 봤다.

'우와~ 이쁘다. 이쁜 애들 억수로 많네. 역시 서울이야.' 나는 열심히 학교 다니기로 마음 잡았다.

"야! 김철민! 몇 번을 부르는데 그냥 가노?"

누가 뒤에서 내 가방을 잡았다.

"어~ 상태! 상태 아니가? 맞제? 니가 왜? 니도 여기 왔나?"

"어. 근데 내 니 못 알아볼 뻔했다. 키가 왜 이리 컸노?"

"니도 살 억수로 빠졌네. 이야 인간 됐네."

"뭐라노?"

박상태다. 이놈은 중학교 친구다. 입학하자마자 동우하고 싸울 뻔했는데 어떻게 친해졌다. 중학교 때는 3년 내내 학교에서는 동우랑 같이 다녔다. 고등학교를 다른 학교로 가서 연락이 안 된 친구이다. 이산가족 상봉한 기분이 들었다.

"진짜~ 반갑다. 내 니하고 쥐똥이 억수로 궁금해하고 보고 싶었는데, 맞다 쥐똥은 어디 입학했노?"

"쥐똥이 재수한다."

"맞나? 니 무슨 과고? 나는 정치외교학과다."

"안 가르쳐줄란다."

상태 옆에 있는 여자애가 웃으면서 손짓했다.

"사체과네. 과 잠바에 적혀 있네."

나는 상태를 쳐다보고는 턱으로 누군지 물어봤다.

"같은 과 친구다. 같은 부산이라 친해졌다. ㅇㅇ여고 나왔데."

"맞나?"

나는 그런가 보다 생각하고 관심이 없었다.

"상태야. 니 삐삐번호? 뭐꼬?"

"015-000-0000"

갑자기 옆에 있던 여자아이가 화를 냈다.

"야! 니 왜? 사람 무시하나? 왜 이름도 안 물어보고 그러는데?"

"왜? 물어봐야 하는데?"

"아니 보통 나는 누군데, 너는 이름이 뭐야 이렇게 하잖아."

"맞나? 미안. 근데 굳이 알 필요....."

"야! 됐고. 나는 구은진인데, 니는?"

"상태야 4시에 수업 끝나고 삐삐칠게. 소주 묵자."

1. 그 남자

나는 무시하고 갔다.

진짜 관심 없다.

오직 내 관심은 '이 학교를 어찌 다녀보나?'뿐이다.

"상태야. 여기여기."

상태는 아까 그 애를 데리고 왔다.

"미안. 하도 같이 간다고 해서 데리고 왔다. 괜찮제?"

"그래 뭐 상관없다."

"그래. 쥐똥이는 그래서 공부 잘하고 있나? 키는 컸나?"

"하하 키 똑같다. 니는 이사 갔나? 중학교 때 너그 집 많이 갔는데, 니 동생 상미 맞제? 너그 엄마가 나한테 시집 보낸다 캤는데"

"맞다. 맞다. 우리 엄마가 니 실체를 모르고, 공부 잘하고 착하다 카니깐 그 말 듣고 그랬지! 하하."

한창 이야기하고 있는데 골뱅이무침이랑 소주가 나왔다.

"내가 시켰어. 워낙 바쁘게 대화를 하셔서요. 제 마음대로 시켰어요."

"아~ 잘했다. 골뱅이 좋지? 니도 괜찮제? 한잔 받아라. 은진아 니도 한잔 받아라."

상태는 괜히 어색했는지 술을 따랐다.

"괜찮다. 상태야. 내 괜찮다. 너무 신경 쓰지 마라."

"왜? 제가 뭐 그쪽을 어찌할까? 저도 관심 없습니다."

"네네. 술이나 드시죠. 은진 씨."

"이봐라. 이봐라. 상태야 들었제. 관심 없는척하면서 이름 외우고 은진 씨~하는 거,"

"우와~ 내가 또 언제 은진 씨~~ 이렇게 했어요. 그리고 내가 워낙 머리가 좋아서 한번 들으면 안 까먹습니다."

"야! 너그 둘 다 그만해라. 옆 테이블 쳐다보고 웃고 난리다. 그리고 사투리 좀 그만 쓰라. 쪽팔리게."

"사투리가 뭐 어땠어. 뭐가 쪽팔리노?"

"그래 뭐가 쪽팔리노. 그런 의미에서 소주 짠~"

우리는 사투리에 금방 친해졌다.

"맞나? 맞나? 니 ㅇㅇ학교 나왔나?"

"응. 앞에 대자를 붙여줄래. 대ㅇㅇ고등학교."

"꼭 똥통 학교 애들이 자기 학교 앞에 대 자 붙이더라."

"하하 맞다. 맞다."

상태가 맞장구쳤다.

"네. 맞습니다. 똥통입니다. 나중에 내가 우리 장군님한테 다 말할 거다. 하하."

"뭐래? 하하"

은진이라는 애는 성격이 정말 남자다웠다. 말자 만만치 않은 거 같았다.

"상태야. 니 어디 사노?"

"나는 서울에 고모가 살아서 고모 집에서 지낸다. 니는?"

"맞나? 좋겠네. 나는 저기 위에서 자취한다."

얼마나 마셨는지 아침까지 술이 안 깼다.

어떻게 학교 와서 수업을 받고 있는지 모르겠다. 그래도 속으로 대단하다라고 생각한다. 수업을 빠질 수 있었는데 이렇게 수업을 받고 있으니 대단했다.

쪼매만 참자. 참자. 속에서 요동을 친다.

"자~ 오늘은 여기까지. 다음 주는 실기 들어간다."

무슨 실기를 들어 간다 했는지 기억도 없었다.

나는 교수님이 나가시는 걸 보고 화장실로 직행했다.

편안함을 느끼고 밖으로 나왔다.

"웍! 웍!"

"뭐꼬?"

"야! 니는 놀래지도 않나? 재미없다."

화장실 앞에서 은진이가 기다리고 있었던 거다.

"니 근데 내 화장실에 있는 거 어찌 알았노?"

"강의실 앞에서 기다리고 있는데. 마치자마자 뛰어가데"

"니 수업 안 들어갔나?"

"나는 자체 휴강."

"미치겠다. 상태는?"

"내 상태는 양호해."

"어이구. 니 상태 말고 내 친구 상태는?"

"니 친구 상태는 상태가 안 좋아서 오늘 결석~"

"니는 왜 여기 왔는데?"

"내가 이 넓은 학교에 아는 사람이 상태랑 니 뿐이라."

"아~ 네~"

"내가 서울 구경시켜 줄게 가자."

"내 수업 있다. 그리고 니도 부산 사람이면서 니가 무슨 서울 구경이고?"

"수업 째라. 재미도 없는 수업 말라 듣노? 가자."

"그래. 가자. 근데 어디 갈 건데?"

"일단 우리 학교 앞 식당에 가서 라면 한 그릇 하자. 그리고 그 촌티 풍기는 과 잠바 좀 벗어라."

"누가 입고 싶어서 입나?"

"라면에 소주 콜?"

"미친 거 아니가? 대낮부터 라면에 소주?"

"뭐 어때? 이모 여기 라면 2개랑 소주 1병요!"

"가시나 시킬 거면서 왜 물어보노?"

"니는 먹기 싫으면 먹지 마라."

"누구 좋아라고 안 먹노. 니 술 취하면 누가 책임지노. 나는 책임 못 지니깐 나도 먹는 게 낫지."

"똑똑한데. 친구."

"내가 상태보다는 낫다."

라면이 나왔다.

"자~ 맛있게 먹어요. 누가 낮부터 소주 먹나 했더니 고향 학생이네. 여기는 누구?"

"아 이모~ 여기도 부산! 부산 친구."

"맞나. 반갑데이. 갈 곳 없으면 온나. 이모가 그냥 막 팍팍 줄게.

마이 무거라."

"네. 고맙습니데이."

"많이 묵어라. 필요한 거 있으면 갖다 묵고."

"네."

나는 맘이 편해졌는지 속이 편해졌는지 편안해졌다.

"자~ 한잔해라."

"근데. 니 여기는 언제 또 와봤노?"

"상태랑 몇 번 왔다. 시끄럽고 술이나 묵자."

신기한 게 아침까지는 죽을 것 같고, 소주병만 봐도 구토가 쏠리더니, 술이 맛있다. 그리고 잘 넘어갔다.

"이모~ 소주 한 병 가져갑니다."

은진이는 소주를 들고 왔다.

"또 묵게? 라면 다 먹었는데?"

"기다려봐라. 이모 여기 순대 2인분만 주세용"

"대단하다. 대단해. 그리고 무슨 애교고? 맞다. 니 내 서울 구경 시켜 준다며?"

"마이 구경해라. 여기가 서울이다."

"자~ 짠~"

"잘한다. 잘한다. 둘이서 대낮부터 수업 빠지고 술이나 드시고."

"어? 상태야 니 어떻게 알고 왔노?"

"내가 아침에 음성 남겨 놨지요."

"대단하다. 상태야 앞으로 니가 힘들겠다. 난 빼도"

"분식점에서 소주를 7병이나 먹은 게 말이 되나? 나는 이제 그만하고 갈란다. 상태야 니는 어떻게 가노? 나는 좀만 걸어가면 된다."

"그래 가자. 오늘만 날이가? 나는 지하철 타고 간다. 내 갈게."

"그래 잘 가래이. 근데 은진아 니는 안가나?"

"내가 술 살게 너그 집 가서 딱 한 잔만 더하자."

"미친 거 아니가? 술을 그렇게 먹고 또 먹는다고, 안된다. 그리고 내 여자 친구가 알면 죽는다."

"니 여자 친구 있나? 상관없다. 나도 니 남자로 막 끌리고 그런 거 없거든, 그냥 친구로 술 묵자는 거지."

"가시나야 근데 안 무섭나? 내가 술 묵고 덮치면 어쩔래?"

"어쩌기는 그라면 쿨하게 하면 되지, 우리가 애가?"

"이것도 또라이네. 아이 모르겠다. 조금만 먹고 가라."

"감사합니다. 고맙습니다. 그럼 술 사러 갑시다."

우리는 자취방 앞에 있는 편의점에서 소주를 샀다.

"방이 작제? 뭐가 없다."

"진짜 아무것도 없네? 없으니깐 깨끗하고 억수로 넓어 보이네. 상은 어딨노? 술상?"

"자, 근데 니 원래 이렇게 술 잘 묵었나? 고등학교 때 안 봐도 뻔했네. 공부는 또 어떻게 해서 우리 학교에 왔데? 나야 사체과라 그렇다지만, 너그는 다르다아이가?"

"내 공부 잘했다. 시끄럽다. 앉아서 술상이나 차리라. 내 화장실 갔다 올게."

"화장실 저쪽 구석으로 가면 있다. 조심해라. 더럽다."

참치캔 하나에 자갈치 한 봉지에 술을 다시 마시기 시작했다.
자갈치는 부산 가고 싶다고 은진이가 골랐다.
"근데 니 여자 친구는 어디 다니는데? 어느 학교?"
순간 누구를 말해야 하는지 망설였다. 선영이는 연락이 끊긴 지 1년 반이 다되었다.
"그거 알아서 뭐하게?"
"여자 친구 없제? 괜히 그라제? 니 같이 생긴 놈들이 꼭 뻥을 쳐요."
"뭐라노, 부산에 있거든."
"아~ 그렇습니까? 나도 부산에 남자 친구가 한 트럭이나 됩니다요."
"됐다 해라. 술이나 마시라. 다시 말하는데 내 술 먹다가 뻗어서 잘 수도 있다. 그라면 그냥 집에 가라."
"알았다. 안 잡아먹는다. 나도 눈이 있다."

살짝 눈을 떴다. 아직 밖은 깜깜했다. 옆에 손을 뻗어 봤다.
"아씨~~ 놀래라."
은진이가 속옷만 입고 자고 있었다. 그리고 보니 나도 팬티만 입고 있었다. 술상은 깨끗하게 치워져 있다.
기억을 되살려 봤다.
'아~ 씨발! 미친놈~ 죽어라. 죽어' 나는 엎드려서 얼굴을 베개에 처박았다.
"그런다고 안 죽는다. 자책하지 마라. 괜찮다."

은진이가 일어나서 봤는지 누워서 이야기했다.

"아~ 미안하다. 술에 취해서. 그러니깐 집에 가라 캤잖아."

"뭐 그게 니가 강제로 했나? 괜찮다. 이리와~ 좀 더 자자."

"됐다. 내가 미친놈이다."

"너무 그러지 마라. 내가 이상한 년 되잖아?"

"그래. 미안. 자라."

"우리 했다고 서로 애인이니 사귀니 그라지 말자."

"그게 되나? 내야 남자니깐 괜찮지만"

"왜? 여자는 그라면 안되나? 우리 그냥 쿨하게 지내자."

마음이 좀 편해지는 것 같았다.

그렇게 나는 다시 일상으로 돌아갔다.

매번 들어도 모르는 수업을 듣고, 선배들 모이라면 모이고, 상태랑 은진이 만나서 술 마시고, 상태 보내고 둘이서 집에서 한 잔 더 하고 같이 잤다.

은진이하고는 관계가 묘했다.

"뭐꼬? 니 왜? 너그 집 가서 자지? 왜? 여기서 자노?"

"니는 왜 이리 늦게 오노? 내 심심해 죽을 뻔했다."

"니 오늘 미팅한다고 안 했나? 잘 안됐나 보네? 하하 누가 니를 찍겠노?"

"몰라. 다 거지 같은 놈들만 나왔다. 그래서 커피숍에서 바로 와 뿠다."

나는 아무렇지도 않게 은진이 앞에서 옷도 갈아입고 누웠다.

"벌써? 자게? 술 한잔하고 자자."
"피곤타. 술은 무슨? 가시나 술 못 묵어서 죽은 귀신 있나? 이리 온나. 오빠가 안아 줄게 얼른 주무세요~"

"우와~~덥다. 6월 말인데 왜 이리 덥노?"
"그쟈~~ 억수로 덥네. 니 방학 때 내리 갈 거제? 너그 언제 종강이고?"
"우리 내일모레? 가야지 엄마가 해준 밥도 묵고, 애들 만나서 광안리도 가서 가시나들 까대기쳐서 놀아야지."
"애가! 까대기치게! 쥐똥이 만날거제? 만나면 불러라."
"오야~"
상태랑 벤치에 앉아 담배를 피우면서 부산 갈 생각을 했다.
"저기 니 룸메이트 오네."
"룸메이트?"
상태가 손짓 한쪽을 보니 은진이가 뛰어 왔다.
"야! 니 내 좀 보자."
"와 이라노? 가시나야 옷 늘어난다. 잡아 땡기지 마라."
은진이는 나를 끌고 저쪽 구석으로 갔다.
"어짤기고? 머스마야! 이제 어쩔거고?"
"이게 뭔데?"
은진이가 내민 것을 자세히 보니 임신 테스트기다.
"뭔데? 이게 와? 설마?"
"2줄이다. 이제 어쩔거고?"

"가시나야. 그걸 왜 내 한테 지랄이고?"

"뭐라고? 지랄이냐고? 야! 그럼 내 혼자서 지랄을 해서 이렇게 된 거가?"

"아놔~ 미치게 하네, 그러면 내 보고 어쩌라고?"

"됐다. 이 양아치 새끼야! 앞으로 볼 생각하지 마라. 내 혼자 지랄을 했으니 내 알아서 할게. 뭐 저런 새끼를. 내가 미쳤지."

"뭐? 양아치? 미쳤나?"

은진이는 돌아서 가버렸다. 마음은 붙잡아야 하는 걸 아는데 못 잡았다. 사실 많이 무서웠다.

두려웠다.

선영이랑은 다른 느낌이다. 아니 사실은 똑같은지도 모른다. 그때는 말을 하기 전에 부모님들이 알게 되어 우리가 한 것은 없었다.

어떻게 부모님께 말을 해야 할까? 걱정이다.

누나들의 눈초리도 무서웠다. 혼자 이런저런 생각을 해봤다. 내가 은진이를 좋아하는 건지 모르겠다. 이제 알게 된 지 3달도 안 됐다. 도망치고 싶었다. 나는 왜 이럴까? 뭐가 잘 못 됐을까? 아무리 생각해도 나 혼자 어떻게 감당할 수가 없다는 게 나의 결론이다.

은진이를 만나야 한다. 만나서 결론을 지어야 한다.

"우리 엄마가 니 보잔다. 언제 부산 와?"

"나는 내일 부산 가려고. 니는 언제 부산 갔는데?"

"니 만나고 부산 바로 왔어."

"괜찮아?"

"뭐가 괜찮아야 하는데? 너도 힘들지 모르지만 나는 더 힘들어. 나도 어떻게 해야 할지 모르겠어."

"근데 엄마한테 이야기 한 거가?"

"아니다. 아직 이야기 안 했는데, 만나는 사람 있다고 말했어."

"알았어. 내일 부산 가서 일단 우리 만나자. 그 이후에 엄마는 만날게."

전화를 끊고 나는 슈퍼에 들러 소주 두 병을 사 들고 집으로 갔다.

다음날 눈을 뜨니 아무 결론도 내지 못한 채 소주병만 방바닥에 뒹굴고 있었다. 한심했다.

지금이라도 사라질까? 도망갈까? 온갖 생각이 다 들었다. 냉정하게 우리의 앞길을 위해 수술을 택해야 하는지?

은진이가 그렇게 나쁘지는 않았다. 하지만 은진이를 한 번도 결혼까지는 생각해 본 적은 더욱더 없었다. 갑갑했다.

일단 부딪치자.

"내 여기 부산역 도착했는데, 어디로 가야 하는지 알려줘."

나는 음성을 남기고 돌아서 나오는데, 저기 끝에서 축 처진 모습으로 은진이가 걸어왔다. 한 번도 은진이의 저런 모습은 본 적이 없었던 같았다. 항상 밝고, 앞장서서 돌진하는 모습만 봐서 그런지 낯설고 애처롭게 보였다.

"어디 갈까? 니 밥 묵었나?"

"밥 대신 소주나 한잔하자."

"가시나야. 미쳤나? 애한테 얼마나 안 좋은데 술을 먹노?"

정말 나도 모르게 나온 말이다. 어쩌면 나 스스로가 결론을 지었는지 모른다. 그 말을 들은 은진이가 날 뻔히 쳐다봤다.

"니 지금 애 걱정하는 거야?"

"당연하지. 술이 얼마나 애한테 안 좋은데."

"고마워."

"우나? 왜? 우는데?"

"울기는 누가 우는데? 우리 고기 묵으러 가자."

자연스럽게 팔짱을 끼고는 은진이는 기분이 좋아진 것 같다.

"나는 소주 한 병 묵어도 돼?"

"그래 먹어."

나는 왜 이런지 모르겠다. 부산역에 내려 나오는데 걸어오는 은진이를 보고는 나는 내 마음이 가는 대로 행동하기로 한 것 같았다.

"왜? 마음이 바뀌었어? 그때는 당장 수술하라고 할 것 같더니."

"난 그런 적 없어! 수술하라고 하지도 않았고, 그런 생각을 가진 적이 없었다."

"치~"

은진이가 웃었다.

"은진아 니 내 잘 모르잖아. 나도 니 잘 모르고, 나는 그게 제일 걸리고, 사실 무섭다. 실망하는 부모님 모습과 나도 아직 어리고 내가 어떻게 변할지도 모르니깐 무섭다. 니는 안 무섭나?"

"나는 괜찮다. 뭐 어때? 우리 성인인데 부모님 허락 없으면 우리

끼리 살면 되지."

"모르겠다."

"우리 집은 괜찮다. 내한테 크게 관심이 없다. 너무 신경 쓰지마."

"그래도 어떻게 신경 안 쓰나? 모르겠다."

우리는 밥을 먹고 근처 모텔로 향했다. 술기운인지 몰라도 자연스럽게 나는 내 이야기를 했다. 은진이는 조용히 들었다. 그러다 울었다.

나도 울었다. 한참을 울었던 것 같다.

"니 많이 힘들었겠다. 그래도 어떻게 잘 버텼다. 잘했어."

"니 이야기도 해봐?"

"난 그냥 평범하게 자랐어. 좀 다른 거는 지금 엄마가 내 친엄마가 아닌 거? 아빠가 내 중 3학년 때 엄마랑 이혼하고, 바로 재혼했어. 그리고 내 동생이라고 이제 4살 된 애가 있어. 아빠는 내 기억으로는 중 1학년 때부터 엄마를 때렸어. 그래도 엄마는 내 때문에 버텼는데, 더는 힘들었다고 하더라. 그래서 이혼했는데, 이혼하자마자 재혼을 했어. 알고 보니 이혼 할라고 엄마를 때린 거야. 나쁜 놈이지?"

"에이 무슨 다른 이유가 있겠지."

"내가 지금까지는 어쩔 수 없이 아빠랑 살고 있는데, 졸업하고 사회 나가면 안 볼까도 생각 중이야. 지금도 엄마랑 있는 게 편한데 엄마보다는 아빠가 더 부자고, 나는 돈이 필요하니깐, 왔다 갔다 해. 이해하지?"

"응. 그럼 방학 동안은 엄마랑 있을 거야?"

"그렇게 해야 하지 않을까? 아마 엄마는 우리 사이 허락해줄 거야."

"우리 부모님도 허락은 해줄 거야. 뭐 어떻게 하겠어."

*

"아버지, 엄마 절 받으세요."

"그래. 잘 갔다 온나. 몸조심하고, 아무 생각 말고, 가거라."

"네. 걱정하지 마세요. 아들이 체력은 좋잖아. 엄마는 울긴 왜 우노? 남자들 다 가는데, 그리고 요즘 군대 옛날처럼 안 길다. 2년 2개월 금방 간다. 휴가도 많고."

"알았다. 가라. 애들 기다린다."

나는 꼭 엄마를 안고 대문을 나간다. 대문 앞에는 은진이가 말자와 같이 기다리고 있었다.

"말자야. 니 시험 꼭 잘 쳐서 좋은 대학 가야 한다. 알았나?"

"니나 신경 써라. 사고 치지 말고, 군대에 가도 제일 더울 때 가노?"

"그러게. 나도 이렇게 빨리 나올지 몰랐다."

"빵! 빨리 타라. 전주까지 가려면 바쁘다."

나는 은진이를 한번 안고 차에 탔다. 동우가 아버지 차를 몰고 나온 거다. 나를 훈련소까지 태워준다고 했다. 재수 학원 다니면서 면허증은 언제 땄는지 모르지만, 운전은 잘한다고 했다. 뒷좌석에는 세 명이 나란히 앉아 있었다.

나는 차에 올라탔다. 이렇게 빨리 입대할지는 나도 몰랐다. 나는 어쩌면 이 상황을 회피하고 싶었는지 모른다. 나는 지금 제일 빨리 입대할 수 있는 군대를 찾아보고 지원했다. 그중에 의경이 가장 빠르고 잘 풀리면 꿀 빤다고 해서 지원을 했다. 7월에 지원하고 신체검사를 하고 8월에 입대하게 된 거다.

"남자는 군대를 갔다 와야지. 내가 갔다 오면 내가 열심히 일해서 니 다시 학교 보내줄게. 그때까지만 애기 낳고 잘 키우고 있어."

나는 은진이에게 말은 이렇게 말했지만, 사실 두렵고 무서웠다. 어떻게 해야 할지 몰랐다. 그래서 그냥 군대를 택한 거다. '어떻게 되겠지?' 하는 생각을 했다.

부모님은 어처구니가 없는 것인지, 이렇게 될 줄 알았는지, "니 인생 니가 사는 거지" 이러면서 은진이를 받아줬다.

누나들도 다 객지 생활하며 바쁘게 사는지라 내게 크게 신경을 안 쓰는 것인지 써도 어쩔 수 없다는 건지 알아서 살라고 했다.

알고 있다.

속마음은 그렇지 않다는 거를 나는 알고 있다. 그래서 누나들에게도 더 미안했다. 집에는 이제 부모님과 말자만 있다. 은진이는 은진이 엄마랑 지내기로 하고 학교를 휴학했다. 1주일에 한 번 우리 집 와서 밥 먹겠다고 했다. 뒤에 앉은 철수가 비아냥거리면서 이야기했다.

"야~이새끼 이거 진짜 나쁜 놈이네?"

"내가 왜?"

"우리가 모를 것 같나? 감당이 안 되니 일단 도망치는 거?"

"아니다. 빨리 군대 갔다 와야 아기 키우지."

"됐다캐라."

"철수야 행님이 군대 빨리 갔다 와서 니 군대 갈 때 모시다 줄게."

"됐다. 탈영이나 하지 마라."

"시끄럽고 애들아! 말자 좀 잘 챙겨주라."

운전하던 동우가 나를 힐끔 쳐다봤다.

"니가 왜 말자 신경 쓰노? 은진이 잘 챙겨주라고 해야 하는 거 아니가?"

"그래 은진이 잘 챙겨주라. 동우 니가 말자 챙겨라."

"근데 친구야~ 은진이도 성격이 만만치 않겠던데, 억수로 화끈하던데."

"아니다. 보이기는 그렇게 보여도 억수로 여리다."

이런저런 이야기 하다 보니 훈련소에 도착했다. 이제 실감이 났다.

'괜히 지원했나?' 갑자기 무서웠다.

"내 간다."

"그래. 김철민! 파이팅. 퇴소식 때 올게! 편지해라."

나는 그렇게 훈련소 문을 들어갔다.

"안 일어나나. 일어나서 연병장까지 5분"

조교는 매일 이렇게 악을 썼다.

'씨발~ 누가 요즘 군대 편하다고 했는지. 잡아서 패고 싶다.' 나는 매일 죽는 줄 알았다. 그렇게 4주라는 시간이 흐르니 훈련소 훈련도 할 만했다. 자연스럽게 집 생각 앞으로 살아갈 생각을 했다. 모든 걸 다 할 수 있을 것 같았다.

이제 훈련소 퇴소를 한다.

의경은 훈련소를 퇴소하고는 경찰 학교에 가서 2주를 더 교육을 받아야 자대배치 받기 전에 가족들과 면회를 할 수 있다고 한다. 그렇게 경찰 학교 2주를 교육받고 드디어 수료식 하는 날이 되었다.

부모님이 보였다. 뒤를 은진이가 조심스럽게 걸어왔다.

나는 한참을 아무 말 없이 울었다.

"그래 훈련은 할만 했나?"

아버지는 내 등을 쓰다듬었다.

"네 할만 했어요. 아버지는 아프신 데 없죠?"

"그래."

아버지는 눈시울이 붉어졌다. 엄마는 보따리를 풀기 시작하셨다.

"묵으라. 니 김밥 좋아해서, 은진이하고 새벽부터 말았다."

"오~ 맛있겠다. 잘 먹겠습니다. 은진아 잘 먹을게."

"많이 묵어라. 이제 자대 가면 전화도 마음대로 할 수 있나?"

"신병이 그래도 마음대로 할 수 있겠나? 내가 몰래몰래 전화할게. 근데 몸은 어떻노? 애는 잘 있다나?"

"안 그래도 어머니가 걱정이 많아서 매주 병원에 간다. 건강하게 잘 있다더라."

"그래. 힘들어도 좀만 참아라."

"아이다. 니도 군대에서 고생할 거 생각하니깐 나는 아무것도 아니다. 말자는 학교 때문에 못 왔다. 그리고 수능도 이제 한 달 밖에

남지 않아서 어머니가 동우도 못 오게 했다."

"잘했네."

방송이 나왔다. 이제 면회 시간이 끝이다. 교육장으로 모이라고 했다.

"아버지, 엄마 가세요. 은진아, 나도 가봐야겠다."

"그래 자대 배치받으면 전화하고."

"네. 충성"

은진이는 한참 손을 흔들었다.

"자~ 번호가 호명되는 훈련생들은 앞으로 나온다."

"2번, 55번, 60번, 68번, 70번. 88번 100번"

번호가 호명된 동기들은 의경 복장을 한 선임병이 체크하고 데리고 갔다. 그렇게 한 조에 7명~8명씩 부르면 각 선임병은 체크 후 데리고 갔다. 아무리 기다려도 내 번호가 안 불렸다. 주위를 보니 동기가 한 놈만 남았다.

우리는 어리둥절했다.

"11번, 29번"

"네. 네"

우리는 대답과 함께 나갔다. 무섭게 생긴 선임병이 우리를 데리고 나갔다. 연병장에는 의경 버스가 수십 대가 와서 각 중대 신병을 태워 갈 준비를 했다. 그런데 우리는 버스가 아니고, 지프에 타라고 했다.

우리는 말하지 않아도 알았다.

"승차~"

눈만 뜨면 데모다. 눈 뜨면 닭장 버스에 타기 바쁘다. 의경 버스를 닭장 버스라는 걸 군대 와서 알았다. 닭장 버스에서 밥 먹고 대기하다가 "하차~" 하면 어디 왔는지도 모르고 각 잡고 띈다. 매일 이렇게 반복하니 시간 가는 줄 몰랐다.

"중대 승차! 승차!"
눈을 금방 감은 것 같은데 일어나란다.
"안 일어나나 새끼들아! 승차 방송 안 들리나!"
고참들은 잠도 없는지 언제 일어났는지 벌써 출동 준비를 마치고, 입에서 쌍욕을 발사했다.
"소대! 승차!"
"승차!"
어디로 가는지도 모르고 버스에 타면 진압복을 갈아입고, 헬멧을 무릎 위에 올리고. 각을 잡고 앉는다. '씨발! 누가 의경 편하다고 지원해라 했노?' 잡아서 패고 싶었다. 힘든 자세로 앉아도 엉덩이가 의자에 닿으면 졸린다. 이리저리 눈치 보며 살짝 눈을 감다 보면 어디서 누가 때리는지 모르지만, 뒤통수를 한 대 맞았다.
"소대! 하차!"
"하차."
쫄따구들은 방패를 든다. 고참들은 봉을 든다. 분위기가 다르다. 냄새부터가 지독했다. 우리가 내리니 저기 끝에서 차례대로 순찰대 중대가 빠졌다. 순찰대 중대 애들이 못 막으면 우리가 오는 식이다. 근데 여긴 학교가 아니었다.

'마장동 시장' 큰 간판이 얼룩진 헬멧 사이로 희미하게 보였다.

"씨발! 시장이다. 마장동 시장이다. 시장 사람들 철거 데모다. 조심해야 한다. 정신 차려라. 대학생하고 다르다. 아무나 때리면 안 되고, 잘 막아야 한다."

내 뒤에서 진압복을 잡은 고참이 흥분했는지, 신났는지는 모르겠지만 목소리가 들떠 있었다.

뭔가가 내 앞으로 날아왔다.

나는 본능과 훈련으로 익힌 방패술로 막았다. 그런데 방패가 피투성이가 되었다.

"잘했어. 선지다. 선지 던진 거 니가 막은 거다. 쫄지마라."

"네! 알겠습니다."

방패가 온통 피로 물들었다. 저쪽 끝 소대에서 고함이 들렸다.

"뒤로 빠져!"

"우리 소대 아니다. 신경 쓰지 마라. 3소대 신병 새끼가 헬멧 뺏긴 거 같다."

뒤에 고참이 상세히도 중계해 주었다. 진압하다 보면 시위대가 방패고 헬멧이고 무작정 뺏어간다고 들었다.

'씨발!' 신병이면 내 동기다. 걱정이다. 한참을 정신없이 막다 보면 시위대가 물러난다. 뒤에서 무전 소리가 대충 들렸다.

"이동하라"는 것 같았다. 한숨 돌렸다.

"잘했다. 신병!"

"감사합니다."

내 뒤를 잡은 고참이 칭찬해 주었다.

우리는 닭장 버스 옆에서 두 줄로 마주 보고 줄을 서서 담배 한 대씩 핀다. 정말 꿀맛이었다.

"아이~ 씨발~ 또 우리 소대야!"

담배를 피우고 있는데 저기 끝에서 분대장이 소대장 무전을 듣고는 "씨발 씨발"거렸다.

대충 다른 곳으로 이동하는 것 같았다. 2소대, 3소대 애들은 철수하고 중대로 들어가는데 우리 소대는 이동한다는 것 같았다.

"소대 승차해서 사복으로 갈아입는다. 승차!"

"승차!"

닭장차에는 없는 게 없다. 간단한 사복과 운동화가 항상 있다. 피비린내가 진동하는 진압복을 갈아입고 사복으로 갈아입는다. 사복을 갈아입어도 누가 봐도 군인들이었다.

"지금 청구동으로 간다. 누가 JP 테러한다는 소리가 있어 불심검문 및 순찰 업무가 떨어졌다."

소대장님은 짜증이 가득한 말투로 전달 했다.

"2인 1조로 움직이는데 조는 '방패와 봉' 알지? 새끼들아! 짱박히지 말고, 무전 잘 받고 알았나?"

"네~ 알겠습니다."

"야~ 신병~ 전화할 때 있으면 해라."

"괜찮습니다."

"괜찮기는 빨리해."

내 사수 고참은 공중전화카드를 줬다.

"자~ 이거로 해."

"감사합니다. 근데 부산인데 괜찮습니까?"

"하하~ 왜 이 새끼야? 내가 짠돌이로 보이나? 그냥 다 써~"

"감사합니다."

공중 전화부스 안에 들어가서 수화기를 드는데 손이 덜덜 떨렸다. 번호를 하나씩 누르는 손은 상처투성이다.

"여보세요"

"충성! 아버지! 아들입니다."

"그래 아들 괜찮나? 몸은 괜찮나?"

아버지 목소리 듣자마자 터져버린 울음은 멈출 줄 몰랐다.

"왜? 왜 우노? 누가 괴롭히나? 맞았나? 아들?"

"괜찮습니다. 다 잘해줍니다. 아버지는 어디 아픈 데 없습니까?"

"그래~ 괜찮다."

"나도 쫌 바꿔줘 보소.~" 전화기 너머로 엄마 목소리가 들렸다.

"아들아~ 있어봐라. 은진이 같이 밥 먹고 있는데 바꿔줄게."

"내 바꿔 달라는데 와 은진이 바꿔 주는교?" 엄마는 고함을 지른다.

"여보세요."

"은진아~ 괜찮제? 아픈 데는 없제?"

"응~ 나는 괜찮다. 있어봐라. 어머니 바꿔줄게."

"여보세요. 아들~ 아이고~ 아들 괜찮나? 어디 안 아프나?"

"괜찮다. 엄마는 아픈 데 없나?"

"없다. 나는 세상 마 편타. 걱정하지 마라. 있어봐라. 은진이 바꿔줄게."

엄마는 내 목소리 한번 들으려고 그렇게 바꿔 달라고 하였던 거였다.

"여보세요. 니 지금 어딘데? 이제 전화할 수 있나?"

"아이다. 사복 근무 나와서 고참이 전화해라 캐서 하는 거다. 근데 니 괜찮제? 검사도 계속 받고 있제?"

"그래. 안 그래도 어머니랑 검사받고 밥무꼬 오늘은 여기서 잘라고."

"잘했다. 은진아~ 내 이제 전화 끊어야 한다. 아! 맞다. 말자는 잘 있제? 니가 좀 챙겨주고 공부도 좀 가르쳐주고 해도."

"안 그래도 그리한다. 혼날라? 빨리 끊어라. 또 전화해라."

"응"

그렇게 자대 와서 한 달 만에 처음으로 전화 통화를 했다.

"감사합니다."

"감사는 새끼야~ 눈물이나 닦아라. 가자."

*

나는 한 번의 휴가와 몇 번의 외박을 갔다 왔다.

그사이 나는 계급도 하나 올라갔다. 그리고 나의 공주님이 태어났다. 다행히 아무도 아프지 않고 건강하다. 중대에서 포상 휴가 3박 4일을 받아서 꿈같은 시간을 보내고 왔다. 군 생활도 적응이 되고, 아기도 잘 크고 있다니 나는 문제가 없었다.

말자는 원하는 대학에 원하는 과에 합격했다.

동우는 뒤늦게 공부에 맛을 들었는지 그만하면 괜찮은 대학을 갈 수 있는데 다시 삼수를 택했다.

벌써 군대 온 지 1년 2개월이 됐다. 시간이 참 잘 갔다. 이제 1년만 참으면 집에 간다.

1997년 나라가 난리다.

처음 들어보는 IMF라는 게 터졌단다. 여기저기서 데모다. 진짜 이때 군대 왔으면 나는 탈영을 했을 거라는 생각이 들었다.

중대 내무실에서 잠을 잔 적이 1달에 5번도 안 된 것 같았다. 닭장 버스에서 자고, 지하철역 화장실에서 씻고 했다. 고참들도 힘들어서 퍼지는데 신병들은 얼마나 힘들겠나 싶었다. 힘이 들어도, 편해도 군대 시간은 똑같이 흘러갔다.

조금씩 사회도 안정을 찾아가는 것 같았다.

우리가 내무실에서 보내는 시간이 많아지면 밖이 조용한 거다.

"충성! 면회 왔는데 말입니다."

"면회가 왔으면 왔지? 왔는데 말입니다는 뭐고?"

행정반에 있는 놈이 뛰어와서 보고했다.

"그게 여자인데, 형수님이 아닌 것 같다는데 말입니다."

"니가 어떻게 아노? 우리 와이프인지? 아닌지?"

"정문 근무자가 무전이 왔는데 아닌 것 같다고 합니다. 키가 크고 이쁘다고 했습니다."

"네네. 그럼 우리 와이프는 작고, 못났네?"

"그게 아니지말입니다."

"시끄럽지말입니다, 당직사관님한테 외출증이나 끊어놔 주지 말입니다."

"여기 있지말입니다. 외박증. 당연히 형수님인 줄 알고 소대장님께서 1박 2일 외박을 주셨지말입니다."

"오호~ 좋았어. 내 올 때 맛있는 거 사 올게."

말자는 부대 휴게소에서 멀뚱멀뚱 서 있었다.

"야~ 말자야~ 가자."

"뭔데? 어디가? 왜 사복이고?"

"소대장님이 1박 2일 외박 끊어줬다. 마누라 면회 왔다고 놀다 오라는데? 돈도 3만 원 주던데."

"무슨 군대가 이렇노? 내 올라가서 말해야겠다."

"됐다. 가시나야. 가자."

"그라고. 내가 이제 말자라 부르지 마라 캤제? 이름 바꾼 지가 1년이 다 됐다."

"알았다. 미안. 근데 니 서울에 무슨 일로 왔노? 내 보러 온 거는 아닐 거고?"

"아버지가 갔다 와 보라 하더라. 사고 치고 있나? 없나? 보라 하던데? 괜히 왔네. 얼굴에 살찐 거 봐라. 굴러 가겠다."

"가시나야. 그럴 거면 은진이랑 우리 공주랑 같이 오지? 공주는 잘 있지?"

"네네. 공주는 잘 있다."

"공주는? 잘 있다? 그럼 은진이는 못 있나?"

"잘...있다."

"뭐지? 이 대답은? 그건 그거고 우리 뭐 좀 먹자. 내 외박이라도 내일 집회 있어서 오전에 복귀라 오늘 부산은 못 간다."

"부산을 왜 가노? 왔다 갔다 힘들게. 그래 뭐 먹으러 가자."

"가시나 이거이거 수상한데? 니. 사고 쳤나? 오빠한테 말해봐라. 이 말자 씨"

"말자라 하지 마라 캤지?"

우리는 가까운 통닭집으로 갔다.

나는 가자마자 은진이한테 호출했다.

"반반에 우리 1700하나 주세요." 주문하고 얼마 뒤 전화가 왔다.

"여보세요. 0000번 호출하신 분?"

"내다. 어디야? 어딘데 이리 시끄럽노? 집 아니야?"

"어? 근데 이 번호 뭐야? 니가 이 시간에 왜? 외출 나온 거야? 아직 휴가 3달 남았잖아?"

"말자가 면회 와서 1박 2일 외박 나왔어. 근데 집에는 못 간다. 내일 일찍 복귀해야 해."

"그렇구나. 근데 말자는 왜? 서울에 볼일 있다나?"

"아니, 그냥 근데 니 어디고?"

"잠시 친구 보러 나왔어."

"애는? 델꼬?"

"아니. 어머님이 봐주신다고 해서."

"그래. 알았어. 별일 없지?"

"응, 말자 좀 바꿔주라."

말자는 전화를 받고 이상하게 대답만 하고 끊었다.
"뭐라는데? 니는 왜 바꿔 달라는데? 그라고 왜? 알았다만 하고 끊어?"
"아무 이야기 안 했다."
"수상하다. 솔직하게 말해라. 무슨 이야기 했노?"
"아이~ 진짜 별 이야기 안 했다니깐? 근데 우리 이거 먹고 어디 가노?"
"묵고, 동대문 가서 야시장 좀 보고 자러 가야지."
"미친 거 아니가? 니랑 같이 자자고?"
"가시나. 응큼하네? 으이구. 찜질방 가자. 동대문에 억수로 좋은 데 있다. 부산하고는 차원이 다르다."
나는 말자가 말은 안 해도 무슨 일이 있는 거를 알 수 있었다. 끝까지 말을 안 하고 말자는 아무 일 없다는 듯이 돌아갔다.
나도 부대 복귀 후 찜찜한 마음이 있었지만, 며칠이 지나니 잊어버렸다.

'1998년 언제 오겠나?' 했는데 왔다.
친구 놈들은 이제 군대 가서 뺑뺑이 돌고 있다고 힘들다고 하루하루 교대로 편지가 온다. 그리고 드디어 지동우가 대학을 입학했다.
부산에서 제일 좋은 대학 법학과를 갔다고, 아저씨가 동네 떡 돌리고 잔치했다고 한다.
생각하면 기특하다. 내가 아들 대학 보낸 기분이었다.

멍하게 내무실에 누워있다. 이제는 누워있어도 잠도 안 오는 짬밥이다.

"1소대 사복으로 갈아입고 승차!"

"오호~ 좋았어. 기상! 빨리 사복 입고 승차!"

선임들은 신났다. 소풍 가는 기분이다.

"승차!"

"승차!"

"잘 들어라. 지금 신당동에 신창원이가 떴다는 제보가 나왔다. 2인 1조로 순찰 들어간다."

"오예~ 니 돈 있나? 돈 좀 빌려도?"

우리는 신났다. 떡볶이 사 먹을 생각부터 했다.

"야~ 인간들아. 집에 가기 전에 신창원이 같은 놈 잡아서 포상받고 좀 하자. 아무튼, 무전 잘 받아라. 고참들은 밑에 애들 잘 데리고 다녀라."

"네. 알겠습니다."

이날이 시작이었다.

우리는 이날부터 매일 사복 입고 대기했다. 하루는 약수역, 하루는 한양대, 신창원이는 밤낮을 안 가리고 여기저기 돌아다녔다. 그렇게 우리는 몇 달을 출동했다. 중대장님도 도저히 이건 아니다 싶었는지 윗선에 보고해서 우리 중대는 한 달을 긴급출동 외에는 출동을 안 하기로 했다.

그렇게 나는 군 생활을 두 달 남기고 내무반에서 늘어지기 시작했다.

"충성! 면회 왔습니다."

"면회? 올 사람이 없는데? 제대 얼마 남았다고? 면회지? 여자가? 남자가?"

"그건 모르겠습니다. 물어보고 옵니까?"

"아니다. 내려갔다 올게. 혹시나 모르니깐 외출증 끊어주라."

"네! 알겠습니다. 충성"

나는 대충 입고 면회장으로 간다.

"오~ 박상태! 니가 어떻게 행님한테 면회를 오고."

"내 군대 간다."

"왜? 이제 가노? 그때 휴학 안 했나?"

"응? 이번 학기까지 하고 휴학했어. 은진이가 말 안 하더나?"

"응. 은진이가 말 안 하던데?"

"은진이는 애 낳아도 여전히 학교에서는 날아다닌다. 역시!"

"잠깐만. 학교에서?"

나는 면회를 끝내고 내무실로 올라와서 나는 내가 기억할 수 있는 기억은 머리에서 꺼냈다.

언제부터일까?

언제부터 학교에 갈 생각을 했을까?

혹시 학교에서 누군가를 만나는 건 아닐까?

어디서 지내는 걸까?

학교에 간다고 하면 못 가게 할까 봐 몰래 간 것일까?

부모님한테는 말을 했을까?

뭐가 그리 급했을까?' 내 머릿속은 온통 물음표다.

나의 상식선에서는 답을 찾지 못하겠다.

매일 이제 며칠만 참자 그렇게 남은 일수를 생각하며 제대 후 함께 보낼 날만 기다리며 그리고 있었는데 갑자기 깜깜해지면서 마치 일일드라마 속 주인공이 갑자기 바뀌면서 이야기 전개가 바뀌는 것 같이 앞으로 그리던 내 삶의 모습이 온통 검은색으로만 보였다. 아마도 부모님은 내가 군 생활에 적응 못 하고 사고 칠까 봐 말을 안 한 것이 분명했다. 그리고 누구에게도 말하지 말라 했을 것이다.

기억을 되살려 봤다.

작년에 말자가 왔을 때 뭔가를 숨긴 것 같더니 이거였다.

*

"띠띠띠~~" 휴대폰 알람이 울리기 시작했다.

새벽 4시다.

캄캄하다.

대충 눈곱만 떼고 두껍고 싸구리 파카 입고 나왔다.

"우쒸~춥다~ 벌써 이렇게 춥노." 나는 혼자 입김 인지 담배 연기인지 모르는 것을 뱉으면서 춥다고 신경질을 냈다.

차 문짝이 얼었는지 빡빡하다.

"이놈의 똥차 바꾸든가 해야지" 몇 번을 시동을 거니 겨우 시동이 걸렸다.

매번 고쳐야지 하면서도 이러고 있었다. 차에 탄 나는 카세트테이프를 검지로 쑥 집어넣는다. "찰칵"하고 들어가는 소리와 3초 후 "비겁하다. 욕하지 마라~ 비린내 나는 부둣가를" 캔의 '내 생의 봄날'이라는 노래가 들린다. 나는 자동으로 따라 부르기 시작했다. 얼마나 많이 반복해서 들었는지 차에 타면 항상 이 노래다.

5시다.
민락동 수산시장 앞이다.
"뭔데 벌써 이렇게 입구부터 막히노." 나의 구시렁 병이 또 나왔다.
요즘 혼잣말을 자주 했다. 조금씩 움직였다. 입구에서 유턴해서 돌아가는 차들도 있었다. 뭔지 모르지만 기다려봤다.
입구에 도착하니 어디 양아치 같은 새끼들이 어디서 구했는지 야광봉을 들고 멈추라고 했다. 창문을 내리라고 했다.
나는 착한 아이처럼 창문을 내렸다.
"혹시 어디 갑니까?"
"미도 수산 가는데요."
"안됩니다. 돌아가세요. 못 들어갑니다."
"왜 못 들어가요. 물건을 받아야 납품을 하죠."
"그러니깐 광안 수산, 민락 수산, 부산 수산 이 세 군데에서만 물건 받는 차만 들어갈 수 있다고. 돌아가라고."
이 새끼들이 갑자기 반말했다. 대충 감이 왔다.
왜 이러는지 알겠다.

"왜 반말을 하고 지랄이고? 날도 추운데 비끼라."

"이게 돌았나? 니 내려봐. 새끼야 내려봐라고."

"아~ 이 어린놈의 새끼들이 새벽 통 바람 쐬더니만 입이 돌아갔나? 말이 자꾸 짧고 더럽네." 나는 내렸다.

"이 새끼! 니 뭔데, 뭐 좀 있나? 니 생활하는 놈이가? 어디서 생활하는데?"

"거참~ 이 새끼 끝까지 말이 짧네. 어린놈의 새끼가 광안수산 하는 거 보니깐 너그 저쪽 애들인가 보네? 그리고 안 춥나? 새끼들아 돕바라도 걸치라. 뭔 새벽부터 비린내 나는 곳에 양복 입고 와서 지랄이고?"

"이 새끼 이거 또라이네?"

"내 또라이 맞다. 니 있어봐라."

나는 휴대폰에 연락처를 쭉 내리고 있는데, 저 끝에서 누가 뛰어왔다.

"뭐꼬? 무슨 일이고?"

나는 돼지 같은 놈이 뛰어오기에 안 쳐다볼 수가 없었다. 그 돼지는 나를 한참 봤다.

"어~ 혹시 철민이 형님 아닙니까?"

"니 누고? 있어봐라. 내 통화하고 이야기하자."

나는 연락처에 찍힌 번호대로 통화버튼을 눌렀다.

"여보세요. 어. 와?"

"행님. 이게 무슨 일입니까? 새벽부터 와? 차를 잡고 못 들어가게 하는데예?"

"하하 니도 잡더나? 니 입구에 있나?"

"네. 차로 밀고 가 뿌까예?"

"꼴통 새끼! 기다려봐라."

담배 물고 뒷짐 지고 팔자걸음으로 걸어오는 남자를 향해 이 새끼들은 90도로 인사를 했다.

개똥이 형님이다. 어릴 때부터 산동네에 살 때 맨날 싸웠던 형님이다. 중학교 때 득을 크게 봤다. 아무튼, 양아치 형님이다.

"행님! 오랜만이네요. 근데 이게 뭡니까? 작년에 월드컵을 치른 2003년에 아직도 이랍니까?"

"내가 이러고 싶어서이라나? 위에서 하라니까 하지! 근데 니 살이 많이 빠졌네! 부모님은 잘 계시제?"

"빨리 가야 합니다. 들어가게 해주소. 아니면 우리 엄마한테 전화합니다. 개똥이 행님이 일 방해한다고."

"아~ 이 새끼~ 빨리 가라."

나는 차에 올라타면서 입구에 막은 새끼 뒤통수를 한 대 때렸다.

"행님! 근데 내일도 이랍니까?"

"아이다. 오늘 이래 끝내고 합의 볼기다."

"고맙습니데이. 행님 다음에 소주 한잔 합시데이."

나는 수산물을 가득 채우고 다시 집으로 갔다. 도착하니 8시다. 양아치 새끼들 때문에 시간 다 보냈다.

"다녀왔습니다."

"씻고 밥 묵어라."

"공주는 아직 자요?"

"아까 일어나더니 다시 자는가 보다. 깨워라."

나는 딸 방으로 갔다.

"공주! 일어나요! 밥 묵고 유치원 가야지."

"아이~ 아빠 냄새난다. 씻어~"

"네~ 알겠습니다."

씻고 나오니 밥상이 차려져 있었다.

"아버지는 어디 갔어?"

"몰라~ 영감탱이가 새벽부터 밥 묵고 산에 간다고 갔다."

"잘 먹겠습니다. 공주~ 오늘 유치원 아빠 차 타고 갈까?"

"싫어! 아빠 차 비린내 난다. 그냥 할매랑 걸어갈 거야."

"추운데?"

"아이고 그냥 밥이나 묵어라. 알아서 한다."

오전 10시.

나는 새벽에 입은 파카를 다시 입었다.

"갔다 올게요~ 엄마 내 간다."

"그래~ 운전 조심해라."

"비린내 안 나는데" 차에 올라타면서 코를 킁킁거리면 차 안을 이리저리 갖다 대본다.

오늘은 일곱 군데 돈다. 횟집 돌면서 고기를 채워주고 수족관 물도 갈아 주었다.

"사장님~"

"어! 일찍 왔네? 밥은 먹었나? 점심 먹고 가라."

"묵었어예. 물은 안 갈아도 되겠네예. 괴기만 채워 넣고, 그리고 낚지 몇 마리는 서비스로 넣어드릴게요."

"오야~ 고맙다."

'서면 횟집' 이 집 사장님이 이 일을 소개해줘서 시작했다.

오후 3시.

집에 오니깐 빨간 유치원 가방만 거실 중간에 던져져 있고 아무도 없었다.

"여보세요~ 아빠! 할매 바쁘다."

"할매 뭐 하는데 바쁜데?"

"할매 돈 따야 한다. 지금 할매 피박이다."

"알았다."

말 안 해도 어딘지 알 것 같았다. 나는 또 씻었다. 이제는 제대로 씻었다. 대충 밥을 차려서 언제 방송했는지도 모르는 코미디 프로를 보면서 밥을 먹었다.

오후 4시 반.

나는 체육관으로 간다. 태권도 도장 사범 일을 한다. 5시부터 시작되는 초등부 애들을 가르치고 나면 정말 녹초가 된다.

7시부터 시작되는 중·고등부 애들은 가르칠 게 없다. 미트만 좀 잡아 주고 편하다. 그렇게 도장 청소까지 마무리하고 집에 가면 10시다.

나는 군대 제대 후 이렇게 5년째 생활을 했다.
이제 익숙해졌다.

"여보세요. 친구 바쁘나?"
"어쩐 일이십니까? 사장님께서 아침부터 전화를 다 주시고?"
"그래 영광인 줄 알아라."
"네. 네. 말씀하세요."
"오늘 알제? 다 온다니깐 온나? 연예인도 서울에서 내려오고 있단다."
"병팔이? 온다나?"
"응~ 온단다. 차돌이도 사모님이랑 같이 온다고 하고, 나도 5시쯤 되면 세트로 움직일 거니깐? 니도 세트로 온나!"
"알았다. 같이 가던가 해볼게. 근데 나는 7시 조금 넘어야 한다. 초등부는 봐주고 갈게."
"그래."

아침부터 철수가 확인 전화가 왔다. 철수는 고등학교 때부터 그렇게 오토바이를 타고 배달 일을 하더니 지금은 오토바이 대리점을 한다.

오늘은 동우가 제대하는 날이다.

25살 늦게 군대 가서 27살 이제 제대를 한다. 늦게 군대 가서 고생을 엄청나게 했을 거다. 오늘 모임은 동우 제대 기념 모임이다.

시간이 왜 이렇게 안 가는지 모르겠다.

"자~ 그만 오늘은 여기까지. 차렷! 경례!"

"태권!"

끝났다.

중·고등부는 관장님 혼자 봐주기로 했다. 마음이 급했다. 너무 보고 싶었다. '스타 소주방' 간판만 봐도 추억이 떠오르는 곳이다. 입구부터 철수 특유의 웃음소리가 들렸다.

"여기! 철민아 여기다."

애들이 나를 보고 손을 흔들었다.

중간에 자리 잡은 동우는 일어나서 "충성" 장난으로 거수경례를 했다.

나는 말없이 동우를 한번 안았다.

"고생했다. 쥐똥!"

이 한마디 하자마자 애들은 며칠은 굶은 개처럼 달려들었다.

"요즘 군대가 군대냐!"

"기간도 짧아졌고, 엄청 편하다."

"나 때는 얼마나 빡세고 힘들었는데 아나?"

누가 무슨 말을 하는지도 모르겠다.

"수연이 안녕!"

한쪽 구석에 철수 딸이 나를 쳐다봤다.

"수연아 안녕하세요 하고 삼촌 돈 주세요. 해야지."

"야~ 오~미자 좋은 거 가르친다."

"미자라 하지 말라 했제. 미연이! 미연이!"

철수가 광분했다.

"아! 네. 미연 씨 미안해요."

철수랑 미자는 아니 미연이는 3년 전에 결혼했다.

철수의 끈질긴 구애로 결혼까지 했다. 철수와 미연이 이름을 따서 수연이라 지었다고 했다.

영석이는 내년 5월에 현주랑 날 잡았다.

현주는 잘나가는 미용실 원장님이시다. 우리는 현주를 사모님이라 부른다.

"자~ 한잔 받아라."

병호가 소주를 한잔 따라 주었다. 병호는 나름 인디밴드에서 알아주는 기타리스트다. 얼굴 보기 제일 힘든 놈이다.

"병팔아~ 내 니 지켜보고 있다. 알제? 내만 니 CD 샀다."

"그래~ 고맙다. 고맙습니다. 사인해 줄까?"

"싸인 까지는 됐다."

"근데 왜 혼자 왔나? 니 세트들은? 날은 잡았나?"

"날은 무슨? 올기다. 저기 오네!"

연우는 나의 딸 유리 공주 손을 잡고 들어온다.

"말자야 여기! 여기다."

"말자 아니라고, 연우다고. 이연우!"

성우 그리고 철민

덥다.

추석이 다가오는데도 늦더위가 마냥 성가시다. 자려 해도 잠이 오지 않았다. 일어나 괜히 책장 앞에 섰다. 책장 맨 위 가지런하게 제목만 보이게 쌓여 있는 책들이 보였다. '성자가 된 청소부'. 고등학교 입학 기념으로 선물을 받은 책이다.

둘째 언니가 사줬는지 큰 언니가 사줬는지 기억이 나지 않았다. 책도 무슨 내용인지 그 당시 이해도 못 하였고, 무엇보다 책 선물을 받았다는 것이 나는 좋지 않았다. 그래서 누가 준 선물인지가 기억이 없다.

나는 의자를 밟고 올라서 중간에 낀 그 책을 꺼냈다.

하얀 먼지가 회색 뭉탱이가 되어 뚝뚝 떨어졌다. 그대로 들고 화장실로 가서 책의 먼지를 털어냈다. 엄지에 힘을 주어, 책을 훅 훑는다. 책지 속에 먼지와 함께 핑크색 하트가 여러 개 그려진 편지봉투가 툭 떨어졌다.

나는 책은 뒷전이고 편지봉투를 들고 침대로 갔다. 아직 개봉되지 않은 편지다. 이쁜 하트 스티커 여러 개가 편지봉투를 주인 아니면 뜯지 못하게 붙어 있다.

보내는 이 자리에 이쁜 글씨를 꾹꾹 눌려 '선영이가'라고 적혀 있다. 받는 이 자리에는 '사랑하는 철민이에게'라고 적혀 있었다.

기억이 났다. 10년이 넘었다. 선영이가 떠나기 전에 철민이한테 전해 주라고 한 편지다.

철민이는 자존심인지 스스로 기다리려고 마음먹었는지 그 편지를 그대로 나한테 버리라고 했다. 그걸 내가 그날, 이 책 사이에 끼워 놓은 것이다.

편지봉투에 붙은 스티커 하나를 떼는데 심장이 뛰었다. 스티커를 다 떼니 봉투는 풀로 강하게 붙어 있다. 허탈감이 강하게 들더니 용기가 생겨 풀로 붙어 있는 봉투를 한 번에 쑥 뜯었다.

- 철민아 니가 이걸 볼 때는 내가 다른 곳으로 갔을 거야.' -

뻔한 스토리의 이별 편지로 시작하는데 나는 눈물이 터져버렸다. 편지를 다 읽었을 때 나는 큰 공허함과 미안함이 밀려왔다.

편지를 어떻게든 전달했더라면, 내가 읽고 말이라도 그때 했더라면 어떻게 됐을까?

선영이는 지금 어디서 뭘 하고 있을까?

나는 10년이 지난 이 편지를 어떻게 해야 할지 모르겠다.

금방 나의 무모한 행동을 후회하는 중이다.

"과장 진급 축하해."

"고맙습니다. 다 차장님 덕분입니다."

"무슨 다 자기가 잘해서 진급한 거지. 소식이 한 개 더 있는데, 축하할 일인지는 모르겠어."

"무슨 일인데요? 발령 났어요?"

"그래 부산 발령 났어. 그렇게 가고 싶어 하더니만 축하해. 그런데 그게 마트 업무팀으로 발령이 났어."

"네? 그게 무슨? 마트 쪽 일을 제가 어떻게 해요?"

"한번 가봐. 그리고 여성 최소 부점장으로 발령 나는 거야."

"무슨? 그냥 부산 가고 싶다고 하니깐 너 가서 고생해 봐라. 이거 아닙니까?"

"모르겠다. 내가 무슨 힘이 있어. 위에서 결정하는 거를"

"그러게요. 차장님이 무슨 힘이 있겠어요. 까라면 까야죠. 4년 동안 고마웠어요. 서울 본사는 오고 싶어 온 게 아닌데, 그래도 부산은 가고 싶어서 가네요."

나는 첫 직장을 어렵게 s 회사라는 곳으로 입사했다.

처음 부산에 있다가 서울 본사로 갔다가 부산으로 보내 달라고 1년을 신청했다. 인제야 다시 부산으로 간다. 그런데 마트로 출근하라는 거다. 뻔한 대가리 치기다. 자르고 싶은 거다. 여자 직원들을 하나씩 쳐내는 거다.

'두고 봐라. 내가 나가는지 내가 이 회사 벽에 똥칠할 때까지 다닐 것이다.' 나는 조용히 입술을 깨물었다.

나는 무의식적으로 고개를 오른쪽 끝자리 장 과장 자리로 돌렸다.

'장성우' 나보다 1년 선배로 여기서 처음 만났다.

나의 직속 선배로 내가 무엇보다 빨리 회사와 서울 생활에 적응하게 만든 사람이다. 울산 사람이라 편하게 빨리 가까워졌다.

내가 사랑했던 사람이었다.

내가 믿고 따르던 사람이었다.

이연우의 사람이었다.

나는 일방적으로 며칠 전 헤어지자는 문자를 받았다. 나는 대답하지 않았다. 바람을 피우고, 나쁜 짓은 자기가 다 해놓고, 참고 있는 나에게 보낸 이별 문자는 어이가 없어서 대답하지 않았다.

아마도 이연우는 착하고 조용한 인간이라 알아들었을 거라 생각하고 있는 것 같았다.

한 번도 4년 가까이 만나면서 내 의견을 제대로 내세워 본 적 없었다. 나는 무의식적으로 고개를 돌린 것에 끝나야 하는데 나의 발걸음은 한발 한발 장 과장 자리로 가고 있었다.

'장성우! 이 씨발놈아! 잘살아라! 나는 간다. 어린 여자라면 환장하는 놈아!'

말자는 오른손을 들어 장 과장 뺨을 후리면서 장 과장에게 욕을 퍼부었다.

"어! 이 대리 아니 이 과장 축하하고, 잘 가요."

"네...."

장 과장이 내민 오른손을 덥석 잡고는 흔들고 있었다.

연우다.

나는 말자가 아니라 연우다.

말자였다면 하는 상상을 가졌던 거였다. 그렇게 4년을 비밀 연애하고 멍청하게 믿고만 있었던 사람이 소문난 바람둥이에다 사기꾼 새끼라는 걸 알게 된 후 내가 여기에 있을 이유가 없었다.

나는 돌아가야만 했다. 그렇게 부산으로 돌아가려 발버둥을 쳤다. 드디어 다시 부산 발령이 났다.

*

건너편에 민서가 보였다.

긴 생머리에 누가 봐도 이쁜 허리를 가지고 엉덩이까지 이쁜 애다.

건널목 앞에서 나를 기다렸다. 이쁘게 웃고 있는 게 보였다.

'박민서'

내가 연우가 된 후 처음 만난 친구다. 어떻게 보면 마지막 친구이다.

대학교 입학하고 적응을 하는 것도 아니고, 못 하는 것도 아닌 나는 시간이 나면 학교 연못이 있는 팔각정에 앉아 자판기 커피를 마시는 게 나의 낙이었다. 왠지 그때는 그렇게 커피 마시고 있으면 잘생긴 남학생이 다가와 "전화번호 좀" 할 줄 알았다.

그날도 중간에 시간이 붕 떠서 커피 한잔 뽑아서 팔각정으로 갔다. 민서도 커피를 뽑아서 팔각정으로 왔다. 민서는 가끔 눈인사하고 같이 팔각정에서 커피 정도 한잔하는 친구였다.

민서는 대학교를 재수해서 들어왔고, 나는 고등학교를 재수해서 들어갔으니 동갑인 친구다. 다른 친구들은 대부분 한 살 동생이다.

나는 민서가 참 조용하고 내성적인 아이라고 생각했다. 그리고 그런 모습이 좋아서 닮고 싶었다.

나도 말을 아끼고 내성적으로 행동했다. 아니 내숭을 떨었다가 맞았다.

멀리서 누가 나를 보고는 손을 흔들며 팔각정으로 뛰어왔다.

'누구지? 같은 과 애인가?' 나는 아무리 봐도 누군지 모르겠다.

"민서야 너 아는 사람 아니야?"

"아닌데 너 아는 사람 같은데?"

우리는 손을 흔들고 뛰어오는 아이를 가만히 보고만 있었다.

팔각정 입구에 있는 돌판을 밟고 돌계단을 하나 밟고 올라오는 아이의 입에서 뜻밖의 이름이 나왔다.

"말자야~~ 니 우리 학교에 왔나?"

나는 '말자'라는 소리에 쪽팔리는 건 둘째 치고 누군지가 궁금했다.

"누구?"

"내다. 가시나야. 영희. 영희다."

"영희? 정영희? 목사님 딸 정영희."

"맞다. 이제 알아보겠나?"

"그래! 알아보겠다. 근데 니 많이 고쳤나? 옛날 얼굴이 없네. 여전히 여시짓하고 다니나?"

"뭐라노? 고치기는 뭘 고쳐? 니 1학년이제. 고등학교 다시 들어갔다는 소리 들었다. 철민이는 잘 있나?"

"철민이? 관심 꺼라. 잘 있다. 그라고 가시나야. 앞으로 내보면 말자라 부르면 죽이뿐다. 이연우다. 개명한 지가 언젠데?"

"연우! 하하. 알았다. 연우. 자~ 내 삐삐번호다. 연락해. 나 수업이 있어서 간다."

나는 영희 가시나의 삐삐번호가 적힌 핑크색으로 만든 명함을 반으로 주욱 째 버렸다.

"학생이 무슨 명함은 명함이고, 가시나 지랄을 하고 다니네"

나는 순간 말자로 돌아간 거다.

'헉' 그때야 민서가 있었다는 거를 알게 됐다.

민서는 나를 쳐다보고는 피식 웃더니 크게 웃었다.

"하하하 야~ 너 욕도 엄청나게 잘하고 터프하더라. 그리고 원래 이름이 말자야? 하하하"

뭐가 그렇게 웃긴지 모르겠다.

내 이름이 말자였던 게 웃긴지?

내가 욕을 하는 게 웃긴지? 아니지 욕은 안 했으니 이름이 웃겨서 저렇게 웃는 것 같다. 나는 아무 말 없이 지켜보고만 있었다.

한참을 웃더니 민망한지 민서는 "퀙퀙" 그렸다.

커피가 걸린 것 같았다.

"미안. 미안. 웃으려고 한 게 아닌데 나를 보고 있는 것 같아서."

"뭔 말이야? 너를 보고 있는 것 같다는 게?"

"말자야~"

"그렇게 부르지 마라. 우리가 아직 그렇게 부를 만큼 세월을 보내지 않았다."

"알았다. 알았어. 가시나 정색하기는. 니 웃지 마래이. 내도 개명했다. 내 원래 이름이 민자였다. 하하하. 웃기제."

"하하하. 민자가 뭐꼬?"

"가시나야. 말자 보다 낫다."

"근데 아까 그 가시나 누꼬?"

"국민학교 동창인데 여시다. 목사님 딸인데 하는 짓은 완전 여시다. 신경 쓰지 마라."

"맞나?"

민서는 그날 이후 날마다 같이 다녔다.

일주일에 6일은 같이 술 먹고 같이 자고 했다.

술 멤버가 한 명 더 있다.

나는 미자를 민자에게 소개했다. 미자도 미연이로 개명을 한 이유로 우리는 '자 시스터즈'가 되었다.

언젠가 미자랑 세 명이 술을 마시다가 영희 이야기가 나왔다. 미자는 입에 거품을 물어가면서 영희 욕을 했다. 그걸 듣고는 민자는 영희 잡으러 가자고 난리가 났다.

"야~ 무슨 생각을 그렇게 하노?"

"언제 건너왔어. 음~ 민자 생각하고 있었지."

"이 가시나가 오랜만에 민자한테 맞아 봐야 정신 차리제."

"가자. 가자. 미자 가시나 빨리 안 오면 혼자 소주 다 마신다고 했다."

우리는 익숙한 듯 팔짱을 낀다. 좁은 서면 골목 골목을 팔짱을 풀지도 않고 사람들을 이리저리 피하며 걸었다.

'할매집'. 우리의 10년 넘은 단골집 포장마차다.

"할매~ 우리 왔으예."

"아이고 미스코리아들 왔나. 우리 말자는 서울 물먹더니만 확실히 이뻐졌다. 전에 설날 때 보다 더 이뻐졌다."

"맞제. 할매~ 내가 좀 이뻐졌제."

"지랄을 한다. 그만 지랄하시고 얼른 앉아라."

저쪽 구석에 미자 가시나가 닭발을 하나 들고는 손짓을 했다. 우리는 만나면 말자, 민자, 미자가 되었다.

"오오~~내 친구 미자야~~너는 왜 갈수록 배가 나오니?"

"가시나가 오랜만에 보면서 시비를 건다. 한따까리 할까?"

"아줌마 참으세요."

민자가 말렸다.

설날 때 보고 곧 추석이니 반년 넘게 못 봤지만, 어제 만난 것 같았다.

"그래. 말자야~ 마트는 어떻노? 적응했나? 내 너그 마트 자주 간다. 크고 좋던데."

"아직 한 달도 안 됐다. 적응은 무슨? 연우라는 애로 살다가 다시 말자로 돌아가려니 적응이 안 된다. 회사에서 연우로 얌전 뜨고 오면 말자로 완전 이중생활이다. 서울에서는 쭉 연우라는 얌전한 아이로 살았는데."

"뭐가 그렇게 어렵노? 연우가 말자고 말자가 연우지. 가지가지 한다. 10년이 넘었다. 이년아."

"미자야~ 니가 부럽다. 한잔하자."

민자가 잔을 올리면서 말을 했다.

오랜만에 말자로 마시는 거라서 그런지 술이 달고 맛있었다.

"자~ 미자야 한 잔 받아라. 너그 신랑님 밥은 주고 왔나?"

"알아서 묵겠지. 그라고 가시나야 조용히 좀 해라. 저기 저 테이블 애들 듣는다. 나는 오늘 아가씨다. 그리고 미자라고 부르지 마래이."

"미치겠다. 민자야 한마디 해라."

"술이나 마시자. 우리가 이해해야지. 미자도 알고 보면 불쌍타아이가?"

"가시나 이거는 꼭 조용히 있다가 뼈 때린다."

그렇게 '자 시스터즈'는 돌아왔다.

"할매~~ 여기 쇠주 한 병만 더 주세요."

민자는 흥에 치어 목소리 톤이 한참은 올라갔다.

"조금만 드세요. 민서씨~"

누가 천막을 젖히며 얼굴을 내밀었다.

철민이다.

"아~ 철민씨~ 어찌한 일로, 저는 술 안 먹었어요."

"말자야. 저 가시나 목소리 또 왜 저래 얌전해졌노? 철민씨? 하하. 지랄해요. 철민아 니 어떻게 알고 왔노? 말자가 불렀나?"

"아니야. 내가 안 불렀어."

나도 궁금했다.

철민이가 어떻게 알고 왔는지 궁금했다.

"어떻게 알고 왔기는 말자가 오늘 너그 만난다고 하데? 그라면 뻔하게 여기 아니겠나?"

"이야~ 김철민! 똑똑하다."

미자는 엄지손가락을 쌍으로 치켜올리면서 리듬을 탔다.

"철민씨~ 한잔해야죠."

"네~ 민서씨도 억수로 오랜만이네요."

웃기는 애들이다. 친구처럼 지내라고 그렇게 말해도 어색하게 저런다. 10년째다.

"니 술 먹게?"

"응. 한잔해야지. 할매요~~ 늘 먹던 거로 주세요. 요구르트 주세요. 요구르트 없으면 야구르트 주세요."

"아! 쫌! 그만해라. 부끄럽다."

"맞나? 부끄럽나? 미자야 니도 내가 부끄럽나?"

"응. 부끄럽다."

미자는 망설임 없이 답했다.

"가시나!"

"김철민! 그래도 대단한데 술을 끊고, 너그 친구 즉 나의 신랑 강철수 좀 어떻게 술 좀 끊게 해라."

미자는 그러면서 잔을 들자고 했다. 철민이는 요구르트를 소주잔에 부어서 잔을 들었다. 중간이 잘 없는 놈이 되었다.

그날만 생각하면 나는 아직도 심장이 벌렁거리며 마른하늘에 갑자기 먹구름이 몰려와서는 허리케인이 일어나서 나를 삼킬 것만 같은 기분이 든다. 말로 표현할 방법이 없는 기분이다.

"2차 가자. 2차"

미자는 신이 났는지 포장마차 앞에서 2차 가자고 엉덩이를 흔들었다.
"오늘은 그만하고 다음에 먹자."

*

"새로 오신 업무 팀장님 봤어요?"
"엄청 이쁘고, 완전 여자여자 하던데요. 억수로 말도 차분하게 하고, 툭 건드리면 울 것 같은 소녀 스타일이던데요."
화장실 밖에서 잡담하는 직원들의 대화가 들렸다. 나는 나가고 싶어도 화장실 문고리만 잡고 나가지를 못하고 있었다.
'이게 좋은 소리인지, 띨하게 일도 못 하게 보인다는 소리인지.' 알 수가 없었다. 본의 아니게 여자여자한 사람이 되었다. 또 다른 나로 10년을 넘게 사는 것 같았다. 한참 동안 기다리고 조용해져서야 나는 나올 수가 있었다.
숨이 콱콱 막혔다.
연우로는 못 살 거 같았다.
서울에 있을 때는 이 정도는 아니었는데 자꾸 심장이 뛰고 이상했다. 서울에서는 말자가 나타나지 않아서 그런 것 같았다. 오늘도 퇴근 시간 5분이 지나고 나는 퇴근을 했다.
6시 조금 지났는데 날이 아주 어두워졌다.
해가 점점 짧아지는구나. 곧 겨울이겠다.
"야! 뭘 그렇게 생각하노?"

"놀래라. 머스마야"

철민이다.

"내 기다렸나? 언제부터 기다렸노?"

"오래 안 됐다. 니 퇴근 시간인 것 같아서 기다리고 있었지."

"연락이나 하지."

"연락하면 뭐하노? 빨리 나오나? 시간이 지나도 안 나오면 연락하려고 했지."

"밥은? 밥 묵으려 갈까?"

"밥? 니 부산 오고 송정 한 번도 안 가봤제?"

"송정?"

"그래. 우리 자주 갔던 곳. 거기 갔다가 조개구이 먹고 오자."

"그래. 웬일이래. 김철민이가 이런 이쁜 생각도 하고, 차는 어디 있노?"

"차? 맞다. 차! 하하 걸어서 왔는데, 집에 가서 타고 가자."

"어이구, 어쩐지 뭘 하나 했다."

"바로 코 닿으면 집인데 좀 걸어라. 니도 이제 뱃살 관리해야 한다."

우리는 왠지 편한데 전과는 다른 거리가 있었다. 팔짱을 끼지도 않고, 나란히 걷지도 않았다. 한두 발 정도 철민이가 앞장서서 걸었다.

"그대로네."

"뭐가?"

"방향제도 그대로고, 이거는 좀 떼라. 아직 십자수 전화번호는 뭐고?"

"놔두라. 가시나야 언제는 지가 처음으로 한 거라고 소중하게 여기라고 했으면서."

"그때가 언제고."

"내가 죽이는 CD를 하나 샀다. 들어봐라."

철민이도 조금은 어색한지 음악을 틀었다. 잔잔한 통기타 소리가 좋았다. 나는 나도 모르게 웃음이 나왔다.

"병팔이네."

"어찌 알았오? 우와~ 친구 맞네. 첫 소절 듣고 맞추네."

"서울에 있을 때 홍대 나가면 가끔 밴드 공연 보고했다."

"오오~~"

"근데 이걸 돈 주고 샀나?"

"가시나 너무하네. 내 병팔이 내려오면 꼭 말해줄게. 하하하"

둘이 차에 타면 어색함만 흐를 줄 알았는데 철민의 웃음소리와 웃을 때 들어가는 오른쪽 보조개를 보니 어색함은 익숙함으로 금방 흘렀다.

"시끄럽고 운전이나 잘해라."

익숙한 방향제 냄새와 나의 엉덩이에 맞춘 거는 아니겠지만 딱 나의 엉덩이를 감싸 주고 있는 시트가 너무 좋았다. 가만히 눈을 감았다.

"말자야~ 니 괜찮나?"

얼마간의 침묵을 깨고 철민이가 한 말이다

"뭐가? 뭐?"

나는 정말 '뭐가 괜찮냐'고 묻는지 몰랐다.

"괜찮은 척하는 거가?"

"뭐가? 마트 일하는 거?"

"아니, 음. 그래 그것도 괜찮나?"

"문디. 안 괜찮다. 마트 싫다. 됐냐?"

"응. 다른 거는 괜찮나?"

"뭘 자꾸 괜찮냐고 묻노?"

"가시나야~ 니 장성우인가? 장 선배인가? 그놈하고 헤어졌다며, 그래도 4년을 가까이 만나고 헤어졌는데 괜찮은 일은 없겠지만 이렇게 물어본다. 가시나야."

아! 나는 아주 큰 망치로 머리를 맞은 기분이었다. 그런데 신기한 기분이 들었다. 몇 번을 풀어도 매번 똑같은 정답을 적어내서 틀린 수학 문제를 처음으로 다른 답을 적었는데 정답이 된 기분이다. 그러니깐 내가 지금 이렇게 적응하기도 힘들고 속도 안 좋고 머리도 아프고 괜히 짜증만 나고 스트레스만 받고. 뭐 안 좋은 거는 다 하고 있는 게 그놈 장성우 때문이구나 하고 알게 되었다.

'이별의 슬픔이구나.

괜히 찝찝함이구나.

허전함이구나.'

혼자 별별 심정을 다 끼워 맞춰 봤다.

"철민아, 고맙다. 내 생각 좀 정리할게."

철민이는 나를 한번 쳐다보더니 음악을 꺼줬다. '그래! 너라는 새끼를 내가 정리하지 못했구나. 네가 헤어지자고 말했을 때도 한마디 말도 못 했고 쳐다만 보고 있었구나.' 확신이 생겼다.

똑바로 끝내지를 못했다. 말을 못 한 게 이렇게 가슴에 응어리가 진 것이다.

나는 차 창문을 내렸다.

삑삑거리며 내려오는 차 창문 소리마저 그 나쁜 놈 때문이야 하는 것 같다. 나는 머리를 내밀고 길게 숨을 들을 켰다. 그리고 길게 뱉어 봤다.

나는 전화기를 꺼냈다.

손가락은 익숙한 번호를 누른다. 화면에는 아직 '장선뱀♡♡'으로 떴다.

"뚜~~~~뚜~~~~ 뚜~"

몇 번 통화음이 울리더니 넘어갔다. 고객이 전화를 받을 수 없단다.

나는 다시 전화를 걸까 생각하다가 그냥 전화기를 덮었다. 10초도 못 가서 다시 전화기를 펼쳐 문자를 보냈다.

 - 전화를 안 받네. 못 받는 건 아니고 안 받겠지. 마지막 인사라도 해야 내가 살 것 같아서 이렇게 문자 남긴다. 마지막 인사를 무슨 말을 해야 내 자존심에 상처를 받지 않을까만 생각한다. 너 같은 놈이랑 헤어져서 슬프다니, 다시 한번 생각해 보라는 미친 또라이 같은 소리도 하기 싫고, 나도 딱 그만큼이야.

딱 너만큼 널 사랑했어.

네가 날 생각한 만큼 나도 널 그만큼만 생각했고, 네가 날 사랑한 만큼 사랑한 거야. 그러니 네가 그럴 듯 나도 내가 우선인 거야.

내가 상처받지 말아야 해.

그래서 무슨 말이 좋을까 한참을 생각했다.

그동안 재미있었다. 내 마지막 인사야. 씨팔놈아 -

나는 한 치의 망설임도 없이 문자를 보냈다.

온종일 화장실에서 싸움하던 녀석이 싸지도 않았는데 설사한 것처럼 슈웅 내려가는 느낌이었다.

나는 이제 전화기를 덮고 철민이를 봤다.

나는 잊고 있던 게 한 가지 더 있었다. 송정이 가까워질수록 철민이도 힘들 거란 생각을 못 했다. '등신! 송정 가자고 해도 다른 데 가자고 했어야지.' 나는 나도 모르게 내 머리를 오른손으로 딱 아프지 않을 정도로 세 대를 때렸다.

"와 그라노? 와? 뭘 잘못 보냈나? 머리는 와 때리노?"

나는 철민이를 한 번 더 쳐다봤다. 괜찮은지, 척을 하는 것인지 모르겠다.

"니 송정 가도 괜찮나?"

철민이는 나를 한번 쳐다보고는 또 특유의 웃음을 지었다. 저 보조개는 언제봐도 매력적이었다.

"괜찮다. 내 그날 이후로 살아보려고도 여기 많이 왔었다."

"살라고?"

"응. 살아보려고! 죽으려고 했던 자리에 많이 왔었다. 그래서 마음도 잡고 그랬다."

"오오. 김철민~"

그러니깐 내가 서울 발령받고 반년인가 지났을 때였다.

그날도 매일 야근이었다. 중국 해외 진출 때문에 정신이 없었다. 전화기는 항상 핸드백에 그냥 고이 진동으로 항상 그 자리에 있었다. 퇴근하려고 짐을 싸다가 핸드백에서 진동 소리에 전화기를 펼치니. 나는 전쟁 난 줄 알았다. 부재중 150통 문자가 120통이 들어와 있었다. 밧데리가 버틴 게 신기했다. 부재중은 나를 아는 사람에게 수십 통씩 걸려 와 있었다.

문자를 확인하려는데 '지동우'라고 전화기에 찍혔다.

"여.보...세"

"야! 가시나야! 니 왜 전화를 안 받노? 문자 확인 안 했나?"

"일 때문에 안 그래도 지금 확인하려고 하는데."

"가시나야! 철민이가 죽으려고 유서 쓰고 사라졌단다. 차 몰고 나간 것 같다는 데. 가볼만한 곳 다 뒤져도 없다. 지금 경찰에도 신고 했고, 애들 다 찾고 있다."

나는 앞이 안 보이고 귀에서 "맴맴" 매미 소리만 들렸다. 정신을 차리려야 했다.

"가시나야 듣고 있나?"

"동우야~ 잠시만 내 정신 좀 차리고, 철민이가 왜? 동우야 내가 바로 전화 줄게."

나는 전화를 끊었다.

나는 찾아야 한다.

'사람이 아무것도 생각이 안 나고 아무것도 안 보인다는 말이 이런 건가?' 다시 전화가 왔다.

철수다.

"가시나야. 전화를 안 받노? 듣고 있나?"

"철수야. 철민이는? 으흑~"

"울지 말고 찾고 있다. 말자야! 잘 들어라. 그리고 생각해라. 내지금 송정 쪽 간다. 오토바이 타고 가니깐 전화 또 못한다. 전에 너희 둘이 시간 나면 송정 간다 안캤나? 거기가 어디쯤이고?"

"맞다. 철수야 송정이다. 거기 니 돌섬 아나? 제일 끝쪽 차들도 없고, 제일 끝에 거기다. 거기!"

"알았다."

철수는 전화를 끊어버렸다.

눈앞에서 작은 하얀 점이 생기더니 빛이 나고 밝아져 주변이 보이기 시작하고, 매미들도 한 마리씩 물러가는 것 같았다.

나는 부재중을 쭉 내려 봤다.

부재중의 시작이 철민이었다.

철민이가 다섯 통이나 했다. 내가 받았더라면 지금 철민이는 괜찮았겠지. 아니야 괜찮을 거야.

나는 문자를 봤다.

철민이 문자부터 봤다.

'말자야. 고마웠다.' 딱 한 통이 와 있었다.

'철민아, 제발 살아만 있어 줘' 당장 내려가야만 했다.

나는 일단 사무실을 나왔다. 항상 회사 앞에는 택시들이 줄을 서 있다. 나는 맨 앞에서 대기하는 택시에 탔다.

"아저씨! 고속버스터미널요. 좀 빨리 가주세요.."

나는 전화기만 붙잡고 있었다. 전화기가 조용한 것이 사람을 미치게 했다.

얼마나 지났을까?

철수에게 전화가 왔다.

"찾았다. 지금 119타고 병원 갔다. 생명에는 지장 없단다. 연탄가스 피워서 죽을라 캤는가 보다. 미친놈이!"

"왜? 철민이가 왜?"

"왜긴 왜고? 돈 때문이지. 니 몰랐나? 임마 이게 6개월 전부터 강원랜드하고 불법 오락실 바다 이야기인가에 빠지가 몇억 날렸다아이가. 집도 담보 잡고. 말자야! 어머니 전화 들어온다. 나중에 전화할게."

뭔지 모르지만, 안도감에 몸이 축 처졌다.

"여보세요."

"말자야 니 함부로 지금 내려올 생각하지 말고 일하거라. 알았제? 괜히 왔다 갔다가 힘들다."

"네."

터미널에 도착할 때쯤 아버지한테서 전화가 왔다,

나는 다시 돌아갔다.

다시는 생각하기도 싫은 그 날을 지우고 싶어 머리를 흔들었다.

"철민아 니 진짜 죽으려고 그랬나?"

"와? 또 그때 이야기하노? 잊고 잘 살라 하는데?"

"누구랑 카지노 갔노? 어느 놈이 가자 하더노?"

"그게 뭐가 중요하노? 지금 안 가는 게 중요하지."

"잘났다. 얼마 말아 먹었노?"

"무슨 국이가? 말아먹게. 한 3억 말아 먹었나.하하하"

"미친놈. 웃음이 나오나."

"울 수는 없다아이가. 내 다 갚았다 대단하제? 그라고 내가 딱 끊었다아이가. 술도 담배도 같이 끊었다. 잘했제?"

"네네. 참 잘했어요."

"말자야. 니랑 이야기하니깐 좋다. 나도 그날 이후 사는 게 사는 게 아니데. 그래서 죽으려고 왔던 곳에 살라고 몇 번이고 와서 다짐했다. 그리고 마지막으로 오늘로써 그날을 잊을란다. 니랑 마지막으로 여기 오고 싶었다."

"마지막?"

"응. 우리 이제 여기 오지 말자."

"와?"

"우리 맨날 힘들면 여기 오잖아. 여기 오면 힘들었던 일만 생각나더라."

나는 아무 말도 못 했다.

'그래 나도 오늘 여기서 다 털어내자.' 혼자 아랫입술을 앞니로 꾹 눌려봤다. 나는 창밖을 보며 나도 이제 떨쳐내고 싶었다. 기분이 좋고, 좋은 날만 찾아가서 기쁨을 나눌 수 있는 곳을 찾아야겠다.

우리는 그날 맞지 않은 털 스웨터를 양쪽 팔을 잡고 한올씩 뜯어 털 스웨터를 흔적을 지운 듯이 송정 바닷가도 지웠다.

털 스웨터는 털실이 되었다. 우리는 털실을 끊어지지 않게 양쪽으로 잡고 어느 정도의 거리를 남겨두고 있는 것 같았다.

 어제 아침부터 목이 따끔하기 시작하더니, 기침과 콧물을 동반한 감기몸살 때문에 밤새 잠을 뒤척였다.
 알람이 짜증스럽게 울렸다. 알람 시계는 그날 날씨와 나의 컨디션 따위는 전혀 상관없이 아침 7시에 울리기 시작했다.
 일어나서 대충 씻고 출근 준비를 했다. 아직 열이 나고 팔다리가 쑤시고 머리도 아프지만, 마트 업무상 빠지면 안 되기에 따뜻하게 하는 뭔가는 다 착용하고 나간다. 털장갑에 털모자, 털목도리를 뱅뱅 감고 총총걸음으로 집 밖으로 나왔다.
 "빵~ 빠앙~"
 보통 클랙슨 소리가 아닌 아주 새침하고 앙증맞은 클랙슨 소리가 들렸다. 나는 뜨거워진 몸을 겨우 돌려 쳐다봤다.
 '철민이다. 사랑스러운 놈이다.' 나는 철민이 차를 보고 내가 지을 수 있는 모든 기쁨의 표정을 짓고 철민이 차에 탔다. 어차피 목도리로 얼굴을 칭칭 감아 표정은 모를 것이다.
 "오호~ 태워주려고 기다리고 있었쪄요."
 나는 코가 막혀서 나온 목소리가 내가 들어도 애교가 잔뜩 끼인 목소리다.
 "애가 안 아픈가 보네 목소리가 까부는데. 자~ 이거는 감기약이고 이거는 유자차다. 먹어라."
 "고마워. 근데 내 감기 걸린 것 어떻게 알았노?"
 "내가 모르는 게 어딨노? 다 안다."

맞는 것 같았다.

이놈은 항상 나를 다 아는 것 같았다. 사람들은 분명 내가 어떤 사람이다고 내가 말한 만큼만 나를 알 것이다. 그러나 철민이는 다르다. 항상 말하지 않는 부분도 나를 아는 것 같다.

아침에 철민이가 준 약 때문인지 감기는 조금씩 떨어져 나가는 것 같은데 잠이 와서 죽을 것 같았다.

이게 깨어 있는 건지 자고 있는 건지 모르겠다.

어떻게든 깨보려 하지만 꾸벅꾸벅 졸다가 눈을 뜨고는 아무 일 없는 듯 몽롱하게 모니터를 봤다. 그렇게 종일 반복을 몇 번 했는지 모르겠다.

시간이 마트 생활을 익숙하게 만들더니 그 익숙함은 점점 나태함으로 변했다.

'아파서 좀 잔다는 데 누가 뭐라 하겠어?' 나는 아예 엎드려서 자기로 마음먹었다. 얼마나 잤는지 점점 등과 허리에 통증이 왔다.

나는 크게 기지개를 하고 거울을 봤다. 대충 몰골을 정리하고 일어서 스트레칭을 했다.

시계를 보니 4시가 넘었다.

3시간을 잔 것 같다. 한결 낫다. 아니 오히려 컨디션이 너무 좋았다. 이 좋은 컨디션을 알았는지 핸드폰이 요란하게 진동을 울렸다.

"여보세요."

"사랑하는 나의 친구 연우야!"

민서다.

목소리 텐션이 높았다. 나는 주위를 둘러보고는 전화기를 들고 사무실을 나왔다.

"좀. 살살 이야기하면 안 될까? 오늘은 또 왜 이리 텐션이 올라갔을까?"

"음. 내가 오늘 너와 소주를 먹을까 해서 기분이 너무 좋아."

"웬 소주? 무슨 날이야?"

"우리가 날이라서 먹냐? 그냥 먹지. 너그 집 앞 고깃집에서 6시 반에 보자."

"민서야! 나 아프다.."

"……"

"야! 민자야. 박민자."

전화는 이미 끊어진 상태다.

다시 전화할까 하다가 괜찮을 것 같아서 참았다. 감기가 떨어진 것 같고, 소주도 먹고 싶었다.

6시다.

"땡~~ 다들 수고했습니다. 마감 근무자들은 수고하세요. 저는 갑니다."

언제부터인가 나의 별명은 '땡장'이 되었다. 땡 하면 퇴근하는 업무 팀장이라 땡장이라 부른다. 뭐 나쁘지 않았다.

"진짜 술 안 먹을 거가? 한 잔만 해라."

"나도 먹고 싶은데 진짜 속에서 거부한다. 왜? 무슨 일 있나?"

"일은 무슨 일? 외로워서 그란다. 밤이 되면 몸이 나 좀 어찌해보라 하는데 집에 어찌 있노?"

"가시나야! 외로우면 남자를 만나야지 나를 왜 찾아오노?"

나는 나도 모르게 자연스럽게 소주잔에 손이 갔다.

"에이~ 모르겠다. 한잔하자."

"짠~"

"근데 철민씨는 뭐하노?"

"이 가시나 내 보려고 온 게 아니고 철민이 보고 싶어서 온 거 같은데?"

"아니지 온 김에 보자는 거지."

"있어봐라. 전화 올 거다. 5분 안에 전화 올 거다."

말이 끝나고 5분도 안 되어서 전화벨이 울린다.

"하하. 정확한데 받아라."

"여보세용~ 말하세용~"

"와 이라노? 아직 많이 아픈 거야? 아니면 술을 한잔하는가 보네?"

"역시 김철민! 넌 나를 너무 잘 알아. 여기 고깃집이야. 유리 공주 밥 주고 오시오. 민서랑 있으니 좀 이쁘게 하고 와."

"야! 왜 그래. 철민 씨~ 그냥 편하게 입고 오세요."

"네~ 알겠습니다. 조금만 기다리세요."

나는 철민이 말이 끝나기 전에 그냥 끊어버렸다. 우리들의 방식이다.

"회사는 어때?"

"모르겠다. 시간이 지나니깐 적응이 되고 몸은 따라 주는데 재미가 없어."

"음. 레이다에 잘생긴 놈 없더나? 하하하."

"가시나! 얌전한 척하면서 은근히 밝힌다니깐."

"그럼 우리 나이에 요조숙녀면 되겠나?"

"확실히 변했어! 있어 봐. 내가 니 시집은 보낸다. 나만 믿어라."

"믿을 년을 믿으라 해라. 맨날 차이면서."

"야! 박민서! 나를 못 믿나?"

"아이고 밤새 아파서 빌빌거리던 사람이 또 술을 드시네. 대단한 초빼이 나셨네."

"왔어. 빨리빨리 와야지."

"민서씨 안녕하세요."

"철민띠 어서 와용."

민서 이 가시나가 혀 짧은소리로 인사를 했다.

철민이가 내 옆에 앉았다. 앉자마자 집게랑 가위를 잡았다. 고기를 구워주는 거다. 그러더니 내 앞 접시에 잘 구워진 고기 한 점을 올리고 민서 앞 접시에도 한 점 올려주었다.

"괜히 우리 때문에 못 쉬고 나온 거 아니에요?"

"괜찮아요. 근데 한 놈이 안 보이네 우리의 미연이는 왜 안 불렀어요. 하하."

"미연이는 애 엄마다. 애 밥 주야지."

"나도 애 아빠다."

오늘도 철민이는 나를 웃게 했다.

늘 그랬듯이 묵묵히 술도 안 먹고 술자리를 챙겨주었다. 언제부터인가 나도 자연스럽게 받아들이는 것 같았다.

"철민 씨 재혼 안 해요?"

민서가 뜬금없는 질문을 했다. 철민이는 생각지도 않았던 질문인지 고기 굽는 집게를 잠시 놓고는 멈칫거렸다.

사실 나도 어떤지 궁금했다. 어쩌면 기대하고 있는지도 모르겠다. 한 번도 우리는 연인이 되어 본 적이 없었다. 그리고 사귀자는 말을 누구도 해본 적이 없는 거로 기억한다.

"이 가시나 시집 보내고 하려고요."

"그게 뭐꼬? 그라면 내 시집 안 가면 니도 재혼 안 할 기가?"

"생각해 볼게! 하하하"

"으이구 맞을래."

어쩌면 철민이 저 말은 진심인지 모르겠다.

*

"여보세요."

"아직 자나? 가시나야! 시간이 11시다. 오늘 휴무제? 엄마가 밥 묵으러 올라오란다."

"야…."

'끊어버렸네.' 변함이 없다. 우리는 이런 거 보면 참 한결같다. 나는 항상 똑같은 츄리링을 대충 걸치고 나갔다.

나는 대문을 열고 안을 보는 순간 또 한숨만 나왔다.

마당 곳곳에 폐지와 각종 고물이 쌓여 있다. 딱 사람 한 명이 지나다니게만 만들어졌다. 2층 세입자분들이 오래 있었고, 착해서 아무 말이 없는 듯했다. 하기야 세를 한 번도 올린 적 없었고, 다른 집에 비해 반값이니 불편해도 참는 것 같았다.

아버지는 철민이의 사건 이후부터 폐지와 고물을 주우려 다니셨다. 어떤 이유인지는 말하지 않아도 가족 모두가 안다. 그래도 이제는 그만해도 될 것 같은데 이렇게 더 끝도 없이 쌓아놓는다. 매번 이 문제로 가족회의도 하고 했다.

언니들은 고함도 지르고, 울기도 해봤으나, 아버지의 고집을 꺾을 수가 없었다. 심지어 대구에 사는 큰 언니는 폐지 안 치우면 집에 안 오겠다고 선언을 했다. 그렇게 명절 때도 안 오고 2년 동안 얼굴을 볼 수가 없었다. 그러나 결국 큰 언니가 두 손을 들었다.

아버지의 고집은 날이 갈수록 아무도 꺾지 못했다.

나는 아버지, 엄마, 말숙이, 동식이가 같은 날 같은 곳에서 검게 재가 되었다.

아버지.

나는 아버지라 여기며 이모부, 아저씨로 호칭을 말할 때가 있다. 엄연히 피 한 방울 섞이지 않은 남이다. 그러니 관계를 물어보면 아저씨가 맞는 거다.

나에게는 세 개의 호칭이 있는 아버지인데, 아버지는 나를 항상 딸, 우리 딸, 막내딸로 어디서나 누구에게나 그렇게 소개했다.

아버지의 오롯한 막내딸 사랑으로 내가 어쩌면 철민이와의 인연은 연인이 아닌 가족으로 지금까지 남아 있는지도 모르겠다.

분명 우리는 느낀다.

서로 사랑한다. 그러나 그게 정확하게 표현할 수가 없다. 다른 누군가가 서로의 자리에 파고들면 자리를 내어놓는다. 그렇게 서로는 자꾸 긴 실타래만 잡았다가 놓았다만 하는 것 같다. 어쩌면 그게 우리의 관계가 맞는 거일 수도 있다. 제대로 연인이 되어 본 적은 없다. 그러나 서로가 그 끈을 놓은 적 또한 없었다.

"나 왔어요."

"으윽. 이모! 술 냄새야! 술 좀 작작 드셔? 그건 그렇고 내 1만 원만 줘!"

"이모 지갑 안 가져왔는데? 근데 니는 밥 안 먹고 어디 가노?"

"지갑 좀 들고 다녀라. 나는 오늘 생파 간다오. 많이 먹고 놀다 가시오."

현관문을 열고 들어서는 순간 유리를 딱 마주쳤다.

초등학생이 고등학생처럼 하고 다녔다.

"철민아! 유리 공주 시집 보내자. 너무 컸다. 이제 아가씨 같다."

'짝' 언제 나타났는지 엄니가 내 등짝을 스매싱했다.

"아야! 엄니 아프다. 아이 아파라!"

"니나 빨리 시집가라. 어이구 가시나야!"

"네네! 근데 아버지는 또 어디 갔는가 보네?"

"어디 갔겠노? 그렇게 하지 말라 해도 아침밥 먹고 리어카 끌고 나갔다. 날도 추운데. 내가 못산다. 반찬이나 꺼내라."

"엄니는 이런 거는 철민이 시켜라. 방에 뒹굴뒹굴하고 있네."

그때야 철민이는 주방으로 나왔다.

"가시나야 니 때문에 일요일인데 쉬어야 하는데 니 밥 먹여야 한다고 밥상 차린 거 아니가."

"네네 식사하세요."

우리는 오랜만에 식탁에 둘려 앉는다.

"어제는 누구랑 또 술 드셨슈?"

철민이는 한심하다는 듯, 또 뻔하게 민서랑 먹었겠지? 그런 눈빛으로 나를 쳐다본다..

"남자랑 먹었지."

엄마는 거짓말이라는 걸 알면서도 나를 빤히 쳐다보셨다.

"별놈 없다. 성실하고 착하면 된다. 알았나? 쓸데없이 뭐 따지지 마래이 알았나? 단디 들었나?"

*

"철민아. 여기 꽃 폈어. 이 꽃 이름이 뭐야? 꽃대만 있고, 잎이 없어. 근데 너무 이쁘다."

"응. 상사화야. 상사화는 잎이 떨어지고 꽃이 펴. 잎하고 꽃은 만날 수가 없지. 그래서 꽃말이 이룰 수 없는 사랑이야."

"오~ 그래~ 똑똑한대."

우리는 넓은 정원을 가꾸며 햇살을 즐겼다.

너무 평온했다.

내가 꿈꿔오던 삶이다.

어디선가 익숙한 아기 울음소리가 들렸다.

우진이다.

우진이가 왜? 여기 있어.

그러면 이게 꿈인가?

나는 그제야 꿈인 것을 알고 눈을 떴다. 우진이는 꿈속과는 반대로 천사처럼 입꼬리가 살짝 올라가 있었다. 잘 자고 있었다. 우진이도 행복한 꿈을 꾸고 있는 것 같았다.

나는 오른팔을 뻗어 최소한의 기능만 하는 핸드폰을 열어보았다. 새벽 4시다.

어디선가 지독한 소주 냄새가 났다. 오래된 아파트다 보니 거실과 부엌에서 나는 냄새가 문틈 사이인지 벽을 뚫고 나는 건지 안방까지 났다.

거실에 나가보니 이놈은 어디서 술을 먹고 왔는지 모르지만, 팬티에 양말을 신고는 선풍기를 틀어놓은 채 잠들어 있다.

나는 그 모습을 보고 있으니, 손이 떨리기 시작하고 호흡이 빨라졌다.

나는 부엌에서 부엌칼을 들고는 잠들어 있는 놈을 향해 갔다. 찌를 것이다.

오늘은 기필코 너를 찔러 죽일 것이다.

나는 마음을 먹고 다가서는데, 한발만 더 다가가면 찌를 수 있는데, 몸속 어딘가 끝에 있던 분노의 몸부림이 가슴을 답답하게 하더니 헛구역질까지 하게 했다.

나는 화장실로 가서 변기를 잡고 구토를 하기 시작했다.

하얀 물이 목구멍을 타고 나왔다. 분노라면 검은 물이 나올 줄 알았다.

나는 화장실 앞에 놓인 부엌칼을 다시 제자리에 꽂아 두었다.

*

회사에서 명예퇴직 이야기가 나오기 시작했다.

조건은 좋았다. 조건은 조건일 뿐이다. 나하고는 상관이 없을 줄 알았다. 이제는 노처녀 소리를 들어도 아직은 회사에 다닐만했다. 그런데 자꾸 위에서 무언의 압박이 내려왔다.

여자 선배들은 오래전부터 없었다. 여자 동기도 없었다. 이제는 내 차례인 것 같았다.

하루하루가 스트레스였다.

진급은 안 되기 시작한 지는 오래됐다.

그날도 '명예퇴직 권유'라는 공문을 받고 몇 번이고 사직서를 꺼냈다가 넣기를 반복했다.

핸드폰 진동이 울렸다. '수연이 엄마'라고 찍혀있다.

미자다. 아니지 미연이다.

"여보세요. 미연 씨 말해용."

나는 최대한 나의 기분을 표출하기 싫어서 텐션을 올려받았다.

"말자야. 아니 연우야."

나는 최대한 업을 시켰는데 미자 목소리가 다운되어있었다.

"왜? 무슨 일 있어? 철수 새끼랑 싸웠나?"

"싸우기는 우리가 싸울 군번이가? 그게 아니고 만나서 이야기하자."

"그래. 집 앞 고깃집으로 와. 민서랑 부를까?"

"아니 일단 우리 둘이 이야기하자."

"그래"

퇴근 시간까지 2시간이나 남았다.

'무슨 일이 있는 건가?' 다행히 미자 전화를 받고는 사직서는 조용히 책상 서랍으로 들어갔다.

"뭐라고?"

나는 미자 이야기를 듣는 순간 앞이 깜깜하고 귀에는 또 매미 소리가 나면서 주변 사람들 목소리가 들리지 않았다.

"야! 정신 차려라."

미자가 나의 팔을 잡고 흔들었다.

나는 그제야 눈앞의 깜깜한 어둠이 사라지기 시작했다. 어둠이 사라지니 매미 소리도 들리지 않았다.

"니 괜찮나?"

미자는 다시 내 눈앞에 오른손 손바닥을 펴서 흔들었다.

"괜찮다. 자세히 말해봐라. 확실한 거야?"

"확실하다. 내가 이번에 고등학교 동창회 가서 들었다. 한 아이는 장례식장도 갔단다."

나는 목울대가 사르르 떨리기 시작했다. 금방이라도 목이 잠겨 울음이 눈물과 터질 것 같았다.

선영이가 죽었다고 했다.

그것도 21살에 죽었다고 했다. 자살이었다고 했다. 약을 먹었는지, 목을 매고 죽었는지는 모른다고 했다.

나는 온몸이 떨려서 앉아 있을 수가 없어서 일찍이 그냥 미자와 헤어지고 집으로 왔다.

나는 눈을 감았다.

선영이를 떠 올려 봤다.

선영이는 항상 철민이에게 입버릇처럼 "철민아! 니 바람피우면 내 그냥 죽을 거다. 약 먹고 죽을뿔끼다." 말했다.

그럴 때마다 철민이는 매번 그런 소리 한다고 싸우고는 했다.

나는 순간 선영이 편지가 생각이 났다. 버리지도 못하고 철민이에게 주지도 못했던 편지를 서랍 깊숙한 곳에서 꺼냈다.

'철민아. 내가 널 다시 만나러 올게. 조금만 기다려줘.'

편지 마지막에 쓰인 이 글이 나를 더욱 아프게 했다.

선영이는 어쩌면 철민이를 찾아왔을 수도 있었다. 그런데 철민이는 군대에 갔고, 유리가 태어났고, 은진이가 있었을 것이다.

철민이와 은진이의 관계를 알았을 것이다.

그래서? 정말 입버릇처럼 말했던 대로 철민이가 바람을 피웠다고 생각을 하고 약을 먹었을 수도 있었을 것이다.

나는 내가 선영이를 죽인 것 같은 생각이 들기 시작했다.

'내가 만약에 어떻게든 편지를 줬다면, 그래서 철민이가 선영이를 기다렸다면.' 선영이는 죽지 않았을 수도 있었다.

나는 이제 철민이를 어떻게 봐야 하는지 모르겠다.

내가 편지를 그때 줘야 했다.

내가 읽고 말을 해주어야 했다.

나는 오늘도 검은 봉지를 들고 있었다.

나의 발걸음에 맞춰서 검은 봉지 속에서 "짤랑" 소주병끼리 부딪치는 소리가 났다. 나는 선영이 이야기를 듣고 이른 여름휴가에 연차까지 썼다. 회사에서 흔쾌히 쓰라고 했다. 아마도 명예퇴직을 기대하고 있을 수도 있다.

오늘이 5일째다.

누구도 만나지 않고 혼자 눈 뜨면 집 앞 슈퍼에서 소주를 사서 집에서 보지도 들리지도 않는 티브이를 켜놓고 혼자 술 마셨다.

매일 철민이에게서 전화가 왔다.

나는 회사 일이 바쁘다는 핑계를 대고 만남을 피했다.

철민이 볼 자신이 없었다.

소주를 한 병쯤 먹었을 때였다.

핸드폰에 문자 알람 소리가 들렸다.

'철민이거나 민서일 것이다.' 나는 무슨 핑계를 또 대면서 피해야 할까? 생각하면서 핸드폰을 열어봤다.

깜짝 놀랐다.

나는 내가 잘못 본 건지 술에 취했는지 다시 확인해 봤다.

4년 전 부산에 왔을 때 지웠다고 생각했던 이름이 화면에 떴다. '장선뱀♡♡'. 장성우 나쁜 놈이 문자를 보낸 것이다.

까맣게 잊고 있었던 놈이었다.

- 잘 지냈어? 나 울산으로 발령받아서 내려왔어. 언제 한번 밥

먹자. 문자 보면 연락 주라." -

나는 이 문자를 모른 척해야 했다. 나는 바로 지워야만 해야 했다. 연락처를 삭제하고 연락하지 말았어야 했다.

이놈의 술이 원수였다.

그 문자를 시작으로 나는 또다시 그놈의 꼬임에 순진한 이연우가 되어 버렸다.

회사의 명예퇴직 압박과 선영이의 죽음과 막내딸 시집가기만을 기다리는 아버지의 바람과 어차피 철민이와의 이어질 수 없을 것 같은 불안감에 나는 명예퇴직과 함께 아버지 손을 잡고 결혼식장으로 들어서 이놈의 손을 잡게 되었다.

그동안 모은 돈과 명예퇴직금을 합치니 울산에 이놈이 원하는 아파트를 반반 내서 살 수 있었다.

처음에는 행복했었다.

누구도 부럽지 않았다.

내 행복의 결실로 우진이가 태어났다.

우진이가 태어났을 때 이놈은 나와 한마디 상의 없이 아파트를 담보로 대출받았고, 회사도 명예퇴직했다.

이놈은 명예퇴직금과 담보 대출금을 가지고 사업을 했다. 무슨 키즈사업이라고 했다.

나는 한참이 지난 후에야 사업이 망하게 생겼다고 나에게 말해서 나는 그때 서야 이놈이 사업을 하기 위해 대출을 받았고 회사도 퇴직했다고 알았다.

내가 둔했는지 이놈이 영악하게 나를 속였는지 알 수가 없었다.

대출금의 이자 납부의 압박에 우리는 아파트를 급매로 팔고 다 쓰러져 가는 아파트를 전세로 구해서 살게 되었다. 그래도 나는 다시 잘 살 수 있을 거라 믿었고, 이놈도 열심히 살자고 입바른 소리로 나를 안심시켰다.

그러나 힘들게 찾은 행복은 꾸준히 이어질 줄 알았지만 따뜻한 물을 가득 받은 욕조에 마개가 빠진 것처럼 빠르게 모조리 빠져나가 흔적조차 감추었다.

이놈은 다시 구한 직장도 석 달 이상을 가지 못했다.

"상사가 어린데 반말을 해서 관뒀다."

"월급이 쥐꼬리만 해서 관뒀다."

"너무 멀어서 관뒀다."

어느 정도 시간이 지나니깐 변명도 듣기 싫었다. 변명을 듣지 않으니, 현실이 보이기 시작했다.

"말자야 괜찮나? 성우 씨는 요즘 뭐해?"

"그저 그래."

"니 목소리가 그저 그래가 아닌 것 같다."

"미안. 그냥."

미자의 "괜찮나?" 이 한마디에 모든 신경이 다 터져서 눈물로 나올 것 같았다.

"근데. 말자야. 아직 철민이는 니 이사한 것도 모르던데, 성우 씨 직장 관둔 것도 모르고, 결혼하고 한 번도 안 봤다며, 니가 무슨 사정이 있겠지 생각해서 말 안 했어."

"고마워. 철민이한테는 말하지 마."

"어이구. 알았다. 근데 전화 통화는 좀 해라. 엄마, 아버지 전화는 받는다고 하면서 철민이 전화는 왜 안 받노?"

"그냥. 미자야. 나중에 다시 전화하자. 우진이 깼나 보다."

"그래."

나는 잘 자는 우진이를 쳐다보면서 급하게 미자의 전화를 끊었다.

계속 통화를 하다 보면 잘 자고 있는 우진이가 잠에서 깰 것 같았다. 그것보다 참고 있던 울음이 먼저 터질 것 같다.

나는 이놈에게 이용을 당한 것이다.

나는 이놈을 언젠가는 죽이고 나도 죽을 것이다.

내가 죽이지 않으면 이놈은 끝까지 행복할 것 같다.

집 대출과 명예퇴직금을 받고도 나한테 말하지 않았던 이놈은 키즈 관련된 사업을 하기 위해 퇴사했고, 아파트 대출도 받았고, 잘해보려 했는데 망했다.

이것이 내가 알고 있는 모든 것이었다. 그러나 이놈은 사업조차 하지 않았다.

대출금과 퇴직금 모두를 시어머니에게 줬다는 사실을 알았다. 시어머니는 대구에서 카페를 운영하신다. 카페 규모도 꽤 크고 주변에서도 괜찮은 평을 받고 있다. 그런 시어머니에게 돈을 줬다고 했다.

'왜?'

시어머니는 자기가 이놈에게 빌려준 돈을 받은 거라고 했다.

'무슨 놈의 집안이 이렇다는 말인가?'

나는 그때부터 어리석은 나 자신이 부끄러웠다. 그런데 여기서 이놈은 끝내지 않았다.

그 일을 알고 난 후 며칠이 지나지 않았다.

이놈은 집안 곳곳을 엉망으로 해놓았다. 뭔가를 찾은 듯했다. 이것도 내 실수였다. 결혼 전 통장을 보여주면서 울었던 기억이 났다.

"통장 어딨어?"

"무슨 통장?"

"니가 아끼던 통장."

"그거는 안돼."

"아이! 씨팔! 안되기는 내가 좀 쓰자는데, 내가 뭐라도 해야지 우리가 살 것 아니가! 씨팔!"

이놈은 금방이라도 때릴 것 같은 표정과 욕을 하면서 큼직한 오른손 손바닥을 스매싱 준비하듯이 올렸다.

나는 속으로 '제발 때려라.' 말했다. 그러면 오늘 난 이놈을 죽일 것이라고 다짐했다.

이놈은 화를 못 참고는 쓰레기통을 발로 차고 나가 버렸다.

나는 책 속에 숨겨둔 통장을 확인하고 챙겨놓았다. 이 통장은 아빠, 엄마, 말숙이, 동식이가 뜨거운 불 속에서 타 죽으면서 받은 보험금이다.

부산 아버지가 잘 간직했다가 내가 결혼한다고 말씀드리러 간 날 꺼내 주셨다. 나를 키우는 데 써도 어느 누가 뭐라 하지 않았을 것인데, 그것도 모자라 20년을 가까이 매달 작게는 25만 원, 많게는

50만 원도 우리 막내딸 시집가면 줄 거라고 모으신 거다.

  철민이가 집도 말아먹고 돈 없을 때도 이 돈은 손을 대지 않았다.

  폐지 주워서 모은 돈, 용돈 하시라고 자식들이 준 돈을 이렇게 모아서 나를 주셨다.

  나는 통장을 보면서 또 울음이 터졌다.

  나는 우진이를 어린이집 노란 봉고차에 태워주고는 웃으며 양손을 흔들었다. 봉고차가 눈에서 사라지는 걸 확인하고는 나의 입가에는 금세 미소가 사라졌다.

  아침 9시인데도 햇살이 뜨겁다.

  그거 조금 양팔을 흔들며 인사했다고 땀이 났다.

  나의 발걸음은 길 건너 편의점으로 향했다. 아무리 낡은 아파트 상가에도 편의점은 있지만, 나는 길 건너 편의점으로 갔다.

  편의점 앞에 중학생으로 보이는 여학생과 남학생이 교복을 입고 티격태격하면서도 서로 아이스크림을 한입씩 나눠 먹고 있었다.

  나의 눈물샘이 고이는 것을 느꼈다.

  집게손가락에 힘을 줘서 눈물샘에 고인 눈물을 튕겨 냈다.

  그리웠다.

  그리움이 가슴을 파고들어 와서 아파서 눈물샘이 고인 것 같았다. 나는 맥주 피처 두 개를 검은 봉지에 담아 달라고 하고는 들고 나왔다. 나는 결혼 이후 소주는 잘 안 마셨다. 맥주가 좋다. 이렇게 아침에 우진이 보내고 밥 대신 맥주를 마셨다.

  나는 집으로 들어와서는 종이컵에 맥주를 따라 마셨다.

나는 종이컵에 맥주를 따라 마시는 것을 좋아했다.

한 잔 두 잔씩 따라 마시다 보면 빳빳했던 종이컵이 눅눅해진다.

그렇게 눅눅해진 종이컵을 만지다 보면 꼭 나 같은 생각이 들었다. 내가 좋아서 했는데, 그때는 나를 좋아하는 줄 알았는데, 결국에는 눅눅해져 버린 나를 눅눅한 종이컵 취급하듯이 꾸겨 버린 것이다.

나는 눅눅해진 종이컵을 꾸겨 쓰레기통에 버리고는 빳빳한 종이컵에 맥주를 따라 마시는데, 무슨 일인지 이놈이 오전부터 집에 들어왔다.

나는 당황스러웠지만 대화한 지도 오래됐고, 말하기도 싫고 해서 신경도 쓰지 않고 따라놓은 맥주를 마셨다.

"잘한다. 집은 개판 오 분 전이고, 애 엄마라는 사람은 아침부터 술판이나 벌이고, 매일 그렇게 술을 마실 돈은 있는가 보지? 미친 년."

이제는 욕까지 했다.

나는 참았다.

대꾸도 하기 싫었고, 같이 욕하면 입만 더러워질 것 같았다.

이놈은 씻고 옷을 갈아입고 다시 나갈 준비를 했다.

다행이었다.

"그냥 나가라." 혼잣말을 했다.

이놈이 내 앞으로 왔다.

"왜? 철민인가? 그놈 불러서 같이 술 먹지. 너희 둘이 형제 같은 친척이라며, 친척 같은 소리 하네. 누굴 바보로 아나! 피 한 방울 섞이지도 않은 생판 남인 거 모르는 줄 아나! 왜? 이럴 때부터 같이 살면서 좋은 거 안 좋은 거 다 봐서 이제 재미가 없어서 내랑 결혼 했나? 얼마나 많이 둘이 뒹굴어겠노. 왜? 뭐 쳐다보노! 내 말 틀렸나. 니 남자도 좋아하고, 섹스도 억수로 좋아하잖아."

나는 갑자기 입술이 바짝 말라가더니 혀가 목구멍으로 말려 들어가며 아무 말이 안 나왔다.

나는 어이가 없어서 멍하게 쳐다보고만 있었다.

"미친년이 뭐 쳐다보노! 아이 씨팔."

손을 올리더니 때리는 시늉을 하고는 식탁 의자를 들었다가 놓고는 나가 버렸다.

나는 가슴이 쪼여오고는 헛구역질이 나기 시작했다.

가슴이 너무 아팠다.

숨을 쉴 수가 없었다.

'매일 죽고 싶다.'라고 생각했던 나였는데, 이렇게 가슴이 쪼여오고 숨을 쉴 수가 없으니 죽을 것 같아서 겁이 났다.

나는 살아야만 했다.

핸드폰을 왼손으로 꽉 쥐고 검지에 힘을 줘서 단축번호 10번을 꾸욱 눌렀다.

"여보세요. 민서야. 나 죽을 것 같아. 나 너무 아프다."

"야. 연우야. 119를 불러. 내가 불러 줄까?"

"119 싫어. 누군가가 보잖아. 실려 나가기 싫어."

""연우야. 정신 챙겨."

나는 전화를 끊었다.

한참을 가슴에 손을 얹고는 심호흡을 했다. 살아야만 했다. 조금씩 고통은 사라졌다.

나는 눅눅해진 종이컵을 꾸겨 쓰레기통에 버리고 새 종이컵에 다시 맥주를 따라 마셨다.

가슴이 뻥 뚫린 느낌이 너무 좋았다.

"띵동~"

"누구세요.?"

"나야. 문 열어."

민서다.

민서는 나를 보더니 얼굴을 양손으로 감쌌다.

"괜찮아? 너 괜찮아. 안 아파?"

"야. 너 어떻게 왔어. 왜 왔어. 나 괜찮아."

"니가 전화했잖아. 아프다고."

"내가?"

나는 기억이 없었다.

민서는 거실로 들어서는 순간 개판 오 분 전이 된 집을 보고는 발을 디디는 곳마다 양손으로 무언가를 주섬주섬 주어 제자리에 놓으려고 둘러보다가 식탁 위에 올려놓고는 안주도 없이 종이컵에 맥주를 따라놓은 거를 보고는 울기 시작했다.

"너, 왜 그래. 왜?"

나는 아무 말도 하지 않았다.

"연우야. 내랑 좀 치우자."

"싫어. 치우지마. 그리고 안 치우고 있는 거야."

"왜?"

"치우는 시간이 아까워."

"말도 안 되는 소리 하지만. 그리고 에어컨을 좀 틀고 시원하게 있어. 안 더워."

"괜찮아. 나는 참을만해. 그리고 에어컨 고장 났어."

"그럼. 고쳐."

"싫어. 고치면 그놈이 집에 자주 올 것 같아서 싫어. 그리고 그놈이 시원해하는 거 보기 싫어."

"미치겠다. 연우야. 왜 이러니. 너하고 우진이는 살아야 할 거 아니야."

"나는 상관없는데 우진이는 살아야지. 그래. 살아야지."

"이혼해. 그 새끼가 이혼하자고 했다면서."

"안돼. 이대로 이혼 못 해. 아니 안 해. 그놈이 행복해질 것 같아서 싫어. 그리고 돈 다 받아야 내고 이혼할 거야."

"그러지 말고 그럼 동우한테 이야기해 봐. 상담을 해. 니 친구 잘 나가는 변호사를 두고 왜 혼자 끙끙대고 있냐? 이런다고 그놈이 돈을 줄 거 같아."

"싫어. 동우한테 이야기하면 철민이한테 이야기할 거야. 그러면 철민이는 당장 내 끌고 집으로 갈 거야."

"말 안 해. 동우가 바보니, 너만큼이나 철민씨에 대해 잘 아는 사람이야."

그랬다.

동우도 철민이에 대한 나만큼이나 잘 아는 놈이다.

나는 우진이를 어린이집에 등, 하원 시키기 위해 오고 가며 봐왔던 '그 자리'라는 카페에 들어갔다.

밖에서 봤던 거와는 다르게 실내는 상당히 세련되고 제법 컸다. 나는 아이스 아메리카노를 하나 시키고는 진동벨을 들고는 입구 쪽에서 제일 먼 곳으로 자리 잡았다.

자리를 잡아 앉자마자 진동벨이 울렸다.

"이렇게 빨리 줄 거면 기다리라고 하지."

혼자 구시렁거리며 커피를 받으러 갔다.

한 모금 마시니 목구멍이 시작하는 지점까지 타올랐던 갈증이 내려갔다.

대화 소리가 들리던 테이블 쪽으로 눈을 돌렸다. 여자 두 명이 앉아 무슨 이야기하는지 웃고 있었다. 한 여자는 고개를 뒤로 젖히고 손뼉까지 치며 웃는다.

분명 내가 보기에는 내 또래로 보였다. 그러나 저 사람들이 나를 보면 자기들이 10살은 아래일 거로 생각할 거다. 가끔 거울을 봐도 폭삭 삭아버린 내 얼굴에 놀랄 때도 있었다.

나는 갑자기 불안해졌다.

왜 불안한지도 모르겠다.

나는 손톱 거스러미를 물어뜯기 시작했다.

얼마 지나지 않아 입에는 피 맛이 나기 시작했다. 손톱 거스러미가 생각보다 깊게 많이 뜯겨 나간 거다.

나는 아이스 아메리카노를 바치고 있던 누런 티슈로 손가락을 감쌌다.

나의 손은 가만히 있지 않았다.

나무 테이블 모서리에 약간 뜯긴 나무 부스러기를 쭉 잡아뗐다.

누런 티슈로 감싸고 있는 손은 나무 부스러기가 들려 있었다.

나는 아무 일 없는 것처럼 아이스 아메리카노에 들어있는 투명한 사각 얼음을 입안에 넣고는 혀로 돌렸다.

"어서 오세요." 카페 직원의 인사에 입구 쪽으로 몸을 돌려 쳐다보고는 손을 들었다.

동우는 나의 어깨를 가볍게 터치하고는 맞은편에 앉았다.

이렇게 마주하니 내가 아는 동우처럼 보이지 않았다.

세련된 정장은 동우의 작은 키를 커버해 준 느낌이었다.

변호사 같았다.

나는 다시 한번 "철민이한테는 말하지 마라."고 강조하고는 상담하기 시작했다. 상담이 아니라 그동안 나의 결혼 생활을 털어놓았다.

이야기 도중에 나도 모르게 흐르는 눈물에 동우는 티슈를 건넸고, 그걸 옆 테이블에 있는 여자 두 명이 관심 있게 쳐다보는 시선이 느껴졌다.

그런 시선은 아무렇지도 않았다.

"말자야. 아! 미안! 연우야."

"괜찮다. 편한 대로 말자라 불러."

"그래. 말자야. 내 충분히 니 마음 알겠다. 그리고 내 어떻게든 니가 원하는 대로 이혼시켜줄게."

"할 수 있겠나? 돈도 다 받아낼 수 있겠나?"

"할 수 있다. 아니 해야지. 근데 이 상태로는 안 된다."

"뭔 말이고?"

"니 지금 몸 상태가 많이 안 좋은 것 같다. 매일 그렇게 술 먹는 것도 그놈이 알 거 아니가?"

"……"

"일단, 기분 나쁘게 듣지 말고, 니 하고 우진이를 위해서 병원 상담부터 받고 치료하자."

"무슨?"

"내가 시키는 대로 해라. 지금 이 상태로 이혼 준비하다가 그놈이 니를 "알코올중독이니 뭐니." 하면서 어떻게 해도 이상하지 않다."

나는 망치로 머리를 한 대 맞고는 이해가 되었다.

나는 동우가 소개해 준 병원에 다녔다.

일주일에 한 번씩 진료를 받았고, 한 달이 지났다.

나는 조금씩 나 자신을 설득하고 있었다.

'이혼을 위해 조금만 변하고 참자.' 몇 번이고 마음속으로 썼다.

집도 치우고, 술은 끊지는 못하고 줄였다. 그 술 때문에 의사 선생님에게 매번 잔소리를 들었다. 그래도 매일 먹던 술을 일주일 한두 번 먹었다. 의사 선생님은 내가 어디선가 주워들었던 병명을 나에게 갖다 붙였다.

"알코올 중독증에 가까운 알코올 의존증입니다. 알코올 의존증

보다 심각한 거는 우울증에 공황장애가 심각합니다."

가슴이 쥐어짜듯이 아프고 심장이 쿵쿵거리는 것이 공황장애 때문이라고 했다.

나는 시동을 켜고 길은 알지만 내비게이션에 병원을 입력하고 간다. 얼마 전에는 그냥 갔다가 부산까지 갈 뻔했다.

"과속 방지턱입니다."

분명 들렸다.

나는 속도를 낮추지 못 한 채 방지턱 바로 앞에서 브레이크를 살짝 밟았다가 놓았다.

방지턱을 밟는 순간 차가 튀어 올랐다.

붕 뜨는 순간 나는 숨을 참았다.

짧은 순간이었다.

차는 "쿵" 하고 떨어졌다.

나는 운전을 철민이에게 연수받았다.

"방지턱이 보이면 한 10m 전부터 속도 낮춰라. 바로 앞에서 브레이크 밟으면 충격이 더 크다. 명심해라. 방지턱 바로 앞에서는 브레이크 밟지 마라."

철민이 말이 생각났다.

나는 방지턱 앞에서 브레이크를 잡고 '쿵'하고 떨어지는 순간 내 인생 같았다.

지금 내 인생길 앞에도 아주 작은 방지턱 하나 놓인 거뿐인데 나는 멈추려 했었던 거다.

바보 같은 기분이 들었다.

'그래 까짓것 바꿔 보자. 내 인생길에 있는 방지턱 앞에서는 브레이크 밟지 말자.' 나는 다짐을 하고는 액셀을 밟기 시작했다.

나는 조금씩 몸이 회복되는 것을 느꼈다.

가슴이 쪼이는 것도 심장이 '쿵쿵'거리는 것도 횟수가 줄어들기 시작했다.

'내가 이렇게 의지가 강했나?' 나를 의심하기도 했다. 내가 달라져도 그놈은 달라지지 않았다. 집에 있는 날보다 없는 날이 많았고, 어쩌다 마주치면 돈 달라고만 했다.

나도 그놈의 행동, 말 모든 것을 무시하는 것은 변하지 않았다.

나의 변화는 오래가지 못하고 멈추게 되었다.

나의 다짐과 의지는 사라졌다.

"여보세요."

"네. 우진이 어머니 안녕하세요. 어린이집입니다."

나는 어린이집 선생님의 전화를 받고는 우진이를 데리러 어린이집으로 갔다.

"어머니. 혹시 우진이가 이상한 거를 못 느꼈나요. 제가 느끼기에는 상담을 한번 받아 보셔야겠는데요."

우진이는 그날 상담과 검사를 받았다.

나는 담담하게 받아들였다.

마음속으로는 '우진이를 위해서 살아야지. 바뀌어야지.' 했지만 그냥 나 살기 위해 몸부림친 거다.

누구보다도 내가 더 잘 알 수 있었는데 말이다.

우진이는 그날부터 손가락 한 마디 정도 되는 돋보기안경을 끼기 시작했다.

또래보다 말이 늦었다.

"자폐입니다."라는 확신에 찬 의사 말에 나는 잊고 있었던 단어가 머리에 박혀 버렸다.

'자폐'라는 말은 나는 어릴 적 매일 한 번은 들었던 단어다.

그렇게 익숙한 단어를 몰라봤던 거다.

내 기억이 맞는다면 말숙이도 우진이 나이 때쯤부터 돋보기를 쓰기 시작하고 발작을 하기 시작했던 것 같다.

나는 우진이를 꽉 안고는 등을 쓰다듬었다.

"우진아. 엄마가 미안해."

말숙이를 빨랫줄로 허리에 묶어서 데리고 다닐 때 보다 시설도 좋고, 사람들 시선도 많이 좋아졌다. 어린이집 선생님의 도움으로 우진이가 다닐 수 있는 어린이집을 소개받았다.

우진이와 비슷한 아이들이 다녔다.

벌써 이렇게 갈라놓는다는 것에 안타깝지만 어쩔 수 없는 상황이다.

돋보기를 낀 우진이는 모든 게 잘 보여서인지 말을 많이 하기 시작했다.

"엄마. 엄마. 우진이는 우진이 밥. 밥."

"우진이 맛있는 밥 해줄게요."

반복되는 말투, 행동이 나에게는 익숙했다.

낡은 철제문의 낡은 손잡이를 열고 들어서는데, 냄새에 나가고 싶었다.

이놈 냄새다.

언제 왔는지 이놈은 소파에 누워서 티브이를 보고 있었다. 우진이는 내 다리를 잡고는 내 뒤로 숨었다.

이놈은 우진이 이야기를 듣고는 리모컨을 바닥에 던졌다.

"뭐! 그래서 씨팔! 어쩌라고."

나는 아무 말도 할 수가 없었다. 아니 하기가 싫었다.

이놈은 나를 다시 한번 쳐다봤다.

"어디서 이상한 아를 임신해서 낳아 놓고 나한테 어쩌라고."

어이가 없었다. 이제는 자기 아들이 아니라는 소리를 하는 것 같았다.

이놈은 사람 새끼가 아니었다.

이놈을 어떻게 하지 생각하면서 쳐다봤다. 그런 나를 다시 한번 아래위로 쳐다보더니 벌떡 일어나서 핸드폰을 가지고 머리를 내리치려고 하였다.

"씨팔년아! 뭐 째려보노? 니가 째려보면 어쩔 건데, 피가 등신 집안 피니깐 애도 등신을 낳지.

왜? 너그 엄마도 등신 하나 낳았다며, 불에 타 죽은 등신 이름이 말숙이제."

"이런...미.."

나는 욕이 목구멍을 통과해서 나오는데 또 혀가 돌돌 말리더니 말이 안 나왔다. 말은 안 나오고 가슴이 아파져 오고 심장을 공룡이 밟는 것처럼 쿵쿵 거렸다.

나는 그 자리에 주저앉아 왼쪽 가슴을 오른손으로 꽉 눌렀다.

이놈은 그런 나를 발로 툭 쳤다.

"가지가지 한다. 지랄 쇼를 해라. 비끼라."

이놈은 금방 머리를 찍으려 했던 핸드폰을 들고 담배에 불을 붙여서 화장실로 갔다.

일부러 나 들으라고 스피커폰으로 했는지 듣고 싶지도 않았지만, 상대방 목소리가 들렸다.

꽈랑꽈랑한 목소리, 찢어지며 높은 언성, 시어머니다.

"그러기에 제대로 된 집안하고 결혼했어야지. 어찌 그런 애하고 결혼해서 고생하노? 그거 다 유전이라고 하더니 유전이 맞네. 피검사는 확실하게 했나? 니 애는 맞나? 다 필요 없고 빨리 정리해라."

화장실 물 내리는 소리가 나더니 밖으로 나온 이놈은 다시 한번 발로 나를 '툭' 치더니 집을 나가 버렸다.

나는 통증이 가라앉기를 기다렸다.

조금씩 진정이 되기 시작했다.

안방을 열어보니 우진이는 싸우는 소리가 익숙했는지 잘 자고 있었다. 우진이 자는 걸 확인하고 슈퍼에 가서 맥주를 사서 왔다.

나는 냉장고 위에 코끼리 코처럼 길게 뻗어있는 종이컵을 꺼내서 맥주를 따라 마셨다.

맥주 한 잔에 편안함을 느꼈다.

나는 그렇게 다시 예전 일상으로 돌아갔다.

약도 먹지 않고, 병원도 가지 않고, 다시 술만 먹기 시작했다.

'다 필요 없어. 나는 놈을 죽이고 나도 죽을 거다.'

혼자 상상을 했다.

어떻게 죽이고 어떻게 죽을 것인가.

몇 번을 상상했다.

그렇게 보름이 지났다.

이놈이 보름 만에 집에 들어온 것이다.

나는 다시 부엌칼을 쳐다보고는 방으로 들어갔다.

한 시간은 지나갔을 거로 생각하고 핸드폰을 보니 4시 35분이다. 고작 5분이 지난 거다. 나는 이불을 덮고 누웠다.

갑자기 심장이 '쿵쿵'거리면서 가슴이 아프기 시작했다. 귀에는 매미가 다시 찾아와서 울기 시작했고, 눈앞은 캄캄했다.

분명 화장실에서 오바이트를 하고 부엌칼을 다시 갖다 놓았는데, 그놈을 부엌칼로 수십 번을 찔러 온통 피바다가 된 것이 머릿속에 그려지기 시작했다.

손에서 느껴지는 끈적함에 손을 코에 가져다 대니 코끝에 피비린내가 나기 시작했다.

부엌에 칼을 꽂아 둔 것이 아니고 나는 저놈을 찔러 죽인 것 같았다.

무서워졌다.

그놈이 죽었다면 나도 죽어야 하는데, 밖을 나가서 확인해야 하는데 몸이 움직이지 않았다.

공룡 한 마리는 나의 심장을 미친 듯이 밟고 있었다.

나는 핸드폰을 들어 전화를 걸었다.

"여보세요. 철민아."

"말자야. 무슨 일이야."

"철민아. 내가 저놈을 죽인 것 같은데, 못 나가겠어. 아니야. 안 죽었어. 아니야. 죽인 것 같아. 나 어떻게 해."

"진정하고 있어. 아무것도 하지 말고 있어. 내가 지금 갈게."

나는 이불을 머리끝까지 올렸다.

철민 그리고 말자

"김철민씨. 김철민씨."

"네. 네." 철민이는 분명 대답을 한다.

의사는 철민이의 눈을 작은 플래시 불빛으로 비춰보고는 "아직 의식이 없으시네." 이 말을 남기고 나가버린다..

철민이의 목소리는 아무도 듣지 못했다. 철민이는 꿈일 거로 생각하고는 눈을 감았다. 다시 떴다. 팔을 들어보려 해도 꼼짝도 하지 않았다. 팔 뿐만이 아니라 어느 한 곳도 움직이지 않았다.

'꿈은 아닌 것 같은데, 이게 말로 듣던 식물인간? 뇌사상태?' 그런 상태라는 것을 철민이는 알게 되었다.

철민이는 의식도 있고 말도 잘했다. 물론 아무도 알지 못했다. 눈은 뜨고 있고, 다 보였다. 몸은 움직이지 않아서 천장의 불빛만 보였다.

의사가 나가고 얼마 지나지 않아 누군가가 들어오는 것 같았다.

익숙한 냄새다. 단번에 알 수가 있다.

엄마다.

"엄마! 엄마!"

"아들아! 아이고 빨리 일어나라. 어쩔라고 계속 이러고만 있노?"

"엄마! 내 괜찮다. 금방 일어날 거다."

"너그 아부지는 이제 밥도 안 묵고, 매일 옥상에 올라가서 하늘만 보고 있다."

"아버지."

철민이는 다 들리고 다 대답한다. 엄마는 손을 꼭 잡고 한참을 '부처님 아부지'를 찾으셨다. 손등 위로 적당한 온도의 물이 한 방울 떨어져 크게 번졌다. 눈물이다.

"엄마는 내일 또 올게."

"엄마!" 크게 엄마를 불렀다.

철민이는 눈을 감았다. 억지로 다시 잠이라도 들어서 잠에서 깨면 몸은 못 움직여도 좋으니 내 목소리라도 들렸으면 좋겠다는 생각을 했다.

사고다.

비가 왔으나 앞이 안 보일 정도의 비는 아녔다. 급한 마음에 속도를 낸 것도 맞지만 위험하다고 생각하지는 않을 정도였다. 마주 오는 차의 헤드 라이터가 눈이 부신 것까지는 기억이 났다.

그 이후가 기억이 없다. 아마도 마주 오는 차하고 교통사고가 난 것 같다.

"아직 의식이 없다."라는 의사의 말은 이렇게 누워 있은 지도 오래된 듯했다.

말도 안 된다. 분명 이렇게 생각을 하고, 엄마도 알아보고, 말도 다 알아듣는데 도대체 왜? 의식도 없다고 하는지 알 수가 없었다. 시간이 얼마나 흘렀는지, 잠을 잔 건지, 생각하고 있었는지 모르겠다.

문이 조심스럽게 열리는 소리가 나더니 코끝으로 살짝 바람이 들어오는 듯한 것을 느꼈다.

"철민아! 안녕~ 나 없는 동안 심심하지는 않았어."

말자는 병실에 들어오자마자 익숙한 듯 쇼핑백에서 물건을 주섬주섬 꺼냈다.

"이것 봐라. 내 오늘 엄마 집에서 앨범을 가져왔다. 나중에 같이 보자. 히히~"

철민이는 아무 대꾸도 없었다.

"이거는 니가 좋아하는 커피, 내가 대신 마실게."

말자는 이쪽 서랍 저쪽 서랍에 넣을 것을 넣고는 물티슈를 꺼내서 침상을 구석구석 닦았다. 그 물티슈를 바닥까지 닦더니 버리러 들고 나갔다.

철민이는 아직 말자 얼굴을 자세히 볼 수가 없었다.

병실에 들어와서는 이것저것 들고 혼자 바쁘게 움직였다. 그런데 목소리는 너무 좋다는 걸 느꼈다.

최근 몇 년 동안 듣던 목소리 중 제일 상쾌하고 들떠 있는 목소리 같았다.

말자는 쓰레기를 버리고 손을 씻고 왔는지 손을 닦고 핸드크림을 바르고 철민이의 손을 잡았다. 철민이는 이 핸드크림 냄새도 익숙했다. 바닐라향 같으면서 은근한 냄새다.

철민이는 이 냄새를 좋아했다.

"오늘은 좀 어때? 철민아?"

철민이는 깜짝 놀랐다.

말자가 코앞까지 얼굴을 갖다 대었다. 눈감고 그리라고 해도 그릴수 있다. 말자 얼굴은 그대로였다. 늙지도 않은 것 같았다.

말자의 냄새, 말자의 숨소리마저도 늙지 않았다. 철민이는 아무 말도 하지 않았다. 무슨 말을 해도 못 들으니 굳이 말할 필요가 없고, 철민이에게는 어제도 그제도 기억이 없으니 '오늘은 어떻냐?'라고 물으니 딱히 할 말도 없었다.

"벌써 크리스마스가 다음 주야! 빨리 일어나라. 라디오에서 그러는데 올해는 전국적으로 화이트 크리스마스 될 확률이 높다고 하더라.

뭐 크리스마스 날 되어봐야 알겠지만...."

철민이는 계산을 해봤다.

다음 주가 크리스마스면 이 상태로 한 달을 있었던 거다. '설마 1년하고 한 달을 있었던 건 아니겠지.' 철민이는 흔들리지도 않는 고개를 흔들었다.

말자는 세면대에 물을 받아 손가락 끝을 가져다 댄다. 물 온도가 적당한지 수건을 물에 적신다. 물기를 짜낸 수건으로 철민이 얼굴을 닦기 시작했다.

"우리 철민이 많이 늙었네. 괜찮아 늙어도 잘생기고 멋져. 기억나? 어릴 때 니 오토바이 사고 나서 병원에 입원했잖아. 하하. 내가 니 똥 기저귀도 갈아 준 거. 흐흐. 미안해. 철민아."

말자는 혼자 이야기하면서 웃었다가 울기를 반복했다.

철민이는 말자를 쳐다보는 거 말고는 아무것도 할 수가 없었다.

말자는 철민이 침상 옆에 바퀴 달린 동그란 의자를 가져와 철민이 손을 잡았다.

"하느님 아버지! 제발 철민이 돌아오게 해 주십시오."

한참을 손에 이마를 가져다 대고 흐느끼며 기도를 했다.

"미안해. 철민아. 그런데 나 요즘 살 것 같아. 아니 살아 있는 것 같아. 네가 사고 났다는 소식을 듣고 병원에서 너 상태를 보고는 정말 죽고 싶었는데 죽더라도 너 목소리 한번 듣고는 죽고 싶었어. 매일 병원 와서 너를 쳐다보고 너랑 있으니깐 내가 살아 있는 게 행복하고 그래. 웃기지? 그냥 너 옆에 있는 게 행복해."

말자는 다시 아무런 말 없이 그저 잡은 철민이의 손을 펴서 손가락 하나하나를 꽉 쥐었다가 놓기를 했다. 한참을 아무 말이 없었다.

"철민아! 미안해."

말자는 또 울기 시작했다. 몇 번을 이 말을 하는지 모르겠다.

"말자야. 그만 울어라."

말자는 갑자기 울음을 멈추더니 주위를 두리번거렸다. 그러고는 자기 양쪽 귀에 양손을 가져가 대었다가 떼기를 반복했다.

"뭐지? 이제 환청이 들리나? 분명 철민이 목소리였는데."

놀란 거는 철민이도 마찬가지였다. 금방까지 의사도 엄마도 못 듣던 내 목소리를 말자에게는 들리는 것 같았다.

'그새 내 목소리가 나오는 건가?' 철민이는 기쁜 것인지 묘한 기분이 들었다.

다시 목소리에 힘을 준다.

"말자야."

"뭐야? 누구야 누군데 철민이 목소리 흉내를 내는 거야."

말자는 병실 문을 열고 밖을 한번 쳐다보고, 옷장을 열어보고, 침대 밑을 보기도 했다.

말자는 자기 머리를 좌우로 크게 흔들고는 양손 검지를 펴서 양쪽 귓구멍에 가져다 대고 "아아아"를 또박또박 말한다.

"뭐하노? 가시나야."

"뭐야. 진짜 철민이야?"

말자는 철민이 얼굴에 귀를 갖다 댔다.

"얼굴 치워라. 부담스럽다."

"헉! 철민아. 깨어난 거야. 언제 깨어난 거야."

말자는 자기 양쪽 뺨을 가볍게 툭툭 두드렸다..

"철민아. 고마워. 깨어나 줘서 고마워. 흑흑"

말자는 울기 시작했다.

"그만 울어라."

"그래. 이제 안 울게 너무 좋아서. 맞다. 내 정신 봐라. 의사 선생님 데리고 올게."

말자는 병실을 나갔다.

얼마나 신이 났는지 목소리가 병실 안에까지 들렸다.

"선생님! 우리 철민이가 말을 해요. 의식이 돌아왔어요."

말자는 의사를 앞장세워 간호사와 병실 문을 열고 들어왔다.

의사는 몇 시간 전에 와서 했던 행동 하고 똑같이 철민이의 오른쪽 눈부터 작은 플래시를 갖다 댔다.

"김철민씨. 제 말 들리나요."

"네. 네. 들려요."

철민이는 똑바로 대답했다.

그 목소리에 말자는 기쁜지 아이처럼 손뼉을 치며 말했다.

"봐요. '네. 네.'라고 대답하잖아요."

의사는 고개를 갸우뚱하며 다시 말을 했다.

"김철민씨. 제 이야기가 들리면 대답을 해보세요. 말이 힘드시면 오른쪽 손가락을 움직여 보세요."

"말 잘 들려요?"

의사는 한참을 철민이 오른손을 쳐다봤다.

"왜. 안 들려요? 금방도 잘 들린다고 답하잖아요."

의사는 이제 말자를 한참을 쳐다봤다.

"보호자분! 아주 피곤한 상태에서 환자분을 아주 그리워하고 생각하다 보면 가끔 이렇게 환청이 들리고 합니다. 오늘은 그만 댁으로 돌아가서 쉬는 게 어떻습니까?"

"환청이라니요. 아니에요. 분명 또박또박 말을 하고 들리잖아요."

말자는 이번에는 간호사를 애처롭게 쳐다봤다. 간호사는 고개를 흔들며 말자 손을 잡았다.

"일단 안정을 취하시고요, 자꾸 환청이 들리면 오늘은 집으로 가시는 게 좋겠습니다."

병호는 바로 부산으로 내려가지 않고 경남 양산으로 향했다.

철민이 사고 이후 일주일 한 번은 꼭 서울에서 부산으로 내려왔다. 오늘은 철민이 병원에 가기 전에 들릴 곳이 있어서 양산으로 핸들을 돌렸다. 병호가 도착한 곳은 양산에서도 외곽에 있는 작은 절이다.

절 바로 옆에는 유료 낚시터가 있다.

병호는 잠깐 낚시터 앞에서 담배를 한 대 피우며 낚시터에 앉아 있는 사람을 봤다.

"누구는 팔자 좋네." 병호는 혼잣말하면서 몇 모금 피지 않은 담배꽁초를 발로 비벼 끄며 LA 로고가 박힌 검은색 야구 모자챙을 잡고는 다시 한번 꾹 눌려 썼다.

습관이 되었다.

큰 인기는 없어도 간간이 음악방송에 나오는 밴드의 기타리스트다.

사람들 알아보는 게 부담스러워 매번 이렇게 앞이 안 보일 정도로 모자를 눌려 쓴다.

"누나야. 내 왔다. 잘 있었나?"

병호는 짧은 인사를 하고는 한참을 고개 숙여 울먹였다.

"누나야! 혜영이 누나야. 우리 철민이가 의식이 없다. 누나는 알고 있제. 그래도 누나도 철민이 좋아했잖아. 흐흐. 누나야 철민이 좀 깨어나게 해도. 누나도 매번 철민이가 갖다 주는 초콜릿 좋아하잖아."

병호는 혜영이가 잠들어 있는 봉안당에 왔다. 병호는 혜영이 유골함 앞에 매번 바뀌는 초콜릿과 꽃이 철민이가 갖다 놓은 것을 알고 있었다.

"누나야. 누나가 살아 있었다면 철민이도 으흑! 불쌍한 우리 철민이 좀 살려주라. 누나야. 누나는 위에서 다 보고 있을 거 아니가. 거기에 높으신 양반한테 말 좀 해주라. 철민이 고생 많이 했다. 철민이도 철민이인데, 지 딸 유리는 어쩌노? 이제 대학 가는데, 이제 다 키웠는데. 누나야. 철민이 좀 살게 해주라."

병호는 한바탕 울고는 절을 나와 병원으로 향했다.

병원 주차장에 주차하고는 룸미러에 얼굴을 가져다 댄다. 울었던 흔적을 찾았다.

의사와 간호사가 말자를 진정시키고 돌아갔다.

철민이는 생각에 잠겼다.

'어떻게? 말자는 내 목소리를 듣는 것일까? 무엇으로 어떻게 증명을 해야 하는 걸까?'

말자는 의사가 나가는 문을 향해 따지는 듯 이야기를 했다.

"무슨 환청! 잘 들리는데 나를 미친년으로 만드네."

"말자야. 흥분하지 마라."

"흥분 안 하게 생겼나? 이렇게 또박 말을 하고, 나는 잘 들리는데 왜? 환청이라고 하는데."

"내가 생각해 봤는데 그게 니만 들리는 것 같다. 아침에 엄마가 왔다 갔는데 엄마도 내 말 안 들리는가 보더라."

"무슨 그런 말도 안 되는 소리하노? 이런 게 가능하나? 뭐 그러면 텔레파시 그런 거가?"

"텔레파시는 말을 안 해도 통하는 거 아니가? 나는 말을 하고 있고, 니는 내 말을 듣는 거고, 나는 모든 사람 말도 알아듣겠고 분명 의식도 뚜렷하게 있어."

"그러면 이게 뭔데."

말자는 말을 하면서도 다시 양쪽 귓구멍에 집게손가락을 넣었다 뺐다 하며 "아아"를 반복했다.

"철민아. 아무 말이나 다시 해봐라."

말자는 얼굴을 철민이 얼굴에 갖다 댔다. 그러고는 눈은 철민이 입을 뚫어져라 쳐다보았다.

"얼굴 치워라. 확! 고함지른다."

"미치겠네. 잘 들리는데. 이게 뭐라 말이고, 입은 움직이지 않는데 니 목소리가 들린다. 철민아! 진짜 환청이 들리는 거가?"

"환청 아니라고! 내가 말하는 거라고. 나도 미치겠다."

말자는 머리가 어지러웠다. 이거를 어떻게 받아들여야 하는지 알 수가 없었다.

말자는 냉장고에서 생수병을 꺼내 그 자리에서 들여 마신다. 한참을 아무 말 없이 철민이만 바라보고 있다.

아무 소리도 들리지 않았다.

철민이 목소리가 들리지 않았다.

'환청이 맞는 것인가?' 말자는 생각에 잠겼다.

병실에는 어떤 소리도 들리지 않았다. 가끔가다가 철민이 머리와 몸에 연결된 기계음만 주기적으로 "삑삑" 그랬다.

"그래 내가 요즘 무리했나 보다. 정신 차리자."

"니 요즘 많이 피곤하나?"

말자는 다시 철민이 목소리를 듣고는 철민이 앞에 얼굴을 가져다 댔다.

"진짜? 니가 말하는 거 맞아?"

"맞다니깐? 내다! 나도 미치겠다."

"아! 나 미치겠네. 근데 왜 입도 빵긋하지 않는데 목소리가 들리는 거고? 설마 니 죽었나? 귀신이가?"

"무슨 헛소리를 하노? 귀신이면 내가 움직이고 해야 할 거 아니가? 꼼짝도 못 하겠다. 그냥 의식은 있는데, 말을 하는데, 손가락이고 뭐고는 하나도 안 움직인다."

"이게 말이 되나? 미치겠다."

말자와 철민이는 다시 아무 말도 하지 않고 둘 다 눈만 쳐다보고 있었다.

병실 문이 열리는 소리에 말자는 정신을 차리고 문 쪽을 바라보았다.

"말자야. 철민이 어떻노?"

"병팔아!"

말자는 병호를 확인하고는 문 앞까지 가서는 병호를 끌어안았다.

"와이라노? 가시나야. 니하고 내하고 이렇게 안고 그러는 사이가?"

"철민이가…"

병호는 "철민이가"라는 소리만 듣고는 말자를 뿌리치고 철민이 침상 앞으로 갔다.

"철민이가 왜? 철민이가 왜? 의사가 뭐라는데?"

"그게 아니고 철민이가 의식이 깨어나서 말을 해."

"진짜가? 언제 말했는데. 왜 전화 안 했노? 지금은 자는 거가? 깨우면 일어나나? 철민아!"

"그게 병팔아! 철민이 목소리가 아무래도 내만 들리는 것 같아."

"그게 무슨 개똥 같은 소리고."

병호는 말자를 째려보기도 하고 안쓰럽게도 쳐다보았다.

말자는 철민이와의 대화 내용을 다 이야기하였는데도 병호는 말자의 이마에 손을 올려 보기도 하고 말자를 안고는 등을 두드렸다.

"말자야. 니가 철민이 많이 좋아하고 미안해하는 마음 잘 안다. 그리고 이해한다. 나도 그랬다. 나도 혜영이 누나 죽었을 때 밤마다 누나 목소리가 들리고 막 그렇더라."

"아놔! 미치겠네. 그런 거 아니다니깐."

말자는 자기의 머리를 뽑을 듯이 쥐어뜯었다.

"그만해라. 좀 쉬면 괜찮을 거다. 매일 이렇게 간호하는데 몸이 괜찮은 게 이상하지?"

"그게 아니다니깐, 철민아 말 좀 해봐라."

"무슨 말을 할까? 병호는 서울에서 온기가?"

"응, 병호 저 놈아 일주일 한 번씩은 내려온다."

"그래. 나 때문에 고생이 많네."

병호는 말자의 행동을 보고는 고개를 떨구었다.

"말자야. 그만해라. 정신 좀 차리라고!"

병호의 언성이 좀 커졌다.

"병호야 철민이가 너 보고 고생이 많단다. 미안하단다."

"그만하라고!"

말자는 병호를 쳐다보면서 어쩔 수 없이 알았다는 뜻의 양손 손바닥을 들었다 내리면서 "휴~~" 한숨을 크게 쉬었다.

병호는 다시 철민이 침상 옆에 앉아 철민이의 손을 잡았다.

"의사 선생님은 별말 없더냐?"

"내 보고 환청이 들리는 거래!"

"아니! 그 이야기 말고 철민이 상태에 대해서."

"아! 응. 그냥 매일 똑같아. 지켜보자고만 해."

"병호야 너 절에 갔다 왔나? 향냄새 나네. 혜영이 누나 잘 있더냐? 나도 가고 싶네."

"병호야. 너 절에 갔다 왔나?"

"니가 그걸 어떻게 알아?"

"철민이가 네 몸에서 향냄새 난다고 하네."

"그만하라고. 계집애야. 니 자꾸 그러면 큰일 난다."

병호는 말자의 어깨를 잡고 진정시켰다.

"여보세요"

"응, 병팔아. 말해라."

"쥐똥! 니 최근에 철민이 병원에 언제 갔노?"

"어제? 왜?"

"그래? 어제는 말자 괜찮더나?"

"괜찮던데? 왜?"

"그게."

동우는 어젯밤에 병호의 전화를 받고는 온종일 의자에 몸을 기대어 눈을 감고 자책을 했다.

말자가 신신당부를 했는데 그걸 어기고 철민이에게 이야기한 거다.

술이 원수다. 그날은 절제한다고 했는데도 기분에 취해 계속 마셨다.

만약 그날 철민이를 만나지 않았다면,

만약 이야기하지 않았다면,

만약 술을 마시지 않았다면,

철민이가 그날 그렇게 운전을 해서 말자를 만나러 갔을까?

모든 게 다 자기 탓이라는 생각에 동우는 눈을 뜰 수가 없다.

"변호사님! 지동우 변호사님!"

"아. 네. 사무장님 무슨 일이죠?"

"어제 못 잤나요? 몇 번을 불렀는데."

"그랬나요. 잠시 생각한다는 게 잠들었나 봐요. 근데 왜? 무슨 일 있어요?"

"점심 안 드세요?"

"아. 벌써 시간이 그렇게 됐나요. 오늘은 혼자 드시고 나중에 시간 되시면 퇴근하시죠. 저는 친구 병원에 갔다가 바로 퇴근할게요."

"네. 알겠습니다. 그럼 밥 먹으러 갑니다."

동우는 사무장이 나가는 걸 보고는 가방을 챙겼다.

검은색 서류 가방을 보고는 또 가슴속에서 뭔가가 울컥하고 올라왔다.

"쥐똥! 축하한다. 난 니가 될 줄 알았어. 니는 우리 친구들의 자랑이다."

아직도 이 검은색 서류 가방을 선물 주면서 철민이가 말 한 게 뚜렷하게 생각이 난다.

"오늘은 비엔나소시지가 5개나 있네. 시금치나물 맛있겠다."

말자는 병원 점심 식판을 받아서 철민이 침상 옆에 앉았다.

"먹고 싶제? 니 소시지 좋아하잖아. 어릴 때부터 좋아하더니 어떻게 아직도 좋아하는지 몰라. 내가 평생 소시지 꾸버 줄게. 좀 나아라. 으훗"

말자는 무슨 말을 해도 꼭 끝은 눈물을 흘렸다.

"와? 밥상 앞에서 울고 그라노? 많이 묵어라. 그라고 약속 지키라. 평생 소시지 꾸버도."

"알았다. 근데 어떻노? 기분은? 어제보다 좋나?"

"모르겠다. 어제는 모든 게 혼란스럽고 그랬는데. 오늘은 그래도 일단 니는 내 목소리가 들린다고 하니깐 좋다."

"그래! 나도 좋다. 나는 억수로 좋다. 환청이라 해도 니랑 대화할 수 있는 게 좋다. 일단 내 밥부터 묵을게. 묵어야 니 몸도 닦고 하지. 심심하면 노래 부르고 있어라."

"노래는 무슨. 밥이나 묵어라."
"근데 철민아? 아니다!"
"뭐? 뭔데? 물어봐라."
"아니다. 나중에 물어볼게."
"천천히 묵어라. 체한다."
말자는 숟가락을 놓고는 철민이 얼굴에 얼굴을 갖다 대었다.
"내 밥 먹는 모습도 이쁘제?"
"뭐라노? 밥이나 드세요."
"아잉~ 자세히 봐봐."
"그래. 그래. 이쁘다."

"밥 묵나? 맛있나?"
언제 들어왔는지 동우가 말자를 보고 있었다.
"놀래라. 니는 쫌."
"문도 쾅 열고 들어왔는데 니가 못 들어놓고는."
"하여튼 어릴 때부터 저랬다. 쓱 나타나고. 맞제! 철민아."
"맞다. 하하."
"철민이도 맞다고 웃는다아이가."
"씨끄럽다. 돼도 안 하는 이야기 그만하고 밥이나 묵어라."
동우는 이리저리 병실 둘러 보고는 바퀴가 달린 동그란 의자를 당겨서 철민이 옆에 앉는다.
"철민아. 이 새끼야! 이제 일어날 때도 안 됐나?"
"변호사라는 놈이 얼굴이 왜 이리 반쪽이 됐노?"

철민이는 헬쑥해져 버린 동우 얼굴이 괜히 자기 때문인지 미안함이 밀려왔다. 동우는 철민이 손을 잡고는 멍하게 천장만 쳐다보고 있었다.

"내 친구 철민아! 니 그거 기억나나? 내 중학교 1학년 때 상태랑 싸울 뻔했을 때 니가 나타나서 내 대신 싸웠다아이가."

"갑자기 그 이야기를 왜 꺼내노? 기억도 없다."

"나는 그때부터 평생 니랑 친구 해야겠다고 생각했다. 나도 니 힘들거나 어려운 일 있으면 내가 도와주고 나서야지 했는데, 니는 힘든 일이 있어도 한 번도 말을 안 하데. 나는 니가 도와 달라고 말하기 기다렸는데."

동우는 갑자기 터져버린 눈물을 오른손 손등으로 닦는다.

말자는 익숙하다.

이 병실에 병문안 와서 우는 친구들을 매번 봐서 당연하다는 듯이 각티슈 두 장을 뽑아 줬다. 동우는 각티슈로 눈물을 닦고 마지막으로 코를 풀고는 손에 꽉 쥐고 있다.

"이제는 니가 힘들다고 말 안 해도 내가 알아서 다 해줄게. 새끼야. 좀 일어나라."

"말자야. 이 새끼 와 이라노? 왜 울고 지랄이고? 울지마라 캐라. 남자 새끼가 징그럽게 울고 그라노?"

"동우야. 그만 울어라. 철민이가 질질 좀 짜지 말라 한다. 남자 새끼가 왜 질질 짜노 그란다."

"가시나야. 내가 언제 질질 짜노? 그랬노?"

"니가 그랬다 아이가."

동우는 혼자 철민이에게 삿대질해 대면서 이야기하고 있는 말자를 쳐다보고는 머리를 양손으로 쥐어뜯었다.

"말자야. 니 왜 그라노? 니까지 왜 그라노?"

"아. 맞다. 니는 안 들리제. 철민이 목소리."

"미쳤나? 가시나야. 누가 말을 했다고 들리나? 안 들리나? 물어 보노."

"동우야. 미안하지만 나도 미치겠는데 나는 잘 들리는 걸 어떻게 해라고? 그냥 모르는 체할까?"

"미치겠다. 니 병원 가봐라. 우울증이 심해져서 그런 거 아니가? 니 우울증 약은 먹고 있나?"

"병원은 무슨? 여기가 병원인데. 그리고 우울증 이야기는 왜 하노? 철민이는 모르는데."

"미치겠다. 아이고 머리야."

동우는 조금 전보다 머리를 더 강하게 쥐어뜯었다.

"말자야. 니 우울증 걸렸나? 심각한거가?"

"아니다. 예전에. 예전에 잠깐 우울해서 약 묵었다. 아! 저 똥우 새끼가 괜한 말을 해서 아픈 아를 걱정하게 만드노. 그쟈?"

"시끄럽고, 약 묵는 거 있으면 챙겨 묵어라."

"응. 알았다."

동우는 철민이를 한 번 봤다가 말자를 한 번 보고는 머리를 흔들었다.

"근데 동우야. 니 오늘 일 안 하나? 변호사님이 이리 한가하게 돌아 댕기도 되나?"

"그렇게 내 걱정하시는 분이 어떻게 해서 이렇게 됐노? 니가 걱정이 돼서 일할 수가 있어야지. 어제 병팔이가 전화 왔더라."

"아! 병호가 이야기했구나."

"그래. 이러다가 말자 니까지 큰일 치르겠다고."

"별소리 다 한다."

동우는 일어나서 양손 손바닥을 말자 볼에 가져다 대고는 힘을 줬다.

"말자야. 제발! 우리가 니 얼마나 좋아하는 줄 알제. 정신 차리자. 환청이 들려도 대답하지 마라. 자꾸 하니깐 더 들리는 거다."

"아프다. 빨리 손 치아라. 한 대 맞기 전에."

"말자야. 내 말 명심해라. 정신 챙기라. 내 담당 의사 만나고 갈게. 무슨 일 있으면 바로 전화하고."

동우는 철민이 손을 한 번 더 잡아보고는 병실을 나갔다.

"저 새끼 왜 저렇게 오바하노?"

"....."

말자는 아무 말이 없다.

"말을 해라. 안 들리나?"

"......"

말자는 안 들리는 듯 아무 대답이 없었다.

철민이도 아무 말도 하지 않았다.

그렇게 긴 침묵이 지나고서야 말자가 금방 울음이 터질 것 같은 목소리로 말을 했다.

"철민아! 나 사실 우울증이 심각해서 약도 몇 년을 먹고 했다. 약을 먹어도 나아지지 않았어. 눈을 뜨면 그냥 죽어 버릴까? 내가 죽으면 다 그냥 끝날까? 그런 생각을 하기도 했어. 그러다가 우진이를 보면 내가 죽는다고 이 아이가 행복할 것 같지 않더라고."

철민이는 무슨 말을 하려다가 멈췄다.

"우진이를 잘 키울 놈도 아니고, 그리고 무엇보다도 내가 죽으면 그놈이 행복해할 것 같아서 못 죽겠더라고 그렇게 매일 수십 번도 생각이 바뀌고 했어. 그런데 정말 미안한데 니가 사고가 나고 니 병간호하면서 아니지, 병간호도 아니지, 니를 병원에서 멍하니 쳐다보면서 니랑 같이 있다 보니 우울증약을 안 먹어도 살 거 같고, 이제는 죽고 싶다는 생각이 안 들어, 나 나쁜년이제. 너는 의식도 없이 그렇게 1년을 누워있는 동안 나는 뭐가 좋은지 우울증도 없어지고. 으흑.."

철민이는 말자가 보이지 않았다. 시야 밖으로 창가 쪽으로 가 있는 듯했다.

'잠깐만. 말자야. 내가 한 달이 아니라, 일 년을 누워있었다고? 이렇게?'

"응. 일 년 하고 한 달이 지났어. 그래도 지금 이렇게 니 목소리가 내게 들리는 건 아마 신이 내게 준 행운 아닐까?"

"행운, 행운은 무슨? 그리고 니 우진이는 어떻게 하고 여기 있노? 일 년을 매일 있었나?"

"우진이? 그놈 식구들에게 맡기고 왔지."

"순순히 봐 준데?"

3. 그 남자, 그 여자

"미쳤니? 그 식구들이 어떤 식구들인데, 그 식구들이 원하는 돈도 주고 이혼도 해주고, 우진이도 나중에 내가 키운다 했지?"

"돈? 이혼해 주고? 우진이도 니가 키우고?"

"응. 니가 깨어날 때까지만 우진이 보면 원하는 대로 다 해준다고 각서 쓰니깐 좋다고 병간호하라고 하던데."

"미쳤네. 그 돈이 어떤 돈인데. 그리고 나중에 혼자 우진이 키우려면 돈이 얼마나 많이 드는데, 돈을 받지는 못할망정."

"너무 걱정하지 마. 동우가 알아서 잘해준 데. 동우가 또 이혼 전문 변호사 아니냐."

"그러면 다행이고. 근데 일 년 동안 내가 한 번도 안 깨어난 거야? 일 년이 지났으면 우리 공주 유리도 수능 쳤겠네."

"응. 아빠를 안 닮아서 시험 잘 쳤어. 작년에는 매일 여기 와서 운다고 할머니한테 혼나고 했지. 그래도 1주일에 한 번씩은 오니깐 아마 내일이나 모레쯤 오겠네. 보고 싶지?"

"글치. 많이 보고 싶지. 근데 말자야. 내가 진짜 죽으려고 차에서 연탄가스 피운 거 알제. 나도 내가 죽으면 모든 게 바뀔 것 같더라고. 근데 막상 죽으려고 하니까 겁이 나더라. 죽는 것도 무섭고, 슬퍼할 부모님과 우리 딸 그리고 니 생각에 살고 싶더라. 그래서 안간힘을 써서 문을 열었어. 혹시나 다시는 죽으려고 생각도 하지 마라."

"알았으니까. 일어나라."

"유리야. 여기. 여기."

은진이는 멀리서 유리가 걸어오는 모습을 보고는 '깡총깡총' 뛰면서 손을 흔들었다.

"엄마! 부끄럽게 왜 그래? 쫌!"

"뭐 어때? 내 딸을 부르는데."

"그래도. 쫌!"

"알았다. 그래 어떤 스타일의 옷을 사실 건지 생각 좀 해보셨나요? 유리 공주마마"

"일단, 음~ 정장을 한 벌 사야 할 것 같고, 청바지에 니트도 살 거고, 근데 돈은 넉넉하오?"

"하하. 걱정하지 마시오. 이 무수리는 돈밖에 없소이다."

"그러면 무술아 우리 일단 백화점 안에 푸드코트에서 돈가스를 좀 먹자꾸나."

"네. 공주마마."

아직 점심시간이 아니라서 그런지 푸드코트는 평상시보다 자리가 넉넉하다.

은진이는 앞장서서 걷는 유리를 따라 한쪽 모퉁이에 자리를 잡고 앉는다. 음식을 주문하고 마주 앉은 유리를 보고 있는 은진이의 입가와 눈가에 사랑이 넘쳐 보였다.

"뭘 그렇게 행복하게 보시는교. 입 좀 다물시지요."

"너무 좋아. 우리 유리 시험 잘 친 것도 좋은데 이렇게 유리랑 데이트하니깐 너무 좋다."
"아빠한테는 좀 미안한데 나도 너무 좋아."
"글치...너그 아빠가 옆에 있었으면...."
은진이는 철민이 생각에 웃고 있던 눈가에는 눈물이 글썽거렸다.
금방이라도 터질 것 같은 울음을 어떻게든 참으려고 주먹을 꽉 쥐었다가 폈다를 반복했다.
"엄마~ 나 중학교 때 엄마가 찾아왔잖아. 나는 엄마 안 본다고 도망쳐 나오고, 그러다가 매일 찾아와 숨어서 나를 보고 가고 그랬잖아."
"봤어? 숨어서 훔쳐보는 거?"
"그걸 모르면 바보지. 그래서 숨어서 보는 엄마도 안타까웠는데 나를 버리고 간 것보다 아빠를 버리고 간 게 너무 용서가 안 돼서 보기 싫었어."
"그렇지. 엄마도 아마 너였다면 그랬을 거야."
"그런데 아빠가 그러더라고 엄마가 버린 게 아니고 아빠가 엄마를 이해 못 해서 이렇게 됐다고 엄마 만나라고."
"그랬어? 엄마는 몰랐어."
"할배하고 할매는 엄청나게 좋아했어. 엄마 만나는 거."
"알아. 좋으신 분들이라 그랬을 것 같아."
"엄마! 아빠 일어나겠지."
"그럼. 너그 아빠 엄청나게 강하잖아."
"크리스마스 때는 눈 떴으면 좋겠다."

"그래. 그랬으면…"

유리는 금세 다시 눈물이 맺힌 은진의 눈가를 휴지로 톡톡 닦아 주었다.

"그만 좀 우시오. 돈가스 나왔다. 내가 가져올게."

"같이 가."

철민이는 일 년을 넘게 의식 없이 누워있었다는 말에 생각이 깊어졌다. 그동안 고생했을 가족들과 말자, 친구들 생각하니 미안함과 죄스러움이 밀려왔다. 의식이 돌아온 것이 맞는지도 모르겠다. 분명 생각하고, 들리고, 말을 한다. 단지 말이 말자에게만 들린다는 거다. 입 모양도 움직이지 않는다고 하니 미치고 환장하겠다. 왜 이제 깨어났고, 목소리는 말자만 듣게 되는지 모르겠다.

온통 모르는 것뿐이다. 보이는 건 누군가가 눈앞에 나타나지 않으면 약간 누런빛이 나며 침상을 비춰주는 형광등뿐이다. 아무리 고개를 돌려 보려 해도 돌아가지 않았다. 그렇다고 목이 아프지도 않았다. 그냥 고정한 것처럼 움직이지 않는다.

말자는 크리스마스트리를 준비하는 사람들을 창밖으로 바라보며 입가에 미소를 짓는다. 왜 미소를 짓는지도 모른다.

크리스마스라 해도 좋을 게 없다. 어쩌면 크리스마스가 다가와서 더 슬픈 것 같은데 입가에는 미소가 번졌다.

'정말로 환청일까? 왜 나에게만 철민이 목소리가 들릴까?' 말자도 철민이와 마찬가지로 아무것도 알 수가 없었다.

말자는 '그냥 신이 내게 준 선물'이라 생각하기로 했다.

"철민아. 궁금해서 그러는데?"

말자는 얼굴을 철민이 코앞에 갖다 댔다.

"그냥 떨어져서 말하면 안 되겠나?"

"왜? 이래야 볼 수 있다며?"

"됐다. 궁금한 게 뭐꼬?"

"내가 속으로 말을 할 테니 무슨 말 하는지 맞춰 봐라. 혹시나 니도 환청이 들리는지, 내 마음의 소리가 들리는지?"

"뭐라노?"

"들어봐라. 말한다."

"……"

"뭐라 했게?"

"아무 소리도 안 들린다."

"신경 바짝 쓰고 들었나?"

"안 들린다고."

"휴~ 그럼 이 상황을 어떻게 설명해야 하노?"

"그냥 받아들이자. 나도 복잡하다. 그래도 나는 고맙고, 감사하다. 니가 내 말을 들을 수 있어서."

"나도 그렇기는 한데."

철수와 미자는 병실 문 앞에서 조그만 유리로 비치는 말자를 지켜보고 있다.

말자의 손짓과 뭐라고 혼자 대화하는 모습에 미자는 그만 울음이 터져버렸다.

"우리 말자 불쌍해서 어쩌노?"

"눈물 닦아라. 괜히 말자 앞에서 울지 마라. 문 연다. 웃어라."

철수는 아무것도 못 본 척 금방 도착한 척하며 병실 문을 힘껏 열고 들어왔다.

"마이 베스트 프랜드 철민아. 행님이 왔다. 또 자나?"

말자는 철수를 보고는 주먹을 쥐고는 때리는 시늉을 했다.

"조용히 좀 해라. 여기 병원이다. 미자야 너그 신랑 와 저렇노?"

"놔두라. 맨날 집에서 혼자 소주 묵으면서 "불쌍한 내 친구 철민아" 하면서 우는데 좀 시끄러워도 봐주라. 철민아 니 친구 철수 마누라 니가 자주 외치는 오~~미자도 왔다. 좀 일어나라. 으흑~"

미자는 울기 시작했다.

말자는 자연스럽게 티슈 두 장을 뽑아 미자에게 줬다.

"마누라님. 그만 울어라. 어찌 일 년 내내 우노?"

"지도 맨날 울면서. 근데 말자야 니 괜찮제?"

"뭐가?"

"뭐든. 아무렇지도 않제? 진짜 헛것이 들리고 그라나? 막 철민이가 이야기하고 그라나?"

미자는 눈물을 닦으며 커다란 눈을 더 크게 뜨고 말자를 봤다.

말자는 천장을 한 번 보고는 한숨을 내쉬었다.

"환청인지 뭔지는 모르지만 분명 철민이가 말을 한다니까. 미치겠다. 무슨 다들 내를 미친년으로 보노? 혹시나 모르니깐 미자야 철민이 입 앞에 귀를 좀 갖다 대고 들어봐. 철민아. 무슨 말이라도 해봐라."

미자는 말자가 시키는 대로 철민이 얼굴에 귀를 갖다 댔다. 옆에 서 있던 철수도 덩달아 귀를 갖다 댔다.

철민이는 어이가 없다.

"말자야. 그만해라 캐라. 이 애들 와 이라노? 떨어지라."

한참 뒤 애들은 말자를 보았다.

"말자야. 철민이는 아무 소리도 안 하는데, 심지어 입도 뻥긋 안 해."

"너그들 떨어지라고 화내는 소리 못 들었나?"

미자는 또 울기 시작했다.

"내 친구 말자야. 으흑 그러...지...마. 으흑"

"아놔. 미치겠네. 알았다. 그만 울어라."

철수는 철민이를 뚜려지게 한 번 쳐다보고 다시 말자를 쳐다보았다.

"말자야. 니 일 년 동안 매일 병간호하면서 힘들었나 보다. 우리가 미안타. 니한테 떠넘긴 것 같다."

"뭐라노? 내가 좋아서 하는 거지. 그리고 병간호 오래 해서 그런 게 아니고, 내 말 들어봐라."

말자는 어제부터 철민이가 말하는 게 들렸고, 그동안 철민이랑 대화한 이야기를 털어놓았다.

철수는 말자 손을 잡았다.

"말자야. 그래. 알겠다. 뭔 말인지는 알겠다. 니 이번 크리스마스까지만 병원에 있고 집에 갔다가 좀 쉬고 온나. 애들하고 번갈아 가면서 하루씩 우리가 있을게."

"아놔. 미치겠다."

말자는 어쩔 수 없다는 걸 안다.

"그런데 의사 선생님은 뭐라데?"

"아무 말도 없어. 아까 동우가 만나고 갔는데."

"큰일이다. 언제까지 이렇게 있는지 알아야 뭘 어떻게 할 건데. 아이씨~"

철수는 답답한 마음에 성질을 내고는 금방 또 후회하고 있었다.

"분명 깨어날 거야. 난 철민이 믿어. 어쩌면 지금도 깨어났는데 너 그들이 모르는 것일 수도."

"그만해라. 말자야."

"아....알았어."

"다 왔어. 유리야! 집에 도착했어. 공주!"

"아~ 내가 언제 잤지."

"우리 공주 많이 피곤한가 봐. 얼른 들어가서 씻고 자라."

"엄마도 들어갔다가 가지? 할배, 할매도 보고."

"아니야. 다음에."

"알았어. 그럼 갈게. 엄마! 옷 고마워. 그리고 아빠한테 아니다 다음에 이야기해. 잘 가."

"그래. 잘 가."

은진이는 유리가 골목길 끝에서 사라질 때까지 쳐다보다가 핸들을 돌렸다.

"철민아. 좀. 좀. 제발 깨어나. 내가 잘못했다."

은진이는 이 말을 얼마나 많이 했는지 모른다.

혼자 밥을 먹다가도 갑자기 눈물이 터지고 이 말을 하고, 눈물인지 물인지 모르는 물로 세수하면서 이 말을 하고, 자기 전 멍하니 누워서 이 말을 하면 꿈속에서도 이 말을 하기도 했다.

은진이는 주차하고 내렸다.

고개를 들고 8층 철민이가 입원한 병실을 쳐다본다. 매번 병실 안에는 들어가지도 않는다. 이렇게 밖에서 병실만 쳐다보거나 가끔 용기 내서 병실 앞까지 가서 유리창으로 훔쳐보고 오기도 했다.

오늘은 용기를 내어본다.

병실 문 앞에 서서 조그마한 유리창으로 병실을 쳐다봤다.

여전히 천장만 바라보고 있는 철민이에게 말자는 무슨 말을 하는지 이야기하면서 철민이 몸을 닦아주고 있었다.

'그래! 항상 말자 네가 있어서 고맙다. 그런데 네가 있어서 내가 돌아갈 자리가 없었어.' 은진이는 말자를 고맙게 여기면서도 미워하기도 했다.

"누구세요?"

은진이는 놀랐다. 자기보다 머리가 하나쯤 더 큰 여자가 은진이 뒤에 서 있었다.

"아… 아닙니다. 병실을 잘…"

은진이는 어리바리 부리면서 그 자리에서 도망쳐 나왔다.

"연우야. 이 언니가 왔다."

"어…. 민서야. 어서 와."

민서는 연우를 껴안고 등을 쓰다듬는다.

민서는 연우라고 불렀다가 말자라 했다가 마음대로다. 말자는 거기에 맞춰서 부른다. 연우라고 부르면 민서라 하고, 말자라고 하면 민자라고 부른다.

"근데 니 얼굴 좋다. 저번에 왔을 때 더욱 좋은데."

"그게…"

"아. 맞다. 금방 병실 문 유리로 어떤 여자가 병실 안을 애처롭게 쳐다보다가 내가 "누구세요." 하니깐 놀라서 도망가더라."

"병실을 잘 못 찾아왔겠지. 그거는 그거고? 그게. 민서야."

말자는 철민이 목소리가 들리고 대화를 한다고, 그동안 있었던 일을 민서에게 이야기했다.

민서는 말자를 한번 쳐다보고는 철민이 얼굴 앞에 얼굴을 갖다 대었다.

"철민씨. 잘 지냈어요. 저 보여요?"

"네. 잘 보여요. 더 예뻐졌네요."

민서는 한참을 철민이 입을 보았다.

"뭐라 하는데?"

"니 보고 이뻐졌데."

"그래? 역시 철민 씨는 사람 볼 줄 안다니깐, 철민 씨 고마워요."

민서는 말자 손을 잡고는 한참을 말자 눈을 바라보았다.

"나 이런 상황 이해할 수 있어. 가능하다고 봐."

"진짜? 이해가 돼?"

"응. 이해가 돼. 너희 두 사람의 진심이 통해서 그런 게 아닐까?"

"진심은? 그러면 마음속으로 대화해야 하는 거 아니까? 내가 말을 안 하면 철민이는 안 들린 데."

"그런가? 그렇지. 그러면 니도 아무 말 안 하고 있어도 철민 씨가 알아야 하고 그래야 하나?"

"그치? 그러면 나도 덜 미치지."

"나 이런 상황을 소설책에서 본 것 같아. 아니지 거기에서는 남자 여자 주인공 두 명이 다 의식이 없었는데 서로 대화를 하는 거야. 물론 서로에게만 들리는 거지."

"그 소설이랑은 다르잖아. 그리고 그거는 소설이고, 지금 나는 실제상황이라고, 애들은 자꾸 내 보고 환청이라고 하잖아."

"아무튼, 난 연우 너의 말을 믿고, 그럴 수 있다고 봐."

"그래. 고맙다. 너라도 날 이해하고 미친년으로 안 봐줘서."

"그러면 우리 대화를 철민 씨가 다 듣고 있는 거네?"

"응. 뭐 할 말 있나?"

"그냥. 빨리 일어나서 소주 먹자고. 흑흑."

"소주 먹자면서 울기는 왜 우노."

말자는 자연스럽게 티슈 두 장을 뽑아 주었다.

"울지 마세요. 소주 한 잔 곧 해요."

"곧 소주 한잔하잖다. 그리고 울지 말래."

"유리야. 할배 식사하시라고 해라."

유리는 두꺼운 파카를 걸치고 현관문을 열고 나갔다.

"추븐데 옥상에서 뭐 하신데. 벌써 며칠째인지…"

유리는 할아버지 걱정에 투덜 대면서 옥상으로 갔다.

"할배. 뭐 보노?"

유리는 할아버지 옆에 앉아 할아버지 시선을 따라 달도 구름에 가려져 있고 별도 보이지 않는 초저녁 하늘을 쳐다보았다.

"유리. 언제 아빠 보고 왔노?"

"나? 며칠 전에 보고 왔는데, 왜?"

"유리야 너그 아빠 깨어나겠나?"

"할배. 왜 그라노? 할배가 맨날 "너그 아빠는 강한 놈이라 깨어날 거다." 이렇게 말했잖아."

"그래. 그랬제. 근데 그게 이제는…."

"할배. 춥다. 그만 밥 묵으러 내려가자."

"그래. 내려가자."

유리는 분명 할아버지가 무슨 말을 할지 안다.

요즘 들어 매일 옥상에서 하늘을 보고 한숨짓고 있는 거 유리는 많이 봤다.

"맛있겠다. 잘 먹겠습니다."

"그래. 많이 묵으라."

할머니는 생선 살을 발라 유리 밥 위에 놓는다. 유리 밥 위에는 어느새 하얀 생선 살이 소복이 쌓여 있다. 유리는 밥 위 생선 살을 한 점 들어 할아버지 밥 위에 올려놓는다.

"할매. 그만. 생선 그만. 할매 묵어."

"와? 니 생선 좋아한다아이가? 맛이 없나?"

"그게 아니고, 밥이 안 보인다."

"알았다. 다 묵으면 말해라."

할아버지는 밥을 몇 숟가락 떠시지도 않고, 보리차를 한 모금 하신다.

"와예? 입맛이 없는교? 더 드시지?"

"됐다. 마이 묵었다. 유리야. 밥 다 묵고, 삼촌들한테 전화해서 내일 저녁에 집에 와서 밥 묵으라 캐라. 할배가 할 말이 있다고."

"어떤 삼촌? 삼촌들 전부?"

"그래. 저기 동우 삼촌한테 전화해서 전달하라고 해라."

"할배. 삼촌들도 바쁠 건데. 내일이 크리스마스이브인데."

"바빠도 오라고 캐라."

민서가 가고 나니 병실은 조용했다.

말자는 씻고 잘 준비를 한다. 자연스럽게 보조 침대를 꺼내고 이불을 펼치고 눕는다.

"말자야. 니 안 불편하나?"

"편한데, 우리 집 침대보다 여기 보조 침대에서 더 많이 잔 것 같다."

"미안타."

"알면 인제 그만 일어나라."

"……"

"미안. 내가 답답해서 한 소리다. 니가 내보다 더 힘든 거 안다."

"빨리 자라."

말자는 일어나 침대에 양반다리를 하고 앉더니 철민이 손을 양손으로 감쌌다.

"철민아. 니 그거 아니? 내가 예전에."

말자는 어디서 울리는 핸드폰의 진동 소리에 핸드폰을 찾는다.

베개 밑에 깊숙이 있는 핸드폰을 보니 '이쁜 유리 공주님'이라고 적혀 있다.

"여보세요.. 공주가 이 시간에 왜 전화 해또? 이모 목소리가 듣고 싶은 거야."

"이모? 벌써 자?"

말자는 핸드폰을 스피커 모드로 바꾸고 철민이 귀 옆에 둔다.

"아니 잘라고. 왜? 유리 공주는 밥 먹었나?"

"응. 먹었어."

"무슨 반찬?"

"아~ 그게 중요한 게 아니고, 할배가 내일 저녁 집에 다 모이래. 삼촌들 오라고 전화하라고 해서 동우 삼촌한테 전화했어."

"그래. 무슨 일이지? 이모도 오라고 했어?"

"응. 근데 이모 무슨 말 들은 거 있어?"

"무슨 말? 그냥 밥 먹자고 하는 거 아닐까?"

"그게. 내가 내일은 크리스마스이브라서 삼촌들 바빠서 안 될 것 같은데 크리스마스 지나고 먹자고 했는데. 할배가 그냥 동우 삼촌한테 전화해서 전달하라고 하더라."

"그래? 동우 삼촌은 뭐라 하던데."

"삼촌은 담담하게 "알았다. 전달할게." 그러더라고."

"알았어. 유리야. 그냥 할아버지가 맛있는 거 해주려고 그러겠지. 너무 신경 쓰지마."

"모르겠어. 그건 그렇고, 아빠는 어때?"

"그게. 유리야."

"말자야 말하지마."

철민이는 목소리가 들린다는 그런 소리 하지 말라고 말했다.

"아니다. 유리야. 아빠 똑같아. 근데 금방 일어날 거야. 걱정하지 마."

"알았어. 내일 집에서 봐."

"그래. 유리 공주 잘자."

유리의 전화 통화가 끝나고 나서야 말자는 스피커폰으로 전화를 바꾼 것을 후회했다.

"아버지가 왜? 애들을 부를까?"

"그거야. 애들이 고생하고, 고맙고 해서 밥 한 끼 해주려고 그러겠지."

"니도 잘 알잖아. 우리 아버지 그렇게 융통성 없는 분 아니신 거."

"알지. 근데. 나이를 드시다 보니 고집이 세졌잖아."

"말자야. 동우한테 전화해봐라. 동우는 뭔가를 아는 것 같은데."

"철민아. 그냥 자자. 내일 내가 갔다 와서 이야기해 줄게"

*

"아버지 이거는 아닙니다. 설마 돈 때문에 그럽니까? 내가 돈 낼게요."

커다란 영석이는 눈을 부릅뜨고 아버지 앞에서 언성을 높였다.

흥분해서 이마의 여드름인지 뾰루지인지 모르는 것이 붉게 익어 곧 터지게 보였다.

"차돌아. 조용히 좀 해라."

동우는 변호사답게 중재에 나섰다.

"니나 조용해라. 새끼야. 이게 조용해서 될 일이가? 니가 아버지 한테 이렇게 하자고 했나?"

영석이는 이성을 잃은 듯했다. 그러나 누구 하나 영석이를 말리지 않았다. 병호가 영석이의 등을 쓰다듬으면서 아버지를 쳐다보며 울먹거리면서 말을 했다.

"아버지. 아버지 말씀도 맞는데요. 그니깐. 그런데요. 왜 내일이냐고요. 몇 달만 더 아니 며칠만 더 지켜보는 게..."

동우가 아버지의 눈을 마주치고는 병호와 애들을 쳐다보고는 말하기 시작했다.

"병호야. 이미 아버지도 고민을 많이 했고, 어머니하고도 결정을 내렸고, 누나들도 동의했다. 아까 차돌이가 말한 병원비도 우리가 보태서 내고 있다고 해도 아버지는 이제는 원치 않는다고 하시고, 무엇보다도 너그들도 지금 말자 사정 알잖아. 집도 내팽개치고 병원에서 철민이 병간호하는 거, 오래가면 갈수록 이혼할 때 말자 한테 불리해. 그리고 지금 말자가 억수로 힘들어서 그런지 많이 안 좋은 것 같다. 들어서 아는 사람은 알 거야."

조용하게 듣고 있던 철수가 눈을 부릅뜨고는 동우를 쳐다봤다.

"쥐뚱! 그러니깐 말자 가시나가 문제라는 거지. 그 가시나 이제 병원에 못 오게 하면 되는 거 아니가? 말자 가시나 때문에 내 친구 철민이를 이렇게 보낼 수는 없다."

철수 옆에 앉은 미자가 울기 시작했다.

"니는 으흑...말을 그렇게 하노? 말자는 친구 아니가? 말자가 뭐 잘못했는데, 말자도 우리 친구이고, 내 친구고, 니 마누라 친구다. 으흐흑.."

미자는 대성통곡을 한다.

철수는 안절부절못했다.

조용히 지켜보던 아버지는 물을 한 모금 하시고는 숨을 길게 들어 마시고 몇 초 뒤 길게 내뱉으셨다.

"너그들 말 다 알아들었고, 맘도 다 안다. 그런데 철민이는 내 아들이다. 그리고 말자도 내 딸이다. 내 맘 알겠나?"

다들 아무 말이 없다.

병호는 고개를 푹 숙인 채 울기 시작하고, 영석이는 울음을 참으려 자기 뺨을 계속 때렸다. 철수와 미자는 껴안고 대성통곡을 한다.

동우는 담배를 챙기고 일어서 나가는데 현관문 앞에 말자가 그 자리에 서 있는 거다.

"말자야...언제.. 왔노?"

말자는 동우를 밀치고는 아버지 앞에 섰다.

"아버지. 이거는 아니죠. 철민이 일어난다니깐요. 왜? 왜? 그러시는데요. 내 때문에 그래요. 그럼 내가 병원에 안 갈게요. 철민이 포기하면 안 된다니깐요. 으훗흐"

말자는 다시 뛰쳐나갔다.

"말자야."

미자는 말자를 부르며 쫓아갔다. 모두가 아버지 고집을 꺾을 수 없는 것을 안다.

"할매. 근데 왜 밥을 같이 안 먹고, 밥상만 차려 주고 우리는 나와서 짜장면 먹으러 왔어?"
"할매가 짜장면이 먹고 싶어서."
"할매. 짜장면 안 좋아하잖아. 짜장면은 아빠가 좋아하는데."
"그래. 너그 아빠가 좋아하지. 그래서 얼굴도 시커멓다아이가. 할매는 어릴 때 너그 아빠가 내 아들 맞나 했다. 어디 아프리카 쌔깜둥이가 나왔는데."
"하하. 나도 사진 봤는데, 진짜 까맣더라."
"그쟈…"
유리는 티슈를 뽑아 할머니 눈가에 맺힌 눈물을 두 번 톡톡 눌러서 닦아주었다.
"할매. 말해라. 나도 애 아니다. 대충 할배랑 고모들 통화하는 거 들었다. 괜찮다."
"유리야."
"응."
"너그 아빠 그만 보내주자. 일 년을 넘게 우리가 못 할 짓 하는 것 같다. 너그 아빠도 차라리 하늘나라에서 맘껏 뛰어다니는 게 안 낫나?"
"할매. 나도 수백 번 그렇게 생각했는데, 내일은 일어나서 "유리야" 하고 부를 것 같아서.."

3. 그 남자, 그 여자

"그래. 할매도 똑같다. "엄마! 밥도." 하면서 대문 열고 올 것 같다. 그런데 의사 선생님도 이제는 붙잡고 있는 게 의미도 없고, 힘들 것 같다고 하고, 너그 말자 이모도 너무 힘들고."

"할매. 괜찮아. 울지마. 아빠도 할매 말처럼 하늘에서 우리를 쳐다보는 게 더 행복할 수도 있겠다고 생각해."

"우리 유리 다 컸네."

철민이는 멀뚱멀뚱 형광등만 바라보고만 있다.

'무슨 이야기를 했을까?'

"저녁만 먹고 아버지 이야기만 듣고 올게." 하던 말자는 시간이 얼마나 흘렀는지는 모르겠으나 오지 않는다.

철민이는 기다릴 수밖에 없다.

병실 문이 열리는 소리가 들리면 온갖 신경이 발동하여 촉을 세운다. 기다리는 말자는 오지 않았다.

철민이는 눈을 감았다. 형광등에 눈이 부셔서 눈을 뜨고 있을 수가 없었다.

'말자가 오면 침대를 옆으로 조금만 옮기자고 해야 되겠다.'

아무리 기다려도 말자는 오지 않았다. 어쩌면 말자가 나간 지 얼마 안 지났을 수도 있다. 어쩌면 벌써 다섯 시간이 지나서 자정이 가까워졌는지도 모른다.

철민이는 시간을 알 수가 없었다.

철민이가 할 수 있는 것은 그냥 기다리는 거뿐이었다.

말자와의 인연, 추억을 그려본다. 될 듯 말 듯 한 말자와의 관계,

이제는 깨어나면 이런 관계에서 벗어나고 싶다는 생각을 한다. 다가가려고 마음을 먹었을 땐 말자는 서울로 발령이 나서 갔다. 그리고는 말자 옆에 누군가가 있었다. 말자를 위해 비워놓은 내 옆자리에는 말자가 아닌 누군가 비집고 들어와 먼저 앉아버렸다. 그러면 말자는 저쯤에 서서 나를 쳐다보고 있는 것을 알았다. 이렇게 연인이 안 되기도 쉽지 않다. 서로 누군가 손만 뻗으면 잡고 놓지 않았을 것인데…

철민이는 조용히 숫자를 세기 시작했다.

숫자를 100까지만 세면 말자가 올 것 같았다.

"101, 102,103 ……." 숫자를 1000까지만 세면 말자가 올 것 같았다.

"말자야. 아버지 마음 아프게 그렇게 말하고 가면 어쩌노? 으흑."

미자는 뛰쳐나간 말자를 골목 어귀에서 팔목을 붙잡고 울면서 달래고 있다.

"나도 안다. 아버지 마음. 근데 꼭 내 때문에 더 그러는 것 같잖아. 그리고 지금 철민이 말도 하고 정신 멀쩡하다고."

"말자야. 쫌. 그래. 그래 니 마음 안다."

"알기는 너그들이 어떻게 알아. 나를 미친년 취급하면서."

"말자야. 아니다. 누가 니를 미친년 취급하나?"

말자와 미자는 전봇대 앞에 주저앉아 울기 시작했다.

"그만 울어라."

언제 왔는지 동우가 앞에 서 있었다.

"말자. 니 때문에 아버지 이런 결정한 거 아니다. 아버지, 어머니 모두 한 달 전부터 의사하고 상의하고 힘들게 내린 결정이다. 지켜보자. 지켜보자 한 것이 내일이다."

말자가 벌떡 일어나더니 동우를 밀쳤다.

"야. 지동우. 니는 그럼 알고 있었던 거네. 이 새끼! 니가 뭔데. 사람을 바보 만드는데, 왜 말도 안 해주는데, 보낼 준비도 안 했는데 이렇게 갑자기. 니 진짜 나쁜 놈이다. 어떻게 말을 안 할 수가 있노."

"말자야. 그게…"

"됐다. 말하지 마라. 나쁜 새끼."

말자는 동우를 한 번 더 밀치고 그 자리에서 가버렸다.

동우는 붙잡으려고 뻗었던 손을 다시 호주머니에 넣었다. 지금 무슨 말을 해도 소용이 없는 걸 안다.

"동우야. 그 말 사실이가?"

미자는 자리에서 일어나 엉덩이를 양손으로 툭툭 털고 주먹으로 눈물을 닦고 큰 눈으로 동우를 쳐다봤다.

"응….그게.. 아버지가 비밀이라고 해서."

"나쁜 새끼. 비밀이라고 해도 말자한테는 말해야지 일 년이다. 말자가 병원에 의식도 없는 철민이 지킨 게."

미자도 동우를 밀치고는 갔다.

창문 밖으로 싸락눈이 내리는지 창문을 두두둑 때린다. 그러고는 창문에 별 모양의 눈 자국을 남긴다.

반대쪽 로비 불빛으로도 눈이 내리는 것을 알 수 있었다. 정말 올해는 화이트 크리스마스가 될 것 같다.

라디오에서는 부산 지역에 22년 만에 화이트 크리스마스가 될 거라고 라디오 디제이가 바뀔 때마다 이야기했다.

어느새 눈은 비로 바뀌어 빗방울 소리가 말자의 마음을 대신하는 듯했다.

눈가에 맺힌 눈물이 한 방울, 두 방울 떨어지더니 뺨을 타고 흘러내리기 시작했다.

'지랄같네. 금세 비로 바뀌네. 소낙눈이네. 화이트 크리스마스는 무슨 개똥이다.' 말자는 혼자 속으로 기상청 욕을 하고 있다.

말자는 조용히 철민이 옆에 앉아 철민이 얼굴만 쳐다보고 있다. 손을 잡고 싶은데, 혹시나 철민이가 잠에서 깰까 봐 그냥 멀뚱멀뚱 철민이만 쳐다보고만 있다.

'결국은 이렇게 되는 거구나. 미안해. 철민아.'

철민이는 눈을 떴다.

말자의 향기가 났다.

손을 꽉 잡고 침상에 엎드려 있는 듯했다. 언제 와서 이렇게 잠들었는지 모르겠다.

'내가 10000까지는 세었던 것 같은데.' 철민이는 조용히 다시 눈을 감았다.

꿈을 꾸고 싶은 거다. 이런저런 추억을 떠올려 본다. 생각하면 꿈속으로 이어질 것 같았다.

잠이 오지 않았다. 후각에 집중했다. 병실 내 공기 냄새를 맡으니 이제 곧 아침인 것 같다. 병실에서도 아침 공기 냄새와 밤공기 냄새가 미세하게 다르다는 것을 철민이는 느꼈다.

"말자야. 일어나서 똑바로 자라. 불편하게 왜 그렇게 엎드려서 자노?"

철민이는 말자를 깨웠다.

말자는 철민이가 깨우는 목소리를 듣고 눈을 뜨려 하는데 얼마나 울었는지 눈이 안 떠졌다. 말자는 고개를 들어 창밖을 보고 시계를 봤다.

아침 7시다.

7시가 되어도 아직 어둡다. 하늘도 뭔가를 준비하는 것 같다.

"잘 잤나? 몇 시에 왔오? 왜? 엎드려 잤어."

말자는 핸드폰을 한 번 펼쳐보고 철민이 얼굴 앞으로 다가갔다.

"철민아. 메리 크리스마스."

"내가 먼저 말하려고 준비했었는데. 말자야. 메리 크리스마스."

"고마워. 나 화장실 좀 갔다 올게."

말자는 어제 밤새 울어서 생긴 눈물 자국이 양쪽으로 뺨을 타고 목덜미까지 새겨 있었다. 지워도 지워지지 않는다. 그 눈물 자국을 타고 다시 눈물이 흐르고 있었다.

말자는 울지 않는데 눈물은 마치 샘물처럼 마르지 않고 그 길을 따라 흐르고 있었다.

"지랄 같네. 좀 멈춰라. 흐흑"

이제는 울음이 터지기 시작했다.

철수와 미연이는 새벽 6시에 집을 나섰다.

차 안은 바깥공기와 별다를 게 없이 냉랭했다.

서로 아무 말이 없다. 눈도 마주치지 않고 서로 앞만 보고 왔다.

"말자는 자는지 안 보이는데."

철수는 병실 앞에 서서 양손을 모아 병실 문 작은 유리에 갖다 대고는 한쪽 눈을 감고 살펴봤다.

철수와 미연이는 병실에 들어갈까? 망설이다가 그냥 8층 끝 휴게실에서 기다리기로 했다. 휴게실 자판기에 동전을 넣고 커피를 뽑아 한 모금 하는데 커피에서 소주 냄새가 진하게 났다.

"아이 씨팔~ 어제 술을 너무 먹었나 보다. 커피에서 소주 냄새가 나노?"

"니 입에서 나는 거 아니다."

"아이씨~ 놀래라."

철수 뒤에 커다란 영석이와 병호가 바짝 붙어서 얼굴을 내밀고 있었다. 둘 다 얼굴은 노숙자 분위기다.

"밤새 술 먹었나? 냄새야."

"아니 밤새 안 먹었어. 새벽 4시에 병원 앞에 24시 해장국집에서 만나서 지금까지 먹고 온 거야."

"미친놈들!"

"안 미치고는 살 수가 없다."

"근데 쥐똥은? 같이 안 묵었나?"

"쥐똥은 아버지, 어머니 모시고 와야 해서 안 먹었지."

"그래. 좀 앉아라. 병실 갔다 왔나?"

"들여다보니깐 말자가 철민이 손을 잡고 뭔 이야기를 하는 것 같아서 그냥 왔다."

"철민아. 나는 말이지. 한 번도 사실 행복이 오래 간 적이 없었어. 어릴 때는 말숙이 돌본다고 한 번도 친구들하고 그 흔한 고무줄놀이도 제대로 못 해봤어. 항상 말숙이 허리에 빨랫줄을 묶어서 내 허리에 묶고 다녔지. 그래도 니가 내 옆에서 소꿉장난도 해주고, 종이 인형도 오려주고, 동네 오빠들이 괴롭히면 대신 싸워주고 그랬어. 중학교 때도 그랬고, 고등학교 때도 그랬어. 니 옆에만 있으면 나는 행복했어. 그게 행복인 줄 알았어. 그런데 그거는 행복이 아니었어. 불안하고 외로웠어."

"······"

"철민아 미안해. 그날 너에게 전화를 했으면 안 됐는데, 나는 너 때문에 살았는데, 전화를 안 하고 그냥 그놈을 죽이고 나도 죽었어야 했어."

병실 문이 열리더니 아버지와 어머니가 들어 오셨다.

말자는 일어서 고개를 돌려 눈물을 닦았다.

어머니는 말자 손을 두 손으로 잡고는 한참은 있다가 철민이 볼을 비비며 "아들. 우리 아들. 조금만 기다리라. 엄마가 따라가서 맛있는 거 많이 해줄게."

병실 밖으로는 애들이 등을 돌린 채 우는지 어깨가 들썩거렸다. 의사 선생님이 한참을 병실 밖을 배회하다가 눈가가 빨개져서 들어 왔다.

"보호자분들…. 어려운 결정하신 거 감사합니다. 또 다른 분에게 생명을 주셔서 고맙습니다. 그리고 죄송합니다."

아무도 어떤 말을 하지 못했다.

철민이도 아무 말이 없었다.

"이제 침상 이동하겠습니다."

간호사인지 모르는 남자 두 명이 병실로 들어와서는 침대를 끌고 나갔다.

아무도, 누구도 소리 내어 울지 않았다.

아무도, 누구도 철민이를 잡지 않았다.

철민이는 눈을 감았다.

"말자야. 잘 부탁해."

말자도 눈을 감았다.

'철민아. 어쩌면 내 두 번째 소원은 이루어질 수도 있겠다.'

그날은 22년 만에 부산에도 화이트 크리스마스가 되었다.

작가의 말

펜을 놓았다.
쓰면서 얼마나 웃고, 울었는지 모르겠다.
한참 동안 창밖을 봤다.

2023년 12월 어느 날부터 90년대의 음악과 그 시절의 이야기가 담겨 있는 드라마에 빠지게 되었다.
음악을 듣고, 드라마를 보고, 사진첩을 꺼내보는 취미가 생겼다.

나는 그렇게 긴 잠에서 깨어나 보니
어느 순간 1989년 13살 철민이의 삶 속으로 들어가 있었다.
그 시절의 철민이가 겪어야 했던 이별의 아픔보다 버터야 했던 철민이의 슬픔을 크게 느꼈다.
그 슬픔을 버티게 했던 말자의 한결같은 마음을 잔잔한 파도처럼 써 내려갔다.

 우리 주변에는 의학적으로나 과학적으로 표현되지 않는 많은 일이 일어난다.
 어쩌면 의식이 없는 철민이와 말자의 대화는 우리가 알 수 없는 무언가가 있을 수 있을 것 같았다.
 사실은 말자의 환청일 수도 있는 것이다.
 너무 그리워하면 들린다는 소리일 수도 있다.
 마지막 말자가 말한 두 번째 꿈은 무엇일까?
 무엇인데 이룰 수 있을 것 같다고 했을까?
 이 부분은 아마도
 작가인 내가 앞으로 써 내려가며 이야기해 나가야 할 것이다.

'철민이와 말자는 처음부터 다른 인연으로 만났으면 어땠을까?'
'인연의 끈이 언제 어디서 어떻게 연결되어 언제 어디서 어떻게 끊어질지를 안다면 얼마나 좋을까?'
글을 쓰는 내내 생각했다.
결국은 서로 잡고 있는 끈은 매듭이 생기게 되고, 말하지 않아도 알 거야 하는 생각으로, 시간이 지나면 풀리겠지? 하는 생각이
매듭을 더욱더 견고하게 만들었다.

내가 제목을 "그래서 사랑하나? 그래도 사랑한다!"로 정한 이유는 누군가와 매듭이 생기게 될 때마다 웃으며 "그래서 사랑하나?"라고 물으면 "그래도 사랑한다!"라고 말할 수 있다면 인연의 끈은 매듭 없이 끝까지 서로를 바라보며 잡고 있을 것이다.

말하지 않아도, 시간이 지나면 괜찮아지겠지? 하는 인연은 없습니다.
지금 옆에 있는 사람에게 말하세요.
표현하세요.
"그래서 사랑하나? 그래도 사랑한다!"

사진첩에서 꺼낸 한 장의 사진 속에 있는 친구들에게 감사하다는 말과 함께 끝내려 합니다.

그래서 사랑하나? 그래도 사랑한다!

초판 인쇄	2025년 8월 12일
초판 발행	2025년 8월 25일
지은이	꾸니왕
발행인	조현수
펴낸곳	도서출판 프로방스
기획	조영재
마케팅	최문섭
편집	문영윤
주소	경기도 파주시 광인사길 68, 201-4호(문발동)
전화	031-942-5366
팩스	031-942-5368
이메일	provence70@naver.com
등록번호	제2016-000126호
등록	2016년 06월 23일

정가 18,000원
ISBN 979-11-6480-395-8 (03810)

파본은 구입처나 본사에서 교환해드립니다.